中國民俗叢書④

中國民間俗神

燕仁／著

◉漢欣文化事業有限公司／出版

目錄

第二部　花開並蒂百年好　羅結同心婚姻神

第三部　生兒育女千家願　娘娘各路送子來

第四部　人生風雨尋常事　保安居家神明多

前言

本書介紹的中國神都是民間俗神，都是中國民間普遍信仰的最流行的天神、地祇、人鬼，是華夏本土神。其中也有少數外來神，但這些「洋神」來到中國以後，要想在華夏大地安家落戶，扎下根子，就必須放下架子，走漢化和世俗化的路子。中國人同化外來文化的能力是驚人的。

大慈大悲的觀音菩薩本爲佛教四大菩薩之首，是一位超級菩薩，但中國民衆卻替她增加了一項「低級」功能：送子。這其實並無任何佛典依據。但只要人們需要，就能成立。於是，未來佛彌勒、二十諸天之一的鬼子母，也同樣被安排做點「送子」的兼職工作。送子觀音和五子鬧彌勒等，已是徹底中國化了的民間俗神。

由此可見，中國民間造神有著極強的功利性。爲了滿足求福免災、趨吉避凶的心理需要，人們可以塑造出任何自己需要的神來。這樣一來，民間俗神就組成了一個極其龐大而又混亂的隊伍，實在無法給他們理出個頭緒來。這又顯示了中國民間造神的隨意性和蕪雜性。

中國民間信仰諸神源遠流長，影響深廣，已滲透到社會的各個領域，成爲中國傳統文化的重要組成部分，有不少已形成全民的風俗習慣和民間節日。其中許多固然不乏封建迷信成分，或者乾脆就是陋俗、惡俗，如請紫姑、打「神鞭」（婦女求子）、「伏仙姑」、跳神等；也有一些俗神和習俗，已與新時代格格不入，如禮北斗、拜文昌、敬娘娘求多子等；但也確實有不少俗神及習俗，今天已很少封建色彩，「神」味兒已極淡薄，而人情味兒卻頗濃厚，它們實際已成了民間一種良好的祝願，創造了一種吉祥、和諧、美滿、幸福的氣氛，如牛郎織女、月下老人、和合二仙、八仙、福祿壽等；還有些神明甚至成了維繫海內外炎黃子孫團結親善的一種精神紐帶，如王母、關帝、媽祖（天后）、保生大帝、廣澤尊王等。所以，民俗神信仰及相關民俗習慣是個極其複雜的問題，應該全面考察，認眞對待，具體分析，正確引導，使之向健康的方向發展。

本人對中國民間俗神做了一點試探性的工作，以期引起社會各界的注意與重視，不妥之處，歡迎廣大讀者指正。

燕　仁

第一部

華夏自風流　愛神何其多

最早的婚姻介紹所所長

——女媧娘娘（媒神之祖）

女媧補天

中國古神譜中，有一位名氣最大的女性神。她就是女媧娘娘。女媧是被民間廣泛而又長久崇拜的一位古神。在神話傳說中，女媧被看成是創世神和始祖神，是一位神通廣大的女神。

傳說女媧能化生萬物，每天至少能創造、化育出七十樣東西來，她的一段腸子就曾經化生出十個神祇。女媧最偉大的創世業績，表現在摶土造人和煉石補天。

女媧在造人之前，於正月初一造出雞，初二造出狗，初三造羊，初四造豬，初五造牛，初六又造出馬。到了初七這天，女媧用黃土和水，仿照自己的模樣造出了一個個小人，她造了一批又一批，感到速度太慢。於是扯下一根藤條，蘸滿泥漿，揮舞起來，星星點點的泥漿灑在地上，都變成了人。

可是怎樣讓人類永遠生存下去呢？要是死了一批再重造一批，那太麻煩了。於是她就創造了婚姻制度，自己充當人類的第一個媒人，把男子和女子們配合起來，讓人們懂得「造人」的方法，依靠自己的力量傳宗接代，繁衍下去。

因此，這位中國第一個媒人，便被後世尊奉爲媒神，又稱「高禖」，也就是婚姻之神、媒人之祖，或者叫做「婚姻介紹所」的第一任「所長」。人們祭祀這位婚姻神，典禮十分隆重，修了女媧娘娘廟或高禖廟，用「太宰」（豬、牛、羊三牲齊備）最高禮節來祭祀。在每年春天二月，青年男女在女媧廟前遊戲作樂，《周禮》載，「於不時也，奔者不禁」。是說情投意合的姑娘小伙們可以自由幽會，以天爲帳，認地爲床，這種自由結合誰也不能干涉！這就叫做「天作之合」。以後，那些結了婚而沒有兒女的，也紛紛到女媧廟中求子，於是這位媒神又兼作送子娘娘了。

把女媧娘娘說成始創婚姻制度和充當最初的媒人，這與她的人類老祖母的身份是一致的。這也反映了母系氏族社會的一種現實：婚姻以婦女爲中心，女族長掌握著全族的婚姻大事。

人們還把竹笙的發明權歸之於女媧，《世本》稱「女媧作笙簧」。在南方許多民族中，小伙子常常吹著蘆笙向姑娘們求愛，笙簧不啻爲建立戀情的一種媒介。這種風俗一直流傳至今。

由於女媧神話深入人心，她所創造的偉業受到後人的無比尊敬，世間流傳著她的許多遺跡。最著名的有：

山東任城縣（今濟寧）承匡山，傳爲女媧誕生處。山下有女媧廟。東南又有女媧陵。

山西河津縣高禖廟。

江西南康郡（今雩都縣）君山女媧宮。

陝西臨潼驪山，傳爲女媧寓所和工作處，有老母殿。

勇於叛逆，自主婚姻的千古絕唱

——牛郎與織女（自由愛神）

織　女

古人曰：「食色，性也。」（《孟子．盡心上》）是說吃喝得好些和享受男女情愛，乃人之本性也。又曰：「飲食男女，人之大欲存焉。」（《禮記．禮運》）強調吃飯和兩性生活，是人們最基本的欲望。

可以說，人類誕生伊始，人們就開始追求自由幸福的愛情生活，這不僅僅是人類自身生殖繁衍的動物性需要，同時更是人類高尚的情感追求的精神需要。愛情，是人類在社會生活中，進化、發展和昇華的美果。性文化是人類文化中最重要的組成部分之一。盡管中國千百多年封建傳統的禁錮與壓制，但無數痴情男女爲追求自由戀愛，進行了英勇的抗爭。漢代卓文君與司馬相如的愛情追求，爲突出代表。但在民間影響最大並被神化了的，則是牛郎與織女，他們是中國的自由愛神。

牛郎織女的故事爲中國四大傳說之首（中國四大傳說是《牛郎織女》、《孟姜女》、《梁山伯與祝英台》、《白蛇傳》）。牛郎與織女最初源於原始信仰中的星辰崇拜，是星宿的神化與人格化。中國有不少神走的就是這條路，如二十八宿、青龍、白虎、朱雀、玄武、魁星、南極老人星（壽星）等皆是。

牛郎星即牛宿，又叫「牽牛星」，是二十八宿之一，爲北方玄武七宿的第二宿。共有六顆星，其中三顆星組成直線形狀，宛如一個人挑著一副擔子在趕路。它是夏秋夜空中著名的亮星，與「織女星」隔銀河相對。織女星又叫「天孫」——天帝的孫女。共有三顆星，成等邊三角形，在銀河西，與銀河東的牽牛星相對。

早在春秋時期成書的詩經中，就有了牛女二星的記載，但尙無故事情節，至漢時已被人格化。《古詩十九首・迢迢牽牛星》唱道：

> 迢迢牽牛星，皎皎河漢女。纖纖濯素手，札札弄機杼……盈盈一水間，脈脈不得語。

東漢以後，牛郎織女的愛情故事便在民間廣泛流傳了。大意是說：

織女是玉皇大帝的孫女，能織得一手雲錦天衣。人間有個不幸的孤兒叫牛郎，跟著兄嫂過日子，可兄嫂不長好心眼，把牛郎趕了出來，只給了他一頭老牛。有一天織女和其他仙女下凡遊玩，在河中洗澡。牛郎在老牛的指點下，偷偷拿走了織女的衣裳，織女也很喜歡這個小伙子，二人便結爲夫妻。

婚後，小倆口男耕女織，相親相愛，生了一兒一女，日子過得很美滿。不料此事被玉帝察覺，便派王母娘娘下凡押解織女回天庭受審。一對恩愛夫妻被活活拆散。

牛郎悲痛萬分，垂老的老牛叫牛郎在牠死後剝下皮來，披在身上，便能上天。牛郎照著做了，並用籮筐挑著一兒一女，上天去追愛妻。眼看就要追上，王母拔下頭上金簪，憑空一劃，立時出現一條波濤滾滾的天河。小倆口無法過河，只有隔河對泣。最後，終於感動了玉帝，允許他們每年七月七日，由喜鵲架橋，在天河相會。傳說在這天晚上，到了夜深人靜的時候，人們在葡萄架下還能聽到牛郎和織女的竊竊細語吶！要是天上落下雨點，那就是他倆傷心的眼淚。

美麗動人的傳說，顯示了人們對這一對忠貞相愛（毫無庸俗的門第等級觀念）戀人的深切同情和頌揚。他們那種男耕女織，相親相愛，美滿幸福的家庭生活，也反映了廣大群衆，尤其是婦女們對美好生活的憧憬與追求。

人們祭拜牛郎織女，還與民俗節日結合了起來。農曆七月初七，是牛郎與織女鵲橋相會的日子，民間又稱「七巧節」、「乞巧節」。姑娘媳婦們在這一天，要穿針引線乞巧——向織女乞求智巧、靈巧。唐人《七夕》詩曰：

向月穿針易，臨月整線難。
不知誰得巧，明月試看看。

圍繞著「乞巧」，又生發出來乞聰明、乞富貴、乞美貌、乞長壽等，其中自然也少不了乞良緣。

那天夜晚，過去上至王公貴族，下至平民百姓，都有對著星空祈禱自己姻緣美滿的習俗，有的地區，還有七位姑娘相聚，組織「乞巧會」，取苧麻織成的七尺長布一幅，各剪一尺以遮目，視牛女雙星，以所見景象來卜終身好壞。

舊時各地都有一些織女廟，用以祭祀這對自由愛神。其中江蘇太倉的織女廟最有名。今天台灣台北市的北投，還有著名的「情人廟」。廟裡供奉的即是牛郎織女，廟聯寫的是：

真情無人見，假情天有知。

廟內一塊雞心石上刻了一首小詩：

情人雙雙到廟來，不求兒女不求財。

神前跪下起過誓，誰先變心誰先埋！

廟內還有卓文君和司馬相如像，二位雖未成神，但在許多痴男怨女心目中，是神聖的偶像。

失戀者的保護神
——泗州大聖

泗州大聖

封建時代，盡管戀愛婚姻不自主，但總有一些大膽男女，衝破桎梏枷鎖，暗中幽會情人，偷偷相愛，乃至私定終身。這種情形在古典文藝作品中，有大量反映，著名的明代短篇小說集《三言》、《二拍》、《歡喜冤家》、《情史》等書中即有不少篇幅。

現實生活中的這種自由戀愛總是不太順利的，會受到來自社會各方面的破壞與阻撓，以至鬧到一些痴情男女殉情而亡。在這種情況下，相愛的男女極想得到神明的護佑，除了向一些大神如釋迦佛、觀音菩薩禱告外，在廣東福建等地，舊時還有向泗州大聖祈拜的風俗。

泗州大聖又叫泗州佛。據說本是西域僧人，唐朝高宗時來到長安、洛陽等地教化，後來又去了江南，定居於泗州（今江蘇泗縣）。他常手拿楊柳枝，四處說法。有人問他：「師父姓什麼」？他說：「姓何。」又問：「師父何國人？」他答道：「我是何國人。」他所說的何國，是在西域的碎葉國以北。

他來到泗州打算蓋座廟宇。他住在一戶姓賀的人家裡，指著這塊地說：「這裡本來是座佛寺。」人們按他說的掘地三尺，果然挖出一塊古碑，上刻「香積寺」三個大字，還挖出了一尊金佛像。唐中宗聽說了，便把他請進宮中，爲自己講道。高僧圓寂（去世）後，歸葬泗州，並漆身起塔。人們常在寶塔頂端見一小和尚坐在上面，便認爲這是泗州佛「顯聖」，於是朝拜者絡繹不絕，求財者得財，求子者得子。據說唐中宗曾經問那位一日可往返萬里路的飛毛腿萬回：「這位僧伽大師到底是什麼人呐？」萬回說：「他是觀音菩薩的化身。」於是，世間都說泗州佛是觀音大士所應化。泗州普照寺也成了僧伽大聖的道場。

至於泗州大聖成了情侶們拜祈的對象，那是另有原因。福建惠安和晉江兩縣交界處有一條洛陽江。這裡水流湍急，十分危險。相傳宋朝時，蔡襄母親懷他時過江，在船上擔驚受怕吃了苦頭，上岸後便說：「我兒誕生後，若能做官，一定在這裡造一座橋，便利行人。」後來蔡襄果然當了泉州太守，便來這裡造橋。可江水湍急，放入水中作橋基用的大石條都被沖走，急得蔡襄束手無策。

這一天，有個白髮老翁搖來一只小船，船上坐著一位艷色女郎，船停在了江心。老翁對岸上人們說，誰要是用錢擲中他女兒，就把女兒嫁給誰。於是成群的人跑來江邊投錢，可哪裡投得中？投來擲去，錢全落在了江心。

原來，老翁是土地爺變的，姑娘是觀世音變的。他們天天早上出現在江中，傍晚就划走了。幾個月後，落在江心裡的銀子銅錢不計其數，成了洛陽橋的墊基石。

觀音菩薩的大功就要告成了，一個聰明的泗州人也來試試運氣，他偷偷轉到姑娘背後，抓起一大把碎銀子，往她頭上扔去，漫天的碎銀果眞有一塊落在了姑娘的頭髮上，衆人見了齊聲喝采。

老翁便叫這位幸運兒到涼亭去議婚。這位泗州人往涼亭上一坐，就起不來了。原來他的靈魂被觀音菩薩度化到西天成佛去了，而肉身留在了亭中，成了民間膜拜的泗州大聖。

這個民間傳說很受世俗歡迎，於是惠安、晉江等地的百姓修了許多供奉泗州佛的涼亭。人們說，遭到婚變受挫的泗州佛，對人世間痴情的男女極爲同情，惺惺惜惺惺。熱戀中的情侶，如果碰到了痲煩事，婚姻受挫，這些失戀者只要在泗州佛的腦後挖下一點泥巴，偷偷撒在愛人身上，愛情婚姻就會得到圓滿的結局。可憐當地的泗州佛們，竟沒有一個能保住自己完整腦袋的，後腦勺大都被多情女子痴心漢們挖去了半個！

戀人相歡與定情的見證人

——月光菩薩

月光娘娘神禡

我國古代情人熱戀時有在月下盟誓定情，拜禱月神的習俗。有些失散的戀人，也拜求月神祈團圓。

元代著名雜劇大家關漢卿寫過一齣《拜月亭》（全稱《閨怨佳人拜月亭》），劇中尙書之女王瑞蘭與書生蔣世隆在兵亂中邂逅相遇，二人患難中產生愛情，結爲夫妻。後王蔣二人被王尙書強行拆散。夜間，瑞蘭在庭中拜月，祈求月神保佑自己與丈夫蔣世隆重新團聚。最後二人終於團圓。《西廂記》裡的崔鶯鶯，也虔誠地對月神傾訴希望遇上意中人的衷腸。

在清初，丁耀亢所著《續金瓶梅》第十八回中，一對痴男怨女鄭玉卿和銀瓶在私嘗禁果後，便雙雙對著月神賭誓永不變心：玉卿、銀瓶於是推開樓窗，雙雙跪倒道：「我倆人有一人負心的，就死於千刀萬劍之下。」

這些是當時世俗戀情生活的眞實寫照。

月神，是中國民間最流行的俗神之一。月神又叫太陰星主、月姑、月宮娘娘、月娘、月光菩薩等。

崇拜月神，在中國由來已久，在世界各國中也是普遍的現象，這是源於原始信仰中的天體崇拜。古人對月亮的盈缺抱有很大的神祕感，而月球表面上的不規則黑斑，又誘發出人們的種種幻想。在古代的漫漫長夜中，月亮給人帶來了光明。夜空中最明顯的自然是月亮，所以月亮又稱「大明」，並常與太陰並稱。漢字「明」是個會意字，即「日月爲明」。月亮以其光明給人們的生產和生活帶來便利，當然會受到喜愛和崇拜。我國月亮神話中，最有名的要算「嫦娥奔月」了。

嫦娥，又作常羲、常儀、姮娥、常娥，傳說是羿的妻子。據《淮南子》記載，羿本是一位天神，帝堯時，天上有十個太陽一齊出來，晒死了草木，烤焦了莊稼，百姓們無吃無喝，奄奄待斃。於是帝堯派羿下凡，到人間去救助百姓，羿用弓箭一連射下了九個太陽，還除掉了大地上的毒蛇猛獸，使百姓們得以安居樂業。

不料，被射下的九個太陽都是天帝的兒子，天帝十分惱怒，便將羿及其妻嫦娥都貶在人間，不得上天。但他倆還想回到天界去，聽說西王母有不死之藥，羿便去尋找。西王母很同情羿的遭遇，便把藥給了他，並說：「這藥，你夫妻倆吃了準保長生不死，要是一個人吃了，還能升天成神。」誰知，嫦娥知道詳情，有了私心，就偷偷一人吃掉了，果然身輕體飄飛上了天，她怕到天庭受到衆仙恥笑，只好奔往月亮。這就是廣爲流傳的「嫦娥奔月」。《山海經》、《搜神記》等古籍中，都有類似的記載。嫦娥奔月後成了月亮的主人，即成了月神娘娘。

月亮上的暗影，古人想像爲蛤蟆、兎子、桂樹。兎子在人們心目中，是一個可愛、和善的小動物，還附會出「白兎搗藥」的說法，藉月兎宣揚長生不老。古代印度也認爲月中有兎，並被佛教所吸收利用。

民間傳說，月神常常化爲月華，降到人間，遇之者拜求福祿即得。但更常見的習俗，是向月亮菩薩祈求姻緣美滿，如前文所說。甚至相思的戀人也要請月神來評理。明代有一首《桂枝兒》唱得有趣：

悶來時獨自在月光下，想我親親想我的冤家。月光菩薩，你與我鑒察：我待他的真情，我待他的真情，哥！他待我是假！

還有一首《月》唱的是：

悶懨懨獨坐葡萄架下，猛抬頭見一個月光菩薩。菩薩你有靈有聖，與我說句知心話。月光華菩

薩，你與我去照察他，我待他是真心，菩薩，他倒待我是假！

男女談情說愛常常在花前月下，月光菩薩是位慈悲爲懷的女神，情人們自然願意在她面前賭誓或請她來鑒察評理啦。

有趣的是，我國許多少數民族也盛行拜月風俗，其中不少也與愛戀有關。如苗族的「跳月」，每逢中秋之月，明亮的月光照遍山寨，村民們闔家團聚後，都要到山林空地上，載歌載舞，舉行「跳月」活動。青年男女在「跳月」中，相互尋找心上人，傾吐愛慕之意，永結百年之好。

有些地區還盛行「偷月亮菜」的習俗。中秋之夜，姑娘們選好自己心上人家的菜園子，去採摘瓜菜，「偷」得別人家的菜或葱，暗示著即將遇到如意郎君了。所以，流傳著「偷著葱，嫁好郎；偷著菜，嫁好婿」的民諺。侗鄉姑娘則公開去「偷」，「偷」完還有意高聲叫喊：「喂！你的瓜菜我扯走了，你到我家去吃油茶吧！」原來，她們這是借助月宮娘娘來牽紅線吶！如果能摘到一個並蒂的瓜果，就會大喜過望，認爲這暗示著將來小倆口的愛情生活幸福。因此，成對生長的豆角，便成了姑娘們獵取的對象。

古樸的拜月習俗，包含著純眞的審美情趣。

巧點鴛鴦譜，爲戀人造册的女神

——七星娘娘

七星娘娘(七娘媽)

在我國南方和台灣一帶，民間曾十分盛行崇拜七娘媽。七娘媽又叫七娘夫人、七星媽、七星夫人，塑像或畫像爲七位端莊溫柔的婦女。

七星娘娘本被奉爲保護孩子平安和健康的神。古代醫學遠不如現今發達，孩童幼嫩抵抗力差，常受各種疾病侵襲，幼兒的死亡率很高。民間即將命運寄託在神明身上，七星娘娘作爲護子神之一，很受崇拜。孩童疾病纏身時，便去七娘廟中祈願，有的還讓孩子認七娘媽爲「乾媽」，這不過是幻想藉之神助，以佑護孩童平安無事罷了。有的家長還給孩童「請」來鑄有七娘媽名號的「長命鎖」或書有「乾媽」大名的護身符，這也是古代巫風迷信的孑遺。

台灣民間還流行一種「成丁禮」，即男孩長到十六歲時，在農曆七月初七那天，父母帶著小伙子拿著供品去七娘廟「酬神」，感謝七娘媽保護自己孩子，度過了幼年、童年和少年時代，終於長大成人了。姑娘家長到十六歲時有的也要祭謝七娘媽，還要宴請親朋好友，高高興興地慶祝一番。

大概人們感到七娘媽有如人間爹娘，把孩子拉扯大了，費盡心血，但還沒操完心，還要幫著兒女解決終身大事，才算對得起兒女，這是中國幾千年儒教的傳統。所以民間又有七娘媽將塵世成年的未婚姑娘、小伙子分門別類，呈報天庭的說法。傳說每年七月初七過後，七娘媽就把造好的未婚男女花名册，送交月下老人。月老檢點後，便仔細審查各人的品貌、脾氣秉性，尤其是之間的緣分，把未婚男女排列組合爲最佳配偶，然後登入婚書。並說月老還要用粘土將每對情侶塑成泥人，然後用紅線把他們的脚拴上，晾乾後再放入配偶堂，算是完成了任務。

那麼世俗中爲何出現一些不匹配的婚姻和離婚現象呢？答案倒很有趣：原來晾泥人時，突然天降大雨，有些泥人被淋得一塌糊塗，面目皆非，等月老把它們重塑後，因次序已亂，只好亂點鴛鴦譜。這些人成家後便出現了不少麻煩。當然這種傳說很可笑，而且充滿了宿命論觀點。其實，不合理的婚姻完全是社會造成的。

至於七娘媽的來歷，也有些莫名其妙。原來七娘媽即七星娘娘，本是織女星。織女被說成是天帝之女或天帝外孫，是一位專司桑木與織絲的女神。織女星被神化和人格化以後，與牛郎（牽牛星的神化和人化）相愛的故事，在中國家喻戶曉。

但織女如何一分爲七，成了七星娘娘呢？織女星在天琴座，共有三顆星而不是七顆星。織女星演變爲七星娘娘，大概是由民間流傳的七仙女的故事附會而成。七仙女本來都是織女，在老百姓的心中和口中，變成七星娘娘自然也不是什麼難事，只要人們需要即可。請看，中國衆多的神明，不都是這樣「變」出來的嗎？

相親相愛定終身，離不開一個「第三者」

——月下老人

月下老人

願天下有情人，都成了眷屬；
是前生註定事，莫錯過姻緣。

這是掛在杭州西湖孤山之下，白雲庵中的月老殿的一副聯語，殿中供奉的是月老。「月老」是「月下老人」的簡稱。月下老人是我國神話傳說中專管婚姻的神。說起這位「媒神」，還有個十分有趣的故事。

據說唐代有個叫韋固的人，從小是個孤兒。長大後，有一年路過宋城（今河南商丘縣南），住到城裡的南店。一天晚上，他碰到一位奇異的老人，正靠著一個布口袋坐著，在月光下翻著書。韋固問他所檢何書？老人答道：「天下之婚牘耳。」韋固又問袋中何物？老人說：「赤繩子，以繫夫妻之足，雖仇敵之家，貧賤懸隔，天涯從宦，吳楚異鄉，以繩一繫，終不可逭。」——此即流傳千年的俗語「千里姻緣一線牽」的出處。韋固趕緊問自己未來的老婆是誰？老人翻書給他查了一下，說是店北頭賣菜瞎眼老太太的小女兒，剛剛三歲。韋固一聽大怒，暗中派僕人去刺殺這個小女孩。僕人做賊心虛，沒能刺死女孩，只傷了她的眉心。韋固和僕人連夜逃跑了。

過了十多年，韋固當了兵，他勇武非常。刺史王泰看上了他，就把女兒許給了他，姑娘模樣不錯，可是眉間老是黏著貼花。韋固才知「天意」不可違，便與這位「賣菜眇嫗女」結成良緣，二人相親相愛，「所生男女皆貴顯」，宋城縣令聽說了，便把韋固住過的客店起名叫「定婚店」，並親自題寫了匾額。這個故事載自唐・李復言的《續幽怪錄》。

這個故事流傳極廣，明初劉兌還專門編了一齣《月下老定世間配偶》的雜劇，即演此事。《紅樓夢》第五十七回中，薛姨媽對黛玉、寶釵說：「自古道：『千里姻緣一線牽』。管姻緣的有一位月下老人，預先注定，暗裡只用一根紅絲把這兩個人的脚絆住，憑你兩家隔著海，隔著國，有世仇的，也終久有機會作了夫婦。……若月下老人不用紅線拴的，再不能到一處。」可見「月老」的權力之大。所以，舊時一些追求美好婚姻的痴情男女，多求月老爲他們拴上紅線，可惜月老「不長眼睛」，常常拴錯。而月下老人的「婚姻注定」宿命論，也成了無數女子忍受不幸婚姻的「理論根據」（當然還有那吃人的封建倫理道德）。

然而，在痴男怨女的心目中，月下老人畢竟是一位寄託著自己美好理想的「幸福之神」，而且老人閱歷深、經驗多，比較牢靠。至今，我國一些地區稱媒人為「月老」，一些媒人、婚姻介紹所還自稱為「月老」。如今月下老人在脚上拴紅繩的故事，大概沒有什麼人相信了，但「月老」的職能不可低估，有多少青年男女、大齡青年，乃至單身老人，盼望著今天的「月老」來引線搭橋呐，但願有情人終成眷屬。

至於拴紅線的習俗，在唐已有，唐代史書上記載了這樣一件事。荊州都督郭元振，年長尚未婚配。宰相張嘉振見他有才幹，長得相貌堂堂，就想納他為婿。因一時找不到媒人，張宰相就想了個辦法：讓他的五個女兒全坐在布幔子後面，每人手中各拿一根紅絲線，將線頭露在外面。讓郭元振隔著幔子去牽，牽到哪個姑娘手裡的紅絲線，就以誰為妻。郭元振一下牽到了漂亮非凡的張家三小姐，倆人結下了美滿良緣。

最初婚禮上有拴紅線的儀式，到了宋代，逐漸演化為「牽紅巾」了。宋人吳自牧在《夢粱錄·嫁娶》中，有詳細記載。到了清代，又變成在婚禮上，扯起紅帛或紅布，新郎新娘「各持一端，相牽入洞房」。這種情景在古裝戲劇中，十分常見。

婚禮上「拴紅線」的風俗，不僅漢族有，我國一些少數民族，像傣族、白族、蒙古族、高山族等，都有拴紅線、牽紅巾的婚俗。這種習俗，因含有「同心相結、白首偕老」的美好寓意，所以直到今天，在有些地方的婚禮上，還能見到。

第二部

花開並蒂百年好　羅結同心婚姻神

和合二仙寓和美

寒山與拾得

月落烏啼霜滿天，江楓漁火對愁眠。
姑蘇城外寒山寺，夜半鐘聲到客船。

寒山寺是蘇州（古稱姑蘇）城西十里的楓橋鎮上的一座古剎。寒山寺初建於南朝梁代，初名「妙利普明塔院」，後改名「寒山寺」，因唐朝著名詩僧寒山而得名。在民間，寒山的詩名並不大，但與他同時的和尚拾得卻以「和合二仙」的身份，備受人們歡迎。「和合二仙」被視爲歡喜之神，而他們的前身卻是一位方術僧——萬回。

萬回哥哥的神通

萬回，據說是虢州閿鄉（今屬河南）人氏，姓張。生於唐朝貞觀六年（632年）五月初五。張萬回「生而痴愚，至八九歲方能語，嘯傲如狂，鄉黨莫測」。長到二十多歲，還整日傻呆呆的不說話，有個哥哥在遼東當兵，久絕音信，有傳聞說他哥哥已死，其父母想念，日夜涕泣。張萬回說：「二老不用著急，請備好給兄長的食品衣物，我去看望他。」

第二天一早，張萬回離家，「出門如飛，馬馳不及，及暮而還」，告訴父母說：「兄平安無事」還帶來一封書信，信口還濕著呢，打開一看，正是他哥哥的筆跡。他往返一日，可行萬里，故號為「萬回」。

有一種說法，說萬回是菩薩轉世。《談賓錄》載，當年玄奘師去佛國（印度）取經，曾見一佛龕題柱曰：「菩薩萬回，謫向閿鄉地教化。」閿鄉實有其地，今屬河南靈寶縣。看來，萬回是犯了錯誤（什麼錯不得而知），被佛祖貶到人間，到「閿鄉地教化」。據說玄奘回國後，專門到閿鄉找萬回，還真的訪到了。玄奘對他十分敬重，一口一個「菩薩」。萬回跟他聊起印度的風土人情，比玄奘還熟悉，「瞭如所見」。後來，皇室聽說此事，唐高宗把他召進宮，武則天還送他錦袍玉帶。萬回長得高大魁偉，能吃能喝，他跟武則天談天說地，「語事多驗」。萬回死於長安，活了八十歲。唐玄宗時，張天師驅疫鬼，「敕和合二仙助顯道法」，其中即有萬回，唐明皇並封其為萬回聖僧。此後，萬回又有了「和合」的名目，並被視為「團圓之神」，還被暱稱爲「萬回哥哥」。

宋時，百姓在臘日祀萬回哥哥，其像「蓬頭笑面，身著綠衣，左手擊鼓，右手執棒，云和合之神」。民間祀萬回哥哥，爲的是在萬里之外的親人可回家團圓。人們根據「和合」的含義，又將其作爲喜慶之神，並由一神而衍爲二神——寒山與拾得。

寒山拾得貧賤之交

寒山，又叫寒山子、貧子，是唐代詩僧。寒山在唐貞觀年間隱居在天台山寒岩，因而自號「寒山子」。他常去國清寺，「望空噪罵」。寺僧轟他，則哈哈大笑而去。寒山在國清寺還當過一段燒火打雜和尚。寒山「後於寒岩終身石穴，縫泯無迹」（《集說詮真》）。看來，寒山也是個不同尋常的和尚。

寒山與國清寺的拾得和尚非常要好，二人常吟詩唱偈，並有詩題於山林間。後人把寒山詩集成卷，名《寒山子詩集》，收詩三百餘首。他的詩雖帶有佛門規戒說教的色彩，但能針砭時弊，兼及世態炎涼，語言淺近，風格自然。清代大學者紀昀認爲他的詩「有工語，有率語，有莊語，有諧語」。「五四」以後，寒山詩曾被譽爲我國文學史上重要的白話詩，在國外也有一定影響。

拾得與寒山齊名，二人被相提並稱。拾得也是唐貞觀時人，從小是個孤兒。相傳天台山的封干禪師走山路，在赤誠道側拾得一小兒，遂將他帶到天台國清寺當了小和尚，並給他起了個名叫「拾得」。拾得在廚房幹雜役，因與寒山要好，他就把剩飯全裝在竹筒裏，等寒山來時，送給他吃。二人可謂是「貧賤之交」了。拾得也寫了不少詩，多似佛偈，偏於說理。他寫的詩附在了《寒山子詩集》之後。

至於他倆的交情，在民間還有這樣一個傳說：寒山和拾得同住在北方一個村中，雖異姓但親如兄弟。寒山略長，與拾得同愛一女而寒山不知。臨婚時，寒山始知，於是棄家到蘇州楓橋，削髮爲僧，結庵修行。拾得聽說，亦捨女來江南尋寒山。探得其住處後，乃折一盛開荷花前往禮之。寒山一見，急持一盒齋飯出迎。二人樂極，相向爲舞。拾得也出了家。二人在此開山立廟曰「寒山寺」。

婚姻和合之神

《事物原會》說：「和合神乃天台山僧寒山與拾得也。」「和合」一詞，有和睦同心、調和、順利等意，最早則見於《周禮．地官》。在「媒氏」疏中云：「使媒求婦，和合二姓。」這應是「和合」之正解，故在民間，原主家人和合的「和合神」，漸而演變爲婚姻和合之神，並由原來蓬頭笑面，擎鼓執棒的一位神，演變爲一持荷、一捧盒的二神了。

蘇州著名寒山寺的大雄寶殿後壁，即嵌有清代名畫家羅聘所繪寒山、拾得寫意畫石刻。大殿旁堂屋供奉木雕金身寒山、拾得塑像，一人手持一荷，一人手捧一盒，造型古樸，栩栩如生，是佛教藝術中的精品。

中國民俗中，常用漢語的諧音雙關，來表達某種寓意。一手持荷，「荷」與「和」同音，取「和諧」意；一手捧盒，「盒」與「合」同音，取「合好」之意。寒山正式成爲「和神」，拾得正式成爲「合神」，是在清初，清初雍正十一年（1733年）封天台寒山大士爲和聖，拾得大士爲合聖。於是，寒山、拾得「和合二仙」，又作「和合二聖」。和合二仙圖舊時有長年懸掛於中堂者，取諧好吉利之意。又常於婚禮時懸掛，象徵夫妻相愛。民間年畫中，除有《和合二仙》、《和合賜神》等專祀外，還常與其他神仙共祀，如《和氣致祥　一品當朝》、《和合二仙　狀元及第》、《五子奪魁》、《賜福財神》、《端陽慶喜》、《歲朝圖》等。和合二仙成爲最受歡迎的民間神祇之一。

劉海戲蟾主吉祥

劉海戲金錢

在民間諸神中，劉海的知名度比較高。地方戲曲如湖南花鼓戲中即有《劉海戲蟾》、《劉海砍樵》劇目，民間年畫中以此爲題材的吉祥畫，更是比比皆是。

劉海是何許人？他又是如何成爲神仙的？

劉海是五代宋初時道士。本名劉操，字昭遠，又字宗成。又叫劉哲，字元英。燕山（今北京）人，曾爲遼朝進士，後事燕主劉守光爲丞相。平昔「好談性命，欽崇黃老」。一天，有個道士自稱正陽子來見，劉操待以賓禮，道士爲其演「清靜無爲之宗，金液還丹之要」。後索鷄蛋十枚，金錢十文，以一錢間隔一蛋高高疊起，若浮圖狀（即疊成塔狀）。劉操驚叫起來：「太危險了！」道士對他說，「居榮祿，履憂患，丞相之危更甚於此！」劉操頓時恍然大悟。這個正陽子據說就是鍾離權，特意前來點化他的。

後梁太祖朱溫於開平三年（公元909年）封劉守光爲燕王。過了兩年，即乾化元年（公元911年），劉守光僭稱燕帝。劉操諫之不聽，遂託疾掛印而去，並改名劉玄英，道號「海蟾子」，遍遊訪道，後遇呂純陽傳授秘法，乃修眞得成仙道，遁迹於終南山、太華山之間。道教全眞道奉其爲北五祖之一。全眞道爲金代道士王重陽所創，爲標榜其道統源遠流長，故又尊王玄甫（東華帝君）、鍾離權、呂巖（呂洞賓）、劉操（劉海蟾）四人爲祖師，合稱「北五祖」。元時，世祖忽必烈封劉海蟾爲「明悟弘道眞君」，至元武宗時，又加封爲帝君。

劉操出家後，改名玄英，道號海蟾子，人多呼其劉海蟾，這個名字就越來越響亮，後來又將劉海蟾拆開，稱其名爲劉海。剩下的「蟾」字，爲「蟾蜍」之「蟾」，漸而又訛爲「劉海戲蟾」了。劉海戲金蟾的說法廣泛流傳，淸時更有人編出劉海顯化人間戲金蟾的「仙迹」。

淸人孟籟甫在《豐暇筆談》中說，蘇州有個大商人貝宏文，世居閶門外南濠，行善樂施。康熙年間，有個不相識的男子自稱阿保，找上門來要當傭人。貝宏文答應了。阿保幹活很賣力氣，給他工錢，堅辭不受，有時一連幾天不吃飯也不餓，貝家很驚異。他刷洗尿壺時，竟能翻其裏洗刷，刷完再翻過來。陶瓷東西在他手裏，像羊肚似地柔軟。貝家更驚奇了。元宵節時，阿保抱著小主人去看燈，半夜未歸，家裏人十分著急。直到三鼓始歸，主人責怪他，阿保說：「這兒的燈不熱鬧，我帶小主人去了一趟福建省城，那裏的燈才漂亮吶！主人何必著急呢！」貝家人哪裏肯信？不料小主人從懷中掏出一把鮮荔枝，讓父母嚐嚐。大家才知道阿保是個異人。

又過數月，阿保「汲井得三足大蟾蜍，以彩繩數尺繫之，負諸肩上，喜躍告人曰：『此物逃去，期年不能得，今尋得之矣。』於是鄉里傳述，以爲劉海蟾在貝家，爭往看之，至擁擠不得行。」此時，人們只見「負蟾者舉手謝主人，從座中冉冉乘空而去」。

劉海所戲金蟾爲三條腿的蟾蜍，被認爲是靈物。俗話說：「三條腿的蛤蟆難找，兩條腿的人有的是。」故三條腿蛤蟆被看成難得的希罕之物。但實際上三條腿的蟾蜍確實出現過。最近國內就有人捉住過三條腿蛤蟆（這大概屬於怪胎之類僥幸活下來的）。

清初，劉海戲蟾的吉祥畫已十分流行。褚人獲在《聖瓠五集》中說：「今畫蓬頭跣足嘻笑之人，持三足蟾弄之，曰此劉海戲蟾圖也。直以劉海爲名，舉世無知其名者。」其實，劉海戲蟾圖明代已有。明・李日華《六硯齋筆記》云：

> 黃越石携來四仙古像，……一為海蟾子，哆口蓬髮，一蟾玉色者戲踞其頂。手執一桃，蓮花葉，鮮活如生。

有意思的是，劉海蟾十六歲登第，五十歲至相位，出家後應爲一白髮老人，而且相貌清癯，不修邊幅。但在民間版畫中，劉海蟾被徹底地返老還童了，他成了個豐滿可愛的胖小子模樣，並成雙成對，穿紅披綠，笑逐顏開，兩手各提一串金錢，畫面再配以三足金蟾、喜蛛、荷花、梅花，象徵著歡天喜地、生活富裕。

民間還流傳著「劉海戲金蟾，步步釣金錢」的俗語，故又有「劉海戲金錢」的說法。宋代柳永詞《巫山一段雲》有句云：「貪看海蟾狂戲，不道九關齊閉。」即指劉海戲金錢之戲。於是，劉海又被視爲釣錢撒財之神，舊時結婚時人們常張貼此類畫，以取吉利，表示日子越過越發，富裕美滿。在傳統年畫《福字圖》中，劉海戲金蟾與和合二仙、天官、財神、麒麟送子、狀元及第等合繪在一起，充滿了吉祥、喜慶的氣氛，很受人們歡迎。

迎娶新人拜喜神

喜　神

舊時，北京妓院中有一種習俗。大年初一天剛亮，對於一般人來說，要準備上街互相「拜年」了。但串門拜年沒有妓女的份兒。這時，她們要拉上相好的去走「喜神方」，認爲「遇得喜神，則能致一歲康寧，而能遇見白無常者，向其乞得寸物，歸必財源大闢」。所謂「喜神方」，就是喜神所在的方位。如何確定「喜神方」呢？一說是公鷄打鳴的地方：

正月元日鷄初鳴時，祀喜神於其方，曰出天行。

順著鷄叫的方向，去碰喜神，希望一年康寧，大發其財，這是人們的求安求財心理，也是一種精神寄託。因爲喜神是一位「抽象神」或「精神神仙」，並無偶像（塑像），「碰到」與否，完全靠自己的「感覺」了。

所謂喜神，就是吉神。人們總是希望趨吉避凶，追求喜樂而厭棄悲哀煩惱，所以要造出一個喜神來。最初的喜神是很抽象的，並無具體形象，大概是陰陽家的「作品」。陰陽術士們搞出這套把戲，不僅滿足一般人追求喜慶的需要，還特別受到世俗婚姻的歡迎。

結婚乃人生一大樂事，故舉行婚禮俗稱辦喜事。古人不但把婚娶作爲「大喜」，甚至把洞房花燭夜稱作「小登科」。辦喜事當然離不開喜神，舊俗，新娘坐立須正對喜神所在的方位，這樣一生才會多有喜樂之事。不過喜神的方位，是變化不定的，這就需要請教陰陽先生了。術士們可謂生財有道，關於喜神方位，陰陽專家們爲了「工作」需要，制定了一套理論，收入清朝乾隆年間成書的《協紀辨方書・義例・喜神》中。現抄錄幾條，可見一斑：

喜神於甲己日居艮方，是在寅時；
乙庚日則居乾方，是在戌時；
丙辛日取坤方，是在申時；
丁壬日居離方，是在午時；
戊癸日居巽方，是在辰時。

陰陽家推算出喜神的方位後，轎口必須對著該方向，新娘子上轎後，要停一會兒，叫作「迎喜神」，然後才能出發。

最初喜神並無形象可言，與其他神明相比，顯得有些空洞，於是人們也將其人格化。但喜神的模樣沒有什麼特點，完全是福神——天官的翻版。

和合二仙也是喜神。舊時民間舉行婚禮時，常掛和合像，取「和偕合好」之意，以圖吉祥喜慶。

洞房花燭敬床神

床神　周文王

人們生活起居離不開床或炕，爲了歇得安穩踏實，自然要祭祭床神或炕神了。這與民間信仰井神、灶神與門神的意思是一樣的。

祭祀床神，由來已久。距今千年的宋朝已流行這種風俗。詩人楊循吉的《除夜雜咏》詩中，有句曰：「買糖迎灶帝，酌水祀床公。」床公即床神。這就說明，第一，祀床神與「接灶」即迎接灶王爺，是前後脚，都在農曆臘月。第二，床神級別很低，根本不用大魚大肉，茶水一杯足矣。床神還有公、婆兩位，如同灶王爺與灶王奶奶一樣。

祭床神不但民間流行，皇宮內廷也信這一套。宋人曾三異的《同話錄》說，翰林崔大雅夜晚在翰林院值班，忽然宮內皇上降旨讓他馬上寫一篇《祭床婆子文》。堂堂「金口玉言」直呼床神爲「床婆子」，倒也有趣。崔翰林接旨後，「惘然不知格式」，從來沒寫過這種文章！他連夜趕到周丞相家討教，周丞相告訴他，套用民間的格式來寫就成，你這樣寫：皇帝遣某人致祭於床婆子之神曰，汝司床簀，云云。崔大雅如釋重負，趕緊照貓畫虎般地起草祭文去了。

俗傳床婆貪杯，而床公好茶，所以「以酒祀床母，而以茶祀床公」，這叫做「男茶女酒」（《清嘉錄》）。祭床神時，置茶酒糕果於寢室，祈「終歲安寢」。時間各地不一，有的在除夕接灶神後，跟著祭床神。有的地區是在上元日後一日，即農曆正月十六日祭床神。

舊時有些地區還有「安床」習俗，即在婚禮舉行的前幾天，要在洞房內安放新床，還要按男女雙方的生辰八字、窗向、神位等來定婚床的位置，忌諱與桌櫃衣櫥相對。「安床」要選擇良辰吉日進行，安床後，當晚要拜床母。

早在明清時期，就有新郎新娘在洞房同拜床母的習俗，清代長篇小說《醒世姻緣傳》裏對此即有描寫。婚禮禮拜床神，是希冀床神保佑新婚夫婦從此如魚似水，如糖似蜜，姻緣圓滿，日子和美。

祭床神之俗，南方勝於北方，至近代已漸漸衰微了。

第三部

生兒育女千家願　娘娘各路送子來

痴情父母的偶像

——送子觀音

送子觀音

觀音菩薩爲佛國諸菩薩之首席，其在世俗中的影響和名聲，決不低於佛祖釋伽牟尼，在婦女信徒的心目中，對觀音的崇拜甚至超過了佛祖。

觀世音被「引進」中國，在華夏大地上安家落戶以後，經歷了一個十分曲折而又有趣的演變過程。他的身世不但被徹底中國化了，成了漢家的「公主」——妙莊王的三女兒，而且性別也完全由「男」而變「女」，最後成爲端莊雍容、慈善安祥，一副中國古代貴婦人的模樣。

由於佛教宣稱觀音慈悲爲懷，救助衆生，人們便在她的衆多功能之中，又加上了一項「送子」功能。這完全是世俗的需要，並非出自佛教經典。這也正說明，外來神明要想在中國扎根落戶，必須中國化與世俗化。

佛教中，有六觀音、七觀音、三十三應現身、三十三觀音等說法，但裏面都沒有「送子觀音」。「送子觀音」是道道地地的民間創造。既然民間造出了「送子觀音」，自然會有不少「靈應」出現。據清人趙翼《陔餘叢考》記載：

許洄妻孫氏臨產，危苦萬狀，默禱觀世音，恍惚見白氅婦抱一金色木龍與之，遂生男。

產婦生產時，痛苦萬狀，求告無援時，是可以叫喊出任何聲音的，信奉觀音大士者，自然會喊出「觀音菩薩」來。「觀世音」者，何謂也？佛門答曰：「世有危難，稱名自歸，菩薩觀其音聲，即得解脫也。」（《注維摩詰經》）是說，神通廣大的觀世音，在衆生受苦時，口唸她的大名，就會「觀」（而不是「聽」）到這個聲音，立刻前往解救。

再者，產婦在昏迷恍惚中，眼前會「出現」各種物像幻覺的，「看見」觀音菩薩前來送子，在虔誠者的幻覺中是可以出現的，「日有所思，夜有所夢」！這也不足爲奇。

此外，產婦聲稱「見到」觀音菩薩前來「送子」，那麼自己所生之子，當然不同凡響，身價百倍。「母以子貴」，產婦自己在家族中的地位也自然高了許多，寧可說其有，絕不說其無，產婦們何樂而不爲？

由於人們崇拜送子觀音，所以那些沒有兒女的婦女，要到觀音廟裏去「竊取」佛桌上供奉的蓮燈，因爲「燈」與「丁」諧音。偷來觀音的「神燈」，家裏自然會「添丁」。還有些人家，怕兒女長不大活不長，便要送到觀音廟裏去「寄名」，把孩子交給觀音菩薩「照看」，認爲萬無一失。

名氣最大的子孫娘娘

——碧霞元君

泰山娘娘碧霞元君

爲了滿足半邊天——廣大婦女的需要，人們修建了成千成萬的娘娘廟，娘娘廟成爲數量最多的廟宇之一。以北京爲例，過去的娘娘廟有四十來座，排在關帝廟、觀音廟、土地廟、眞武廟之後，名列第三（關帝廟、觀音廟並列第一，土地廟、眞武廟並列第二）。娘娘廟中供奉衆多的娘娘，主要有王母娘娘、天妃娘娘（媽祖）、九天玄女娘娘和泰山娘娘等。

泰山娘娘又叫碧霞元君，全稱是天仙聖母碧霞元君。「元君」，是道教對女仙的尊稱。碧霞元君在北方尤其華化最受崇拜，因爲她的「老家」在山東泰山。

關於碧霞元君的來歷有一些不同的說法。

一說她的前身是玉女。據傳漢朝時，宮中一座殿內有金童玉女雕像，到了五代，大殿塌毀，金童風化毀掉，玉女也掉進池中。宋朝時，眞宗到泰山封禪，回來以後他到池中洗手，忽然池中冒出一個石人，眞宗讓人撈出，洗乾淨一看，正是玉女雕像。於是眞宗在泰山建祠供祀，以其爲聖帝之女，因而封爲「天仙玉女碧霞元君」。

明朝時，將碧霞元君祠擴建升格爲碧霞靈佑宮，清朝時又改爲碧霞元君祠。

二說碧霞元君本是黃帝手下的一個仙女。說是黃帝建岱岳觀時，曾派七位仙女，雲冠羽衣，迎接西崑崙眞人，並供其使喚。其中一位仙女隨眞人刻苦修行，終於得道，成爲碧霞元君。

三說《玉女卷》記載，漢明帝時有個大善人叫右守道，他的太太金氏生了個女神童，慧穎無比，三歲知人倫，七歲通曉諸法，日夜禮拜西王母。十四歲得曹仙長指點，入泰山黃花洞修煉，道成飛升，做了碧霞元君。

四說道教稱碧霞元君乃應九氣以生，受玉帝之命，證位天仙，統攝岳府神兵，照察人間善惡。這是道教賦與這位女仙的護國庇民的職責。

還有一種說法，認爲碧霞元君是東岳大帝的女兒。

以上諸說，以碧霞元君爲東岳大帝之女的說法最爲流行。傳說他們父女都住在泰山上，故碧霞元君又叫「泰山娘娘」。「泰」字在《易經・泰卦》彖傳內表示「天地交而萬物通」之意，故人們附會爲婦女生子之意。又說她「岱居本位，其色惟碧，東方主生，一本乎坤元之資生萬物」，就是說這位女神「滋生萬物」，主生，所以民間又把她視爲「送子娘娘」。

泰山的碧霞元君祠在極頂南面，宋代創建，明淸均有增修，是一組規模宏大的古建築群。山門內正殿五間，殿瓦、鴟吻等均爲銅鑄，殿內正中供奉碧霞元君銅像，明代所鑄。東西配殿鐵瓦覆頂，殿內供奉送生、眼光二神銅像，廟內還有明代銅碑。這組高山建築範銅鑄鐵，玲瓏精巧，國內罕見。

北京四方都建有碧霞元君廟，分別叫「東頂」、「南頂」、「西頂」、「北頂」，以妙峰山的碧霞元君廟最有名，叫「金頂」。金頂四月初一開廟時，人山人海，熱鬧非凡。據說，慈禧太后曾經爲其子同治皇帝載淳祈求發痘平安，叫廟裏要等她進香以後再開廟，別人才能進去。這叫「燒頭香」。盡管進了「頭香」，碧霞元君還是沒救得載淳性命，他最終仍然發痘而死。

計劃生育的「天敵」
——多子床神

雷震子

人的一生有三分之一是在床上度過的，而且除睡眠以外，男女之歡，養兒育女，全離不開床，床與人們的生活是如此密切相關。

舊時不但新郎新娘入洞房要拜床神，婦女生孩子、兒童出疹出天花時，都要祭拜床公床母。產婦順利地生下孩子後，要在產房裏設置床母的神位來祭拜，感謝她保佑了母子平安。過去北京是在小孩生下的第三天即所謂「洗三」日子，以糕點來祭床神。祭床神大多在年底，但也有些地方每月初一、十五都要羅列飯菜在床上，敬床公床母。

床神在南方又稱「公婆母」，公婆母在母親心目中，就是兒女的保護神。母親不但自己祭拜，還要抱著嬰兒跪拜，直到孩子長到十五歲之前，母子倆皆一同祭拜。

床公床母一般沒有塑像和畫像，有時在床頭擺上一只插著焚香的粗瓷碗，就是「公婆母」的神位了。床公床母到底何許人也？有一種說法，認爲是周文王夫婦。床公床母還有自己的「官名兒」。在北京朝陽門外東岳廟裏，正院的西配殿叫廣嗣殿，裏面供奉的都是送子娘娘和子孫爺，主神叫九天監生明素眞君和九天衛房聖母元君，這男女二神據說就是床公床母，他們那長長的名字，即床公床母的「官名兒」。

「多子多福」、「兒孫滿堂」，是中國幾千年來傳統的幸福觀，所以人們最重視子嗣問題。過去求子特別是祈求多子者，也常禱告於床公床母周文王夫婦。這是爲什麼呢？

周文王叫姬昌，爲周族首領五十年，是西周王朝的奠定者。他活了九十七歲。《封神演義》第十四回說，姬昌本有九十九個兒子，後又於燕山收養了雷震子，湊成百子之數。所以民間傳說周文王夫婦生有百子，他倆成了「多子多福」的楷模，自然受到世俗祈求多子者的頂禮膜拜了。

送子娘娘中的「老外」

——鬼子母

鬼子母

鬼子母爲佛教二十諸天（即護法神）之一。但觀其姓名，使人覺得這位女性天神似非善類。鬼子母，鬼子之母也。確實，這個鬼子母本是個專吃人的惡神——母夜叉，後得釋迦牟尼感召而皈依佛教，「放下屠刀，立地成佛」，由惡神而成善神。

鬼子母的洋名爲「訶梨帝母」，「訶梨帝母」是梵文的音譯，又意譯爲「暴惡母」、「歡喜母」。「暴惡」名副其實，佛經《毗奈耶雜事》卷三十一說她「旣取我男女充食，則是惡賊藥叉。」以食人爲生，稱其爲暴惡母，理所當然。至於歡喜母，同書說此女出生時，「容貌端嚴，見者愛樂」，衆夜叉都很歡喜，大伙兒一商量，就給她起名叫「歡喜」。又因其爲五百鬼子之母，故俗稱「鬼子母」。在佛經上，她又被稱作「訶梨帝藥叉女」。所謂「藥叉」，就是「夜叉」，意思是「能啖鬼」、「捷疾鬼」，有時作爲一種惡魔出現，傳入中國以後，成爲惡鬼的代稱。民間常稱一些凶惡的女人爲「母夜叉」。《水滸傳》中的「母夜叉」孫二娘賣過一陣子人肉包子，她的形象不言而喻。不過，訶梨帝母這位母夜叉，模樣卻極爲秀麗，佛經《大藥叉女歡喜母並愛子成就法》對她的畫像、塑像有詳細描繪：

隨其大小，畫我歡喜母。作天女形，極令殊麗，身紅白色天繒寶衣，頭冠耳璫，白螺為釧，種種瓔珞，莊嚴其身。坐寶宣台，垂下右足。……於其左右，並畫侍女眷屬，或執白拂，或莊嚴具。

這哪裏是個母夜叉，簡直是個儀態萬方的女菩薩！這麼一位漂亮的女神，當初爲何依靠吃人爲生呢？

在《佛說鬼子母經》、《大藥叉女歡喜母並愛子成就法》、《毗奈耶雜事》等經書中，記載了訶梨帝母的成神傳說：

往昔王舍城中有獨覺佛出世。有五百人各飾身共詣芳園。途中遇懷妊牧牛女持酪漿來，勸同赴園。女喜之舞蹈，遂墮胎兒。諸人等捨之赴園內，女獨止而懊惱。便以酪漿買五百庵沒羅果，見獨覺佛來女旁，頂禮而供養之。發一惡願曰：「我欲來世生王舍城中，盡食人子。」

由此惡願舍彼身，後生為王舍城娑多藥叉長女，與健陀羅國半叉羅藥叉長子半支迦藥叉婚，生五百兒。恃其豪強日日食王舍城男女。

佛以方便隱鬼女一子，鬼女悲嘆求之，知在佛邊，佛曰：「汝有五百子，尚憐一子，況餘人只有一二耶？」乃教化之授五戒，為鄔波斯迦（即優婆夷，指受五戒的在家女居士、佛教女信徒），鬼女曰：「今後無兒可食者。」佛曰：「勿憂，於我聲聞弟子每食次呼汝及兒名，皆使飽食，汝於我法中勤心擁護伽藍及僧尼。」鬼女及兒皆歡喜。

這是一個典型的勸惡從善佛教故事。佛祖略施小技，即使惡魔歡喜皈依，不過是在宣揚「佛法無邊，回頭是岸」。

鬼子母因有痛失愛子的深切體會，在兒子失而復得並皈依佛教後，便發誓保護小兒，成爲婦女兒童的保護神。後又將鬼子母與婦女生育聯繫起來，如同中國的送子娘娘。佛教密宗專有「訶梨帝母法」，爲祈禱婦女順利生產而修之密法，在婦女產時修此法，稱訶梨帝母法會。修法時唸《訶梨帝母眞言經》。

古代印度寺廟對鬼子母奉祀頗盛，常在門屋處或食廚邊供養鬼子母以求福。鬼子母傳到中國後，多與其他十九天神排列在大雄寶殿佛祖的兩側，作爲拱衛天神。但中國百姓却愛將其視爲送子娘娘、送子觀音來單獨禮拜，對她的訶梨帝母的身世是不大了解的。著名的大足石刻北山一二二號窟即訶梨帝母窟。

窟中所雕鬼子母，完全被漢化，是一古代貴婦人的形象：頭戴鳳冠，身著敞圓領寶衣，脚穿雲頭鞋，坐於中式龍頭靠背椅上。左手抱一小孩，右手放在膝上。左右侍女各一。窟左壁刻一肥胖乳娘，抱一小兒，敞胸哺乳。全窟共刻小兒九個，有站有坐，或伸臂或屈腿，天眞爛漫，逗人喜愛。

這座「訶梨帝母窟」又叫「送子殿」，窟門口還刻有一副對聯：

祥麟不祚無緣嗣；
威鳳偏臨積善家。

本來按照佛教說法，人生在世就是痛苦，所謂「苦海無邊」。修行的目的是爲了求得解脫，跳出「六道輪迴」，不生不死。主張不生，即不能要子嗣，這與中國傳統的儒家忠孝思想相違背。因此從漢至唐，儒、釋之間曾多次進行激烈爭論。有時爭論的結果對佛教很不利，佛教徒爲了擺脫困境，便對儒家忠孝等觀點進行了一些讓步，吸收了儒家的一些說法，出現了某種程度的儒釋合流，以至後來的儒釋道三教合一。於是佛教中出現了掌管人間生育的菩薩，鬼子母即爲其一。

其實，送子娘娘也並非是中國的「專利」，其他國家和民族也有一些自己的送子娘娘，只是風格各異罷了。如法國著名的楓丹白露宮中，至今還保存一尊法式送子娘娘。

在宮中走廊的一個壁龕之中，有一尊奇特的大理石雕像。這是一健美的法國女性，面含微笑，雙臂展開，雙手托在腦後，眼睛凝視著遠方。與中國送子娘娘迥然不同的是，這位洋娘娘是赤身裸體的，最奇絕的是，從她那聖潔的胸脯直到腿下，共有三排豐滿鼓脹的乳房，每排五個，總共有十五個乳房，身上爬著四五個嬰兒，有的在吸吮乳汁，有的在嬉戲玩耍。雕像充滿了生命的活力。

看來，外國貴婦人也很崇拜送子女神，想當年，法國約瑟芬皇后或許就跪拜在這尊神像下面，祇禱女神讓她爲拿破崙皇帝生個兒子。但兒子終於沒能生成，約瑟芬也被拿破崙廢黜了。

國外雖然也有送子娘娘，但在品種和數量上遠比中國遜色。這是由於中國傳統的倫理觀念和地域廣大所造成的。

送子的風流男神
——張仙

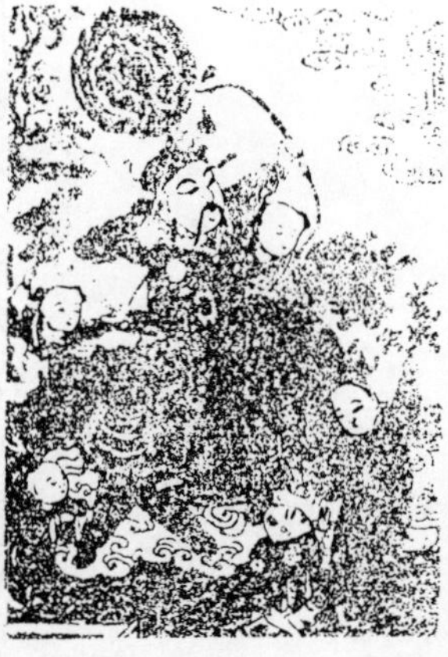
張仙

張仙又稱「張仙爺」。過去世俗家庭常把張仙爺供在屋內，將其紙像掛在烟囪左邊。張仙的「神姿」與一般神仙不同，一身華麗的貴族打扮，面如敷粉，唇若塗朱，五綹長髯，飄灑胸前，是位美男子。他左手張弓，右手執彈，作仰面直射狀，右上角還常畫有一隻天狗。

這位張仙爺的雕像或是塑像較少，大多是畫像。他的前身，就是花蕊夫人的愛夫——五代後蜀皇帝孟昶。

孟昶如何成「張仙」

孟昶的父親，在四川建立了後蜀朝廷，但只當了幾個月的皇帝就死了。孟昶繼位時只有十六歲，他設法收拾了對自己有威脅的幾個權臣，算是個精明幹練的君主。可他又是個有名的荒淫奢侈皇帝，他的生活起居，極其侈豪，就連他的尿壺也用珍珠七寶來裝飾。後來宋太祖趙匡胤發兵攻打後蜀，孟昶兵敗降宋。一次，宋太祖看到孟昶的「七寶尿壺」，馬上命人毀掉，還對周圍大臣說：「享受到這般地步，怎會不亡！」

孟昶有個心愛的妃子叫花蕊夫人，也被送到汴京，召入皇宮，沒幾天，孟昶就被害死。據說，花蕊夫人初見趙匡胤時，奉命賦了一首《國亡詩》：

君王城上豎降旗，妾在深宮哪得知。
十四萬人齊解甲，更無一個是男兒。

花蕊夫人進入宋宮，但不忘故主，時時懷念孟昶，就畫了張孟昶挾著彈弓射獵的畫像，奉祀在室內。一天，趙匡胤入宮，見到這幅畫像，問他是誰。花蕊夫人詭稱道：「此我蜀中張仙神，祀之令人有子。」以後，傳之人間，遂爲祈子之祀。

不過，這裏邊有個問題。就是孟昶兵敗投降後，被封爲秦國公，來到汴京，趙匡胤親眼見過他，畫像上的孟昶尊容豈能不識？也許是這位奪人老婆的皇帝故意裝聾作啞，不便捅破罷了。

不管怎樣，花蕊夫人編造的「神話」，使孟昶成了「張仙」，受到後世的奉祀，這位多情夫人也對得起花天酒地的故主了。

張仙的「靈驗」

從宋太祖起，張仙便在宮中落了脚，受到皇家的奉祀。嘉佑年間，宋仁宗趙禎年已五旬，尚未有子。一夜，夢一美男子粉面五髯，挾彈而前，曰：「陛下因有天狗守垣，故不得嗣。陛下多仁政，今天我等爲您彈而逐之。」仁宗打聽他的來歷。他說：「我是桂宮張仙。天狗在天上掩日月，到世間專吃小兒，只要一見到我就會逃跑。」仁宗聽了大喜，一跺脚忽然醒了，才知是大夢一場。他馬上命人畫了張仙像，掛在寢宮裏。此事載於《歷代神仙通鑒》卷九。可惜，夢想終歸是夢想，仁宗到底沒有得到兒子，只好從親族中收養了一個，立爲太子。

由於皇帝的提倡，張仙很快流傳到民間。而且對其所持武器，又附會了新的說法。古代風俗，生男孩要懸弧矢（弓箭），張仙所挾「彈」，與「誕」字同音，暗含「誕生」之意。故此，張仙就成爲專管爲人間送子之事的「誕生之神」。

宋代大文豪蘇洵對人說，他曾夢見張仙，手裏捏著兩個彈丸，以爲誕子之兆。於是老泉虔誠地供奉張仙，後來果然得了蘇軾、蘇轍哥兒倆（《七修類稿》）。爲此，蘇洵還寫了《張仙贊》，對張仙感激不已。不過蘇洵所說的張仙叫張遠霄，是個四川道士。《蜀故》載，他得了「四目老翁」之彈弓，看到誰家有災，瞄準了就是一鐵丸，將災「擊散」。他還常將鐵丸向空中打去，人問之，答道：「打天上孤辰寡宿耳。」人們鋤地掘土，常得其彈子，上有紅點，堅實異常。傳說女子揣在身上，能生兒子。

不論張仙是孟昶，還是張遠霄，老百姓是不大深究的。但盼望張仙能給自己送個兒子，却是眞的。「不孝有三，無後爲大」，幾千年的封建傳統對世俗，尤其對婦女是條極其沉重的鎖鏈，她們不能不找幾位送子娘娘（甚至其中有張仙、彌勒之類的男性）來保佑自己。

張仙信仰與「拴娃娃」

最初的張仙只有畫像沒有塑像。到了明清，一些道士和住持根據孟昶和花蕊夫人的關係，乾脆把張仙的男像改爲以花蕊夫人爲模特兒的送子娘娘塑像了。一些張仙祠變成了送子娘娘廟。

娘娘廟裏拴娃娃大哥，是已婚婦女重要的一項社會活動。舊時的婦女大多迷信，婚後爲了早生「貴子」，常去娘娘廟拴娃娃。所謂「娃娃」，是道士們做的或買的許多小泥人，叫做「百子童」。婦女們把這泥娃娃叫做「大哥」，說是靠「大哥」能招來小弟弟。「大哥」們放在香桌上，供婦女們來抱取，可不能白拿，有香火道人在旁邊盯著，凡抱取一個「大哥」的，掏錢一百文，說是討個吉利，所謂「長命百歲」。女人家高高興興抱回去一個巴掌大的娃娃大哥，回到家，就跟真事一樣，給小泥娃娃穿上小衣服，打扮一番，再放在床頭旁。要是以後眞生了孩子，還得去娘娘廟還願。自己要花錢買十個或一百個小泥娃娃白送給廟裏，這叫「得一還十」、「拴一回百」。這麼多年來，廟裡有時泥娃娃多得「娃滿爲患」，老道就在晚上偷偷地扔進河裏。但百姓家的娃娃大哥絕不能扔掉，要一直「養」到「老」。每幾年到廟裏換一次，由小到大，等上了年紀，還畫上鬍子。家裏人給孩子買糖葫蘆，也要給娃娃大哥手中插上一串，絕不能虧待它。還願，常在農曆正月十五燈節的時候，那一天人山人海，鼓樂喧天，眞是熱鬧非凡。

前面提到，每逢過年時人們就花二三文錢，把張仙「請」到家來，貼在烟囪旁。這時的張仙已是清人打扮，身著黃馬褂，綠大袍，手拿弓、彈，作向天空打天狗的姿勢。畫像兩旁還常貼上一幅對聯：

打出天狗去；
保護膝下兒。

橫披是：子孫繩繩

民間有一種說法，家裏的烟囪沖著天，會有天狗順烟囪鑽進屋裏，嚇唬小孩，傳染天花，禍害兒女。張仙爺守住了烟筒口，天狗就不敢鑽進屋來了。

張仙一般沒有自己單獨的廟觀，多「借」其他神祇的「光」雜處一起。天津西廟旁有座「張仙閣」，神龕裏的主神即是張仙。

金花夫人的「神異功能」

送子娘娘

送子娘娘多爲女性，除專職的送子娘娘外，還有些兼職的，如碧霞元君、天后、送子觀音等；也有些著名的男性神，如送子張仙、送子彌勒等。這些屬於「通用神」，流行區域大。此外，還有一些地方性的送子娘娘，在某一地區備受崇拜，成爲當地大神。廣州的金花夫人即爲其一。

舊時，廣州民間普遍供祀金花夫人，那時廣州許多地方都有「金花廟」，專祀金花夫人，香火很盛。至今廣州還有一條以廟命名的「金花街」，可見其影響廣大。傳說農曆四月十七日是金花夫人誕辰日，是日朝拜者成群結隊，絡繹不絕。

這位金花夫人的來歷如何呢？

據《番禺縣誌》稱，金花夫人是當地一金氏之女，姓金名花，叫金花姑娘，十多歲時就做了女巫，是個從事迷信職業的「小仙姑」。她的成仙經過也很奇特。《粵小記》云：「(金花)本巫女。五月觀競渡，溺於湖，屍旁有香木偶，宛肖神像，因祀之月泉側，名其地曰惠福興，曰仙湖云。」

《番禺縣誌》卷五十三則說得更具體些：

(金花)少為巫時，稱為金花小娘，後沒於仙湖之水，數日不壞，且有異香，里人陳光見而異之，偕衆舉殮，得香木如人形，因刻像立祠。祈嗣，往往有驗。祠毀，成化五年(1469年)，巡撫陳濂重建，稱為金花普惠福夫人，張詡詩：

王顏當日睹金花，化作仙湖水面霞；

霞本無心還片片，晚風吹落萬人家。

嘉靖初，提學魏校毀其祠，焚其像，廣大篤信，於今立金花會，移祠於河之南。

上述所言，金花成仙的經過實在沒有什麼說服力。不過是一小女巫淹死於湖中，被好事者附會了一點「仙迹」——「屍旁有香木偶，宛肖神像」，仿照死者遺容用極短時間雕出一個木像，雕好放在金花屍旁，造神過程便完成了，本不是什麼難事。在中國這塊土地上，有時製造神明、樹立權威簡單得很，陳勝、吳廣學了幾聲狐狸聲：「大楚興，陳勝王」，就使全體戍卒乖乖地聽命。不過，金花姑娘為何「溺於水」？還有，據金花廟廟碑記載，金花生於洪武七年（1374年），「成仙」於洪武二十二年（1339年）三月初七日午時，享年十五歲。這麼一個小姑娘怎麼管起婦女們的生育來了？又怎麼成了個「夫人」？這些都是問題。

為了解答這些疑問，於是又有了另一種說法，據《粵小記》云：

或曰：神（金花夫人）。本處女，有巡按夫人方娩，數日不下，幾殆。夢神告曰：「請金花女至，則產矣！」密訪得之。甫至署，夫人果誕子。由此無敢婚神者。神羞之，遂投湖死。粵人肖像以祀。神姓金，名花，當時人呼為「金花小娘」。以其令佑人生子，不當在處女之列，故稱夫人云（《廣州府誌》）。

這種說法還算能自圓其說，也總算解答了種種疑問。看來，金花也是個不幸的「仙姑」，名聲倒是大了，能佑人生子，可自己卻連結婚的權利都沒有，苦惱極了，只好投湖自盡，了却一生。她做夢也沒想到，自己的不幸却換來數百年興旺的香火！

廣州、河南的金花廟是所有金花廟中最大的，規模宏偉，過去曾供有八十餘神和二十奶娘。這些奶娘還都有些名目，如白花夫人（白花指男孩，女孩為紅花）曹氏、養育夫人鄧氏、紅花夫人葉氏、保胎夫人陳氏、腰胞夫人萬氏、送花夫人蔣氏等，這二十位奶娘，各司其職，加上主神金花夫人，都與婦女生育有關。

婦女求子者入廟禮拜，要在二十位奶娘神前各插一柱香，周而復始，直至將手中的一束香插完，看最後一柱插在哪位奶娘面前。這最後一柱很重要，如這位奶娘是抱子的，便預兆得子，就要把奶娘懷抱裡的童子用紅繩繫上，一邊磕頭，一邊祈禱：「祈子金華，多得白花；三年兩朶，離離成果。」認爲即可托生爲己子。若面前的奶娘是空手的，就趕快回家，等下次再來碰碰運氣。只要求子者不厭煩，總有一天會撞上「好運」的。這些當然是不可信的。

九天玄女娘娘兼管送子工作

九天玄女授天書

九天玄女又叫九天女、玄女、元女、九天娘娘，是中國古代神話中的女神，後爲道教所信奉，成爲女仙中著名的一位，在民間頗有影響。家喻戶曉的《水滸傳》中，即載有此女仙事。

在《水滸傳》第四十二回中，宋江被梁山好漢們打劫了江州法場救上山之後，又下山去接老父和弟弟，不料被官兵發現，慌忙中逃進還道村玄女廟。官兵尋到廟中，玄女顯靈，吹起一陣怪風，飛沙走石，罩下一陣黑雲，官兵們驚恐逃走。玄女派兩個青衣仙女請宋江相見，授予三卷天書，並命其道：「宋星主，傳汝三卷天書，汝可替天行道爲主，全忠仗義爲臣，輔國安民，去邪歸正。」又道：「此三卷之書，可以善觀熟視，只可與天機星同觀，其他皆不可見。功成之後，便可焚之，勿留在世。」

宋江謹受命，從此堅定了造反的決心，不再三心二意。後來晁天王殞命，宋江代之而爲梁山泊義將領袖。

到第八十八回時，宋江人馬已歸順了朝廷，奉命領兵征遼。遼軍擺設「太乙混天象陣」，十分厲害，攻打幾次，宋軍損兵折將，宋江無計可施。宋公明煩悶，寒夜睏倦，夢二仙女引其拜見九天玄女。玄女當面授以破陣之法，宋江即以此法破陣，大敗遼軍。

書中的九天玄女是位頗諳軍事的女神仙，但她的模樣却像是一位雍容華貴的后妃。

九天玄女這一女仙，並非是《水滸傳》作者憑空編造，而是源於遠古的神話傳說。不過，最初的玄女並不像《水滸傳》中的那麼漂亮，而是一個鳥身子上長著個人腦袋的怪物！

《詩經・商頌・玄鳥》說：「天必玄鳥，降而生商。」這是殷商後代祭祀自己祖先的詩歌。是說天帝命令玄鳥生下契來，建立了強大的商朝。玄鳥就是商人的始祖。《史記・殷本紀》也記載了這種傳說：

殷契，母曰簡狄，有娀氏之女，為帝嚳次妃。……三人行浴見玄鳥墮其卵，簡狄取吞之，因孕生契。

傳說中商的始祖爲帝嚳之子，母親叫簡狄。曾經助禹治水有功，被舜任爲司徒，掌管教化，居於商（今河南商丘南），一說居於蕃（今山東滕縣）。傳說中商族與玄鳥有血緣關係，當是與商族崇拜玄鳥圖騰密切相關。

這個玄鳥後又化身爲玄女，並被羼入黃帝神話中，成爲黃帝之師。黃帝與蚩尤九戰九不勝。黃帝歸於太山，三日三夜，天霧冥。有一婦人，人首鳥形。黃帝稽首而拜，伏不敢起。婦人曰：「吾玄女也，子欲何問？」黃帝曰：「小子欲萬戰萬勝，萬隱萬匿，首當從何起？」遂得戰法焉。此時的玄女，雖尙未脫離鳥形，但到底進了一步，成了一位救助危難，傳授兵法的半人半禽女神了。

幫助黃帝取勝，則是順乎天意、天命，所以玄女成了天廷中掌管天書秘錄，專門傳授救世英豪兵法，以裁決人世刼運的大神了。

西王母成了諸女仙之王以後，「女子登仙得道者咸所隸焉」（《法仙傳》），玄女自然也成爲王母娘娘駕下的一位女仙。道士們則把玄女鳥奉王母命授黃帝天書的傳說，進一步加工，玄女已不再是「人首鳥身」，而由半人半禽「進化」爲人了。至於所授天書，一言「道」、一言「法」，一言「術」，所謂「天機之書」，大概就是《水滸傳》中九天玄女送給宋江「天書三卷」的來歷。

在宋代張君房編撰的《雲笈七籤》中，玄女已是九天玄女，並且徹底人神化，成了道地的女神仙：「九天玄女者，黃帝之師聖母元君弟子也」，黃帝「戰蚩尤於涿鹿，帝師不勝」，

「居數日，大霧冥冥，晝晦，玄女降焉。乘丹鳳，御景雲，服九色彩翠之衣，集於帝前。帝再拜受命。玄女曰：『吾以太上之教，有疑可問也。』……玄女即授帝六甲六壬兵信之符、靈寶五符策使鬼神之書」，「帝遂率諸侯再戰，……遂滅蚩尤於絕轡之野。」

這時的九天玄女已完全脫離了動物痕迹，成爲一位傳授天書兵法，扶助應命英雄的上界女仙了。

後來各地修建了一些玄女廟、九天娘娘廟，但民間並未把她當成什麼送天書扶助應命英雄的女神仙，倒是將她視爲送子娘娘來敬奉。老百姓們最講實際，「天書」之類離自己太遙遠，不如給自家送子送女更實惠！

婦女生育的「助產士」

——順天聖母

臨水夫人陳靖姑

人們常把婦女生產——分娩，叫做「下地獄」，「過鬼門關」，是說不但十分痛苦，而且也很危險。在婦產科還很原始和落後的古代（其實那時根本沒有婦產科這一門），更是如此。

古代沒有專職的產科大夫和助產士，出現「穩婆」（收生婆）是後世的事，而且大多是兼職的。很長的歷史時期內，婦人生產被認爲不潔，而要到厠中，乃至田野、樹林中去分娩，產婦痛苦不堪不說，還極易引起許多疾病，如大出血、子宮破裂、產褥熱、子宮瘤等，甚至有的因爲難產而喪失了生命。即使後來分娩條件改善了，難產的陰影還時時在產婦身旁徘徊。國外有些民族，爲了對付分娩不順、難產，古代還流行過原始的「助產術」，即所謂「魔術助產」。如有些民族把斧頭放在產婦床下，或用鐵錘敲打床柱，斧和錘是北歐神話中雷神的武器，這些做法是爲了驅逐「惡魔」。有的逮一隻角鴟進入產室，讓牠高聲啼叫來驚走「惡魔」。還有的拿著劍走進產房，在空中胡亂揮舞一陣，然後把劍放在產婦身旁。甚至有的民族還有在產婦身旁放炮的風俗！不用說，這些都是爲了保護產婦順利分娩。因此，婦女們把生孩子叫做「過鬼門關」，也是自然的了；而女人們祈望有一位神明護佑自己生產順利，也是必然的了。神由人興，神由人造，完全可以說是「人的需要」。中國古代的這位助產神，就是順天聖母。

助產神有那麼幾位，名頭最大的要屬順天聖母陳靖姑了。陳靖姑又作陳進姑，世稱臨水夫人、順懿夫人、大奶夫人。相傳陳靖姑生於唐代大曆元年（766年）的正月十五，家在福州。父親陳昌在朝廷裏當官，拜戶部郎中。她小時即有靈性，十七歲時給隱居山中學道的哥哥送飯，半路遇見一個要飯的老婆婆，就把飯給老人吃了。老婆婆原是個有道行的仙人，便教給靖姑符籙之術，驅使五丁。家鄉一帶有大蛇爲害，陳靖姑帶劍斬殺三條毒蛇，爲民除害，功莫大焉。

後皇后難產，分娩艱難，眼看就要不行了。陳靖姑聽說了，便運氣用法術到後宮，幫助皇后生下了太子，宮娥上奏，皇上大悅，馬上封陳靖姑爲「都天鎭國顯應崇福順意大奶夫人」，並在福建古田爲其建廟。於是民間遂將陳靖姑說成是「專保童男童女，催生護幼」之神，紛紛在各地建廟。

還有一種說法。陳靖姑是福建古田縣臨水鄉人。嫁給了劉杞，懷孕數月，正遇家鄉大旱，她見鄉親們焦急無比，便「脫胎（墮胎）求雨」，雨終於下了，但她卻獻出了生命，年僅二十四歲。她臨終時留下遺言：「吾死必爲神，救人產難。」所以後世婦人臨產，常供臨水夫人像於室中，一直到孩子出生後，「洗三」時才拜謝而焚之。

過去南方許多地區，在順天聖母陳靖姑誕辰日，要預先挑選多福長壽的老太太數人，爲廟中的神像更換新衣，然後官員們行禮，士女焚香膜拜，絡繹不絕。夜晚，還要抬著聖母神像巡行街市，張燈結彩，鼓樂喧闐。還有兒童數百人，皆執花燈跨馬列隊前，觀者塞路。

想來陳靖姑大約是個女巫之類的人物，或許就當過穩婆，總之爲鄉里特別是產婦們做過一些好事，便被人們增飾附會出許多助產神異，成爲受祀千年、恩澤百世的產婦救星！

按說，眞正的救助產婦難產之神，應該是中國古代大名醫孫思邈。

孫思邈是唐代陝西耀縣人，醫術高超，救死扶傷，被當時人視爲神醫。有一次孫思邈出外行醫，在路上見四個人抬著一口棺材，向野外走去，後面跟著一個痛哭流涕的老婆婆。突然，他看到從棺材裡流出幾滴鮮血，忙跑過去問：「棺材裏是什麼人？死了多久了？」抬棺材的人說，棺裏裝的是老婆婆的女兒，因爲難產，剛死不久。孫思邈便說：「打開棺材看看行嗎？我也許能救活她。」

老婆婆聽說孫思邈是郎中，便求他救救女兒。棺材蓋打開了，只見裏邊的婦人臉色蠟黃，十分可怕，孫思邈摸摸她的脈，還在十分微弱地跳動著，便在她身上找好穴位，扎了一針。一會兒功夫，這個婦女甦醒過來，後來小孩也「哇哇」叫著生了下來。人們都驚呆了，一針救活了兩條命，起死回生，眞是神醫！

孫思邈雖未當上婦女難產之神，但一直被人們作爲「醫王」、「藥王」供奉著，他經常去採藥的陝西耀縣五台山，被稱作「藥王山」。

衆多的子孫娘娘與專拜子孫娘娘的日期

——舊曆三月二十

眼光娘娘

「多子多福，子孫滿堂」，是過去中國人的傳統文化心態和追求。於是拜神禮佛，祈求子嗣，成爲中國大地上極爲廣泛的迷信活動，衆多的送子神仙也就應運而生。衆多的送子、佑子神中，除了些有名目、來歷的以外，還有不少「概念化」的子孫娘娘。如廣州著名的祈子神廟——金花廟中，主神爲金花夫人，附祀的有張仙、華佗、月老、花王、桃花女、斗姆等，大都與生育有關。還有二十奶娘神像，則皆與生育有關。這二十位子孫娘娘名稱如下：

保痘夫人胡氏　梳洗夫人張氏

教食夫人劉氏　白花夫人曹氏
養育夫人鄧氏　血刃夫人周氏
轉花夫人寧氏　送子夫人謝氏
大笑姑婆祝氏　剪花夫人吳氏
紅花夫人葉氏　小笑姑婆黃氏
羊刃夫人蘇氏　瀨花夫人林氏
保胎夫人陳氏　教飲夫人梁氏
教行夫人黃氏　腰抱夫人萬氏
栽花夫人杜氏　送花夫人蔣氏

所謂「花」者，乃借指胎兒、嬰兒，「白花」指男孩，「紅花」則指女孩。「轉花」，是指女轉男。這裏娘娘衆多，分工細緻，從投胎、懷胎、定男女、保胎到生產、養育，乃至吃、喝、梳洗、行走、去病等無所不包，所以極受婦女們的歡迎與崇拜。正如清道光時《佛山忠義鄉誌》卷十四所說：「金花會盛於省城河南，鄉內則甚少。惟婦人則崇信之。如亞媽廟各處，內供十二奶娘，婦人求子者入廟禮拜，擇奶娘所抱子，以紅繩繫之，則托生爲己子，試之多驗。然年卒不少。」

我國地域極爲遼闊，各地的子孫娘娘雖大同小異，但名目已有一些區別。如北京著名的東岳廟內「娘娘殿」中，所供九位娘娘分三組奉祀：

左	中	右
引蒙娘娘（左）	子孫娘娘（左）	催生娘娘（左）
斑疹娘娘（中）	天仙娘娘（中）	培姑娘娘（中）
乳母娘娘（右）	眼光娘娘（右）	送生娘娘（右）

這九位子孫娘娘在北京崇文門外南藥王廟的「娘娘殿」中也同樣供奉，而且她們的牌位上寫的是全銜，按照她們的級別分別為：

1 天仙聖母永佑碧霞元君
2 眼光聖母惠照明目元君
3 子孫聖母育德廣嗣元君
4 痘疹聖母立毓隱形元君
5 斑疹聖母保佑和慈元君
6 送生聖母錫慶保產元君
7 催生聖母順度保幼元君

8乳母聖母哺嬰養幼元君

9引蒙聖母通穎導幼元君

這裏痘疹娘娘換下了培姑娘娘，這些牌位介紹了諸位娘娘的職能。不過，娘娘除碧霞元君外，皆有名無實，雖如金花廟中的二十娘娘分別安上了姓氏，但也是「有姓無實」，無從考證。這些衆多的娘娘是由一位主神娘娘，透過人們的聯想而衍化出來的掌管各種與生育有關的化身娘娘，個別的或許與當地某一著名的女性有關，但大多沒有什麼來歷。婦女們只管拜神求嗣，沒有哪個敢去探聽、研究娘娘們的身世。

台灣的子孫娘娘則叫「注生娘娘」，所謂「注生」，是執掌生育之事。這位注生娘娘還是從大陸傳過去的，她就是福建的臨水陳夫人，又被當作婦女難產之神。注生娘娘手下也有不少附祀娘娘，當地稱「婆姐」。福州的注生娘娘廟，在主神兩側，竟有三十六婆姐，而台灣和福建其他地方的注生娘娘廟中的婆姐，一般爲十二位。十二位婆姐的名稱如下：

1注生婆姐陳四娘　2注胎婆姐葛四娘　3監生婆姐阮三娘　4抱送婆姐曾生娘　5守胎婆姐林九娘　6轉生婆姐李大娘　7護產婆姐許大娘　8注男女婆姐劉七娘　9送子婆姐馬五娘　10安胎婆姐林一娘　11養生婆姐高四娘　12抱子婆姐卓五娘

這裏面也有一位轉生娘娘。轉生（即轉身）是佛教的說法。據說西方極樂世界的教主阿彌陀佛，曾立下四十八誓願。其中第三十五願爲「女身往生願」，即所謂「轉女成男願」。說什麼女人經過修行，來世可轉男身，做個男人。在封建時代，一般女人生活在社會最底層，苦楚最多，再加上重男輕女的社會偏見，使廣大婦女深感做一個女人的艱難，願意來世「脫生」男人。佛教根據這種需要，於是有了一部《轉女身經》，經文中歷說了女身的種種苦惱，佛祖特意給尙在母胎中的無垢女——舍衛城的大闊老、釋迦的大施主之女，說轉女成男之法，共有十法。

「轉身」之說，滿足了不少婦女願望，因爲今世並不需要「驗證」，倒也頗能迷惑人。

天津天后宮中的子孫娘娘也很有代表性。正殿中的主神是天后聖母，左右則是她的化身娘娘：

眼光娘娘——手中托著一隻大眼，象徵明目去眼疾，雅稱是「眼光明目元君」。

子孫娘娘——手抱小兒，身背口袋，袋內裝滿小孩，雅稱是「子孫保生元君」。

耳光娘娘——雙手捧著一個人的耳形，雅稱是「耳光元君」。

斑疹娘娘——左手握著一件形似蓮蓬的東西，上面有許多斑點，雅稱是「斑疹回生元君」。

千子娘娘——身上爬滿了小孩，雅稱是「千子元君」。

引母娘娘——手領小孩，小孩作半爬伏狀，雅稱是「引母元君」。

廟中的鳳尾殿裏也供有十幾位娘娘，主神爲碧霞元君（泰山娘娘），其中的送生娘娘（雅號是「隨胎送生變化元君」）十分奇特。這位娘娘被塑成兩面人，前面是善臉，慈眉笑目；背面是惡臉，凶惡害人。據說這位娘娘把小孩送生到人世時，唯恐孩子留戀不捨，所以在送生時，先是善面，然後又回過頭來，露出惡臉，孩子一害怕，就降生了。看著娘娘們的塑像，不能不佩服前人想像力的豐富與奇特。

崇信子孫娘娘與「拴娃娃」的習俗密切相關。「拴娃娃」本是北方的風俗，以後也傳到了南方。清代大學者紀昀曾回憶他嬰孩時的趣事：「余三三歲時，嘗見四五小兒彩衣金釧，隨余嬉戲，皆呼余爲弟，意似甚相愛，稍長時乃皆不見，後以告先姚安公，公沈思久之，爽然曰：『汝前母恨無子，每令尼媼以彩絲繫神廟泥孩歸，置於臥內，以乳命名，各日飼果餌，與哺子無異。歿後，吾命人瘞樓後空院中，必是物也。』恐後來爲妖，擬掘出之，然歲久已迷其處矣。」

南方拴娃娃的習俗，安徽的《壽春歲時紀》所載可見一斑：

三月十五日燒四頂山香，山在八有山東北，離城廂約七里餘，山上有廟宇數十間，塑女神曰碧霞元君，俗呼為泰山奶奶。奶奶殿側有一殿，亦塑一女神，俗稱送子娘娘。廟祝多買泥孩置佛座上，供人抱取，使香火道人守之，凡見抱取泥孩者必向之索錢，謂之喜錢。抱泥孩者，謂之偷子。若偷子之人果以神助者得子，則需買泥孩為之披紅掛彩，鼓樂送之原處，謂之還子。

廟裏的「娃娃」大多是泥做的，但東北吉林地區也有紙糊的娃娃，供求嗣者「竊取」。有趣的是，這些「來歷不明」的子孫娘娘竟也有自己的誕辰，並且同在一天！據《晉祠誌》所載，農曆三月二十日爲子孫娘娘（當地又稱苗裔神）誕辰，屆時還有祭賽活動，十分熱鬧：

（三月）二十日，土人致祭子孫聖母等神於苗裔堂，演劇、賽會凡三日。遠近得子者獻膳、獻羊、獻花燭匾額。

如今，中國人「多子多福」的傳統意識已不那麼強烈了，子孫娘娘在人們心中的地位也逐漸有所下降。

第四部

人生風雨尋常事　保安居家神明多

大鬼小鬼進不來

——話說門神

漢畫像石上的神荼、郁壘

門神是我國民間最受信仰的神祇之一。門神的歷史之久、流傳之廣、種類之多，在民間諸神中是很突出的。門神從其誕生之日起，即傲立於千家萬戶的大門之上，抖盡了威風，歷二千餘年，至今不衰。說起門神的來歷，我們不能不追溯到上古時期祀門和掛桃人的習俗。

古代祀門習俗

在原始社會，人們最初是沒有房屋可住的，爲逃避敵害和遮雨避風，據說，當時有些部族「構木爲巢」，也就是在樹上搭個「窩」，棲於樹上，稱「有巢氏」。有的部族則「穴居而野處」，住在天然洞穴裏。後者已爲考古學所證實，北京周口店的北京猿人和山頂洞人就是明證。

隨著社會的進步和生產力的提高，人們逐漸學會了建造房屋。以後，私有制產生，人們由群居生活發展到各立門戶。從此，房屋與人類結下了不解之緣，至今，還有無數人在爲之「奮鬥」。屋舍不但可以遮風避雨，防止野獸和敵人的光顧，還能存放食物財產，使人們得以安居樂業。人們十分感激房屋和門窗的創造者——神，即門戶造物主。早在周朝，就有了祭門的風俗，這用意其實與祭灶相似。

據《禮記·祭法》載，大夫立二祀，適士（即上士）二祀，庶人（老百姓）只一祀，其中都包括祀門。古代祀典中有五祀之說，所謂「五祀」，即祭祀門、戶、井、灶、中霤（土地）等五神。周時，「五祀」是周天子及各諸侯的祭祀大典，十分隆重。「祀門」是在九月舉行。秋季九月，正是收穫的黃金時節，百官不論貴賤，皆參加這一活動，「以會天地之藏」。忙乎了一年，準備收藏過冬了，五穀六畜安頓好以後，當然要「請」個門神來守護，不然，一年的血汗豈不白費？平頭百姓們祀門，當然比不上君王諸侯排場，但也十分虔誠恭敬。

五祀所祀，都是圍繞著人們生活起居的神祇。探其根源，是與原始自然崇拜有關。原始崇拜認爲，凡與人們日常生活有關的事物，皆有神在。五祀所祀之門神、戶神、灶神、井神、土地神，都與衣食住行密切相關，故祀之以報德。這是門神觀念的最早來源。五祀所祀神祇，如門神、灶神、土地神等，源遠流長，經久不衰，成爲我國民間最富代表性，最有廣泛群衆基礎的流行神。

門神的產生還與古人鬼魂崇拜有關。遠古，人們對大自然無法認識，鬼魂觀念十分盛行。殷人、周人皆尙鬼，看到風、雨、雷、閃等自然現象，以爲是鬼神所爲；有時蟲蛇猛獸突然闖入，也認爲是鬼神所遣。古人將一切壞事和怪事當成鬼魂作祟，對此充滿畏懼心理。有了房屋，給生活提供了極大方便。門的出現和使用，一爲自身出入方便，二爲防範敵害闖入。但古人還覺得不大牢靠，缺乏安全感，那些神通廣大、「無孔不入」的鬼怪來了怎麼辦？要是有個什麼能降鬼伏妖的神明，來替自家「站崗守衛」，該有多好！這就是古人心理上的依賴性。

靠天吃飯的時代，種種天災人禍，時時在無權的百姓們頭上盤旋。這些弱者要求有保護神，靠祂驅鬼鎭邪，保護自己性命和家私。基於此，人們必須造出一個神來，於是「門神」便應運而生了。《白毛女》中喜兒所唱：「門神門神騎紅馬，貼在門上守住家；門神門神扛大刀，大鬼小鬼進不來。」正是這種心理的眞實寫照。

周時，門神無名無姓，雖然《禮記》中已有禮門神的記載，但此時門神並無具體物象可指。以後才逐漸形象化，出現了掛「桃人」——兩位捉鬼門神——的習俗。

幾位捉鬼門神

古人對桃的崇拜由來已久。在原始部族社會初期，人類靠採集野生植物作爲主要食物。桃是我國較早的野生果樹，它那鮮艷甜美的果實，極得古人喜愛。大片的桃林，不僅成爲一些部族的天然糧倉，而且它那衆多果實，也引起了人們的美好聯想與尊崇。《詩經·桃夭》曰：

「桃之夭夭，灼灼其華」，「桃之夭夭，有蕡其實」，「桃之夭夭，其葉蓁蓁」，對桃極讚美。桃在人的心目中逐漸成爲靈物，成爲多子多福的象徵。壽桃一類的供品，也一直流傳至今。同時，古人還將桃崇拜爲可除災避邪、制鬼驅怪的靈物，稱其爲「神橱」，「仙木」。《典術》云：「桃者，五木之精也，故壓伏邪氣也。桃之精生在鬼門，制百鬼，故今作桃人梗著門以壓邪，此仙木也。」這裏所說的掛在門上的「桃人」，其實是兩位神將的化身，一曰神荼（音shen shu申舒），一曰郁壘（音yulu玉律）。有關二神來歷，很多古籍都談到過。

傳說遠古黃帝時候，黃帝不但管理著人間，也統治著鬼國。對那些遊蕩在人間的群鬼，黃帝派了兩員神將統領著，即神荼、郁壘二兄弟。

這哥兒倆住在東海的桃都山上，山上有一株巨大桃樹，樹幹枝丫盤屈伸展達三千里。樹頂上站著一隻金鷄（又稱天鷄），每當太陽初升，第一縷陽光照在牠身上時，金鷄即啼叫起來。接著，天下所有的公鷄一起跟著叫了起來。這時，在大桃樹東北樹枝間的一座「鬼門」兩旁，神荼、郁壘一左一右威風凜凜地把守著。他倆監視著那些剛從人間遊蕩回來的、各式各樣的大鬼小鬼。民間傳說，鬼只能在晚上活動，天亮之前，不等鷄叫就得跑回鬼國。二位神將要是在鬼群裏發現在人間禍害人的惡鬼，二話不說，馬上用葦索捆綁起來，扔到山後去餵老虎。因此，鬼最怕的有四樣：神荼、郁壘、金鷄和老虎。

於是人們用桃木雕成神、郁二神模樣，春節時掛於門上，請二位把守家門，使惡鬼懼而遠之，保護全家一年平安。但雕桃人比較麻煩，以後人們簡化爲用桃板一左一右釘在門上，上面畫二神圖像，還有的乾脆寫上他倆的大名或畫些符咒之類。此即桃符，爲後世對聯（楹聯）之濫觴。

由於神荼、郁壘的不凡本領和身份，確定了其門神的地位。由於必須具備鎮伏衆鬼的威攝力，這就決定了二位的尊容無比凶惡猙獰——其實也是一副鬼的模樣。最初的神荼、郁壘圖像已不易見，今所見漢畫磚及明《三教源流搜神大全》中二神圖像，皆十分凶惡可怕。這其實是人們想像出來的，足以鎮住鬼怪的「神姿」。

當時門神除畫神荼、郁壘外，還有畫金鷄與老虎的。鷄是司晨之靈，慣於夜間活動的衆鬼畏之。故「貼畫鷄戶上」而使「百鬼畏之」。這與當時殺鷄掛於門上驅鬼的習俗相一致：「斲（砍）鷄於戶」，「揷桃其旁」，「而鬼畏之」。不僅民間，皇宮中也有宮門掛桃人和「磔鷄於宮及百寺門，以禳惡氣」的習俗。

至於老虎，因其爲百獸之王，「能執搏挫銳，噬食鬼魅」，所以「畫虎於門，鬼不敢入」。遠在戰國時代，就有門上畫虎的記載。周王宮中有座「路寢」宮，是周王的辦公室。路寢門上即畫有猛虎，故此門又稱虎門。古人認爲「（路寢）門外畫虎焉，以明猛於守，宜也。」聯想到舊時大門前，那一對把門的石獅子，其實也有門神的味道。

繼捉鬼餵虎的神荼、郁壘之後，又出現了一位專門斬鬼吃鬼的門神，此即赫赫有名的鍾馗。自唐玄宗時形貌猙獰古怪，能劈吃小鬼的鍾馗問世以後，迅速在民間廣泛流傳。不久人們即「畫其像於門也」。隨著明人創作的鬼怪小說《鍾馗斬鬼傳》（十回）和《平鬼傳》（十六回）

的問世，鍾馗更是家喻戶曉，名揚四海。於是後來居上，取代了神荼、郁壘的門神地位。在神、郁及鍾馗成爲門神的同時，又出現了一些以歷史上的武將爲崇拜對象的門神。武將門神雖也是神，但與神、郁二位相較，有了些「人」味兒。

龐雜的武將門神

在漢代即已出現以著名勇士爲門神的圖像。據《漢書‧景十三王傳》：「廣川惠王越，殿門有成慶畫，短衣大褲長劍。」顏師古注云：「成慶，古之勇士也。」也有人說成慶即戰國著名勇士荆軻。後世諸種武將門神即由此演變而來。

唐代以後，出現了兩位著名的武將門神，這就是大名鼎鼎的秦瓊（秦叔寶）和尉遲恭（尉遲敬德）。秦、尉遲爲唐代著名武將，二人幫助李世民打下了李唐天下，是唐朝開國功勛。他二人何以成爲門神了呢？

據《三教源流搜神大全》和《歷代神仙通鑒》講，唐太宗李世民早年創立江山，殺人無數。他即位後身體不豫，夜夢惡鬼，「寢門外抛磚弄瓦，鬼魅呼叫，三十六宮，七十二院，夜無寧靜」。太宗懼之，以告群臣。大將秦瓊與尉遲恭請求夜晚戎裝守衛宮門兩旁，當夜果然無事。太宗大喜，但念其勞，命畫工圖二人介胄執革、怒目發威之像，懸於宮門兩旁。此後，邪崇全消。後世沿襲，遂永爲門神。

此事在《西遊記》第十回《二將軍宮門鎮鬼　唐太宗地府還魂》中，亦有詳述。《西遊記》

中不少內容，源於宋、元及明初的話本和民間傳說。即如第十回事，明初《永樂大典》中即收有類似描寫。可知秦、尉遲二門神至遲在元代就已流行。

秦叔寶、尉遲恭二門神，是民間流傳最廣、影響最大的武將門神，至今興盛不衰。二門神像的樣式最多，有坐式，有立式，有披袍，有貫甲，有徒步，有騎馬，有舞鞭鐗，有執金爪，還有對秦瓊、對尉遲（即一對門神都是秦瓊或尉遲敬德一人，分畫兩幅成為一對）等多種。在二門神的兩旁，有時還貼上這樣一副對聯：

昔為唐朝將；
今作鎮宅神。

武將門神通常是貼在臨街大門上，爲防惡魔或災害侵入，二神手中執錘鞭鐗等兵器，橫眉怒目，形象威猛雄偉。

明清至後世的武將門神，各地也不盡相同。河南一帶所畫門神，多爲趙雲、馬超。河北門神是馬超、馬岱和薛仁貴、蓋蘇文。陝西門神則是孫臏、龐涓及黃三太、楊香武。陝西漢中一帶的門神，還有孟良、焦贊。可能是孟、焦二人的出身不太硬氣，曾經做過強人，故不能登大雅之堂。這二位只好「屈尊」站在牛棚、馬圈或豬羊圈的門上，站崗守衛——大概主要是對付那些小偷小摸的。北京還有一種專鎮後門的門神，貼在後門單扇門上，其中有鍾馗和魏徵。魏徵成爲後門門神，出自《西遊記》。魏徵斬了犯罪的涇河老龍王之後，老龍的鬼魂進宮與李世民索命，前門因有秦瓊、尉遲恭二門神把守，他便到後宰門鬧事，攪得李世民徹夜不寧。於是魏徵夜晚手提誅龍寶劍，鎮守後宰門，鬼魂全消。魏徵本爲文臣，但其門神像仗劍怒目，一派英武氣概。

此外，武將門神還有燃燈道人、趙公明、馬武、姚期、楊廷昭、穆桂英、蕭何、韓信以及岳飛等數十種。這些人物皆取材於古典演義小說，一些英雄好漢婦孺皆知，備受民間崇拜，被百姓請來做門神。小說對民衆的心理影響是頗爲深廣的，並替人們造出了衆多的神。

至於寺院山門或天王殿外廊廡的哼哈二神像，也可以看作是寺廟門神，他們是守護寺廟大門的。

隨著社會的發展，只有驅鬼鎮妖一種功用的武將門神，已不能滿足人們的多種需要。於是，逐漸出現了文官門神和祈福門神。

文官門神與祈福門神

與驅邪魔、衛家宅、保平安的捉鬼門神和武將門神不同，文官門神及祈福門神是寄託人們祈望升官發財、福壽延年的願望的。

文官門神以天官居多。這類門神戴紗帽，穿一品綉鶴朝服，或抱象牙笏板，或持吉祥器物，白面五綹美髯，一派雍容華貴模樣。天官爲三官（天官、地官、水官）之首，號「賜福紫微帝君」，故又稱「賜福天官」。民間以天官爲福神，有時與祿、壽二仙並列，即所謂福祿壽三仙也。天官門神大多貼於院內堂屋門上，以別於大門上驅鬼鎭妖的武士門神，而含有迎福進財之意。

文官門神中，還有一對白鬚文官者，據說爲宋代梁顥。《遁齋閒覽》說，梁顥八十二歲才中狀元，故把梁顥畫成了白鬚皓首的「狀元爺爺」模樣。其實，這是個誤會。歷史上的梁顥爲北宋太宗時進士。登第時，年方二十三，是個小伙子。遼軍攻河北時，他上疏請明賞罰，斬懦將，擢用武勇謀略之士。以後梁顥知開封府，暴病而亡，時年四十二。民間不察，多用《遁齋閒覽》的說法。舊時極流行的啓蒙讀物《三字經》中，即有「若梁顥，八十二」之句，可見其影響之大。梁顥成了「大器晚成」的典型，以他作門神畫，顯然有勉勵老年人進取之意。文門神畫還有取材「五子登科」的。上面畫有五個舉燈、執戟、手拿桂枝的童子，寓意「五子登科」。這一典故來自五代竇燕出（竇禹鈞）教育五子，連登科第的故事。

文門神大都與升官發財有關，祈福門神則與多子多福、福壽延年有關。有時二者也配雙成對。如天官（或狀元）門神，常與送子娘娘配成對。此外還有喜神、和合二仙（象徵夫妻相愛和睦）。又劉海、招財童子，皆係小財神，尤爲商賈所供奉。這類祈福門神多含寓意。如一天官左手舉盤，盤上置一壽山石，石上升起毛筆一枝，暗含「壽比（筆）南山」意；另一天官，毛托紅色蝙蝠海水之類，隱寓「福（蝠）如東海」。有意思的是，鬼仙鍾馗有時也作爲福門神出現。他身著紅色官衣，頭戴紗帽，手執一笏，上有一桃一筆，取其「必（筆）然長壽（桃）」

之意。

福門神上常常添畫一些吉祥物，取其吉利，多用諧音雙關方法。正如《月令廣義・十二月令》所說：(門神至)「後世畫將軍朝官諸式，復加爵、鹿、蝠、喜、馬、寶、瓶、鞍等狀，皆取美名，以迎祥祉。」爵、鹿、蝠、喜、馬、寶、瓶、鞍八物的含義為：爵樽，藉指爵秩、官位；鹿，藉指榮祿；蝙蝠，藉指幸福；喜鵲，藉指喜慶；馬，藉指驛馬；元寶，諧音「馳報」；瓶、鞍，諧音「平安」。繪此八物，即取「爵祿福喜，馬報平安」八字之義。

如此，門神已成為具有驅邪魔、衛家宅、保平安、助功利、降吉祥等多種功能的保護神，成為民間諸神中最受群衆歡迎者之一。

今天貼門神已不全是舊時的迷信色彩，它在這沉積了幾千年的文化傳統中，在歡度佳節的喜慶氣氛中，成為一種審美的門畫。按傳統方式裝飾大門，是一種心理上的滿足，一種社會性的祝福方式，使人感到喜氣洋洋，福運滿門！

包治百病的神醫
——「保生大帝」吳本

保生大帝　吳本

古代因條件所限，疾病對人們的生存構成嚴重威脅，所以老百姓對救死扶傷的醫生極爲崇敬和感激，視若再生父母。對那些醫術高超的名醫，更奉若神明，他們去世後，便被尊爲醫王、醫神，受到世人供奉。中國的醫神就有扁鵲、華佗、孫思邈等人，但他們都是北方神醫，在南方也有一位大名鼎鼎的神醫，他就是保生大帝吳本。

保生大帝吳本的祖廟是福建慈濟宮。慈濟宮又叫白礁古宮，在福建龍海縣白礁村，坐落在九龍江北岸入海處，背山面水，風光宜人。慈濟宮建於南宋初年，至今已有八百多年歷史，歷代都有增建，爲宮殿式建築。廟宇依山而建，雙層三進，雕樑畫棟，富麗堂皇，是宋元明清建築藝術的集大成，當地人譽之爲「閩南故宮」。殿內外還有十根從台灣運來的盤龍彩繪石柱。中殿所祀即醫神保生大帝。

保生大帝又叫「大道公」、「吳眞君」，本是福建的一位醫術高明的醫生。他姓吳名本（tāo音「滔」，不是「本」字），宋代龍海白礁人，出身寒微，自幼資質過人，博覽群書，精於採藥煉丹和針灸。他四處行醫，醫術高超，許多人拜他爲師，當時著名的黃醫官、程眞人、鄞仙姑等人都是他的弟子。

據說宋仁宗的母親患了乳疾，宮中的太醫也治不了，後來把吳本請去治療，藥到病除。仁宗大喜，要他留在宮中做御醫，但吳本堅持返回民間，他對皇上說：「我志在修眞，慈悲濟世，救死扶傷。榮華富貴非我所願。」宋仁宗聽了很受感動，也就沒再勉強他。吳本回到民間，以自己的針灸絕技救活了許多人，他去世後，鄉親們在白礁村修了個祠堂秋龍庵來紀念他。後來宋高宗聽說這位民間醫生治好了老祖宗的病，就命人在秋龍庵原址重建了一座輝煌的宮殿式廟宇，即白礁慈濟宮。

到了明代，吳本的再傳弟子又治好了永樂皇后的乳疾，永樂帝特意命人雕鑿了一隻石獅——「國母獅」，專程運到福建慈濟宮，送給已成神的保生大帝。這隻奇特的國母獅如今尚在廟中，石獅右掌高舉著吳本的「本」字印鑒。

明代末年，鄭成功在白礁一帶堅持抗清鬥爭，許多白礁子弟參加了先鋒軍，出征前，他們紛紛來到慈濟宮保生大帝神像前包上一撮香灰，帶在身上，祈求神靈保佑，同時也有不忘故土之意。明永曆十五年（1661年）農曆三月十一日，先鋒軍在台南學甲登陸。從此，這一天成爲白礁子弟遙拜大陸的節日。以後他們又按照白礁宮的規模樣式，在台灣學甲建造了一座慈濟宮。

清初，有一年台灣瘟疫猖獗，醫生們束手無策，福建移民渡海請來白礁慈濟宮的保生大帝靈身，供於南郡，瘟疫從此絕迹，保生大帝遂得到台灣人民的普遍敬仰。此後保生大帝的廟宇遍佈全島，至今已有一百六十餘座，同尊大陸白礁慈濟宮爲開基祖廟。每年農曆三月十一日，大陸白礁和台南學甲鎮兩座慈濟宮，都有大型廟會活動。學甲慈濟宮還要舉行「上白礁」謁祖祭拜儀式。人們敲鑼打鼓，載歌載舞，鞭炮齊鳴，許多人捧著一碗水走到祭壇前呷上一口，表示飲水思源，不忘故土。參加這項活動者，多達十數萬衆。

本命年裏拜「順星」

太 歲

有不少人在自己的「本命年」到來之時，要到道觀的元辰殿或甲子殿去拜拜「順星」，以期自己在「坎兒年」裏平平安安，順順當當。北京白雲觀元辰殿即是著名的一座。所謂「元辰」，是指吉利時日。元辰殿又叫六十甲子殿，供奉六十甲子神。

白雲觀的元辰殿建於八百年前的金朝明昌年間，是金章宗爲自己生母所建，奉祀太后的本命之神。道教吸收民間流行的「本命」說法，提出了「本命星」、「本命年」、「本命日」的理論。凡本人的出生年在六十甲子某一干支年，這一年就叫本命元辰，也叫本命年。例如某人出生在丙寅年，那麼丙寅就是他的本命元辰或本命年。本人出生日在六十甲子的干支日，則叫本命日。如某人生於丙寅年戊辰日，那他的本命年是丙寅，本命日是戊辰。

道教把六十甲子星宿化、神化，六十甲子成了六十尊元辰星宿神，還把他們附會上人名並塑成文、武、長、幼，形態各異的六十位神仙模樣。如甲子太歲金辨大將軍，身穿長袍，面目清癯，五綹長髯，奇特的是二目中各長出一隻小手，手心中各托有一目。乙丑太歲陳材大將軍，是位年輕公子模樣，身著鎧甲，手執長槍。

元辰殿中，六十甲子神環繞四周依次排列，中央是北斗衆星之母——斗姆神像。過去習俗，禮拜本命元辰之星宿神，乞求本命星保佑自己吉祥如意，一生順利，叫做「求順星」或「拜順星」。

祈拜本命星以求延壽，在古代十分盛行。《三國演義》中就談到諸葛亮在五丈原禳星之事。諸葛孔明在帳中分佈七盞大燈，外佈四十九盞小燈，內安本命燈一盞。孔明披髮仗劍，踏罡步斗，若七日內本命燈不滅，就能增壽一紀（十二年）。不料，大將魏延夜闖帳內報告軍情，將本命燈撲滅。孔明棄劍長嘆道：「死生有命，不可得而禳也！」諸葛亮禳星並不一定確有其事，但古人禮拜順星却很普遍。

除北京白雲觀元辰殿外，廣州金花廟中曾有六十位「當年太歲至德尊神」（即六十甲子神），也很有名。

求拜灶王爲哪般

灶　神

在北京崇文門外花市西大街路北，有一座都灶君廟，廟中供奉灶王爺。這座廟宇有數層殿堂，規模不小，是全國最大的灶王廟。

在上古時代，受人崇拜之物或自然現象，往往被人格化，成爲神靈。灶神，民間又稱灶君、灶王、灶王爺、灶君菩薩。

火的發明和使用，在人類文明史上具有劃時代的意義，先民們在住地燒起一堆堆長明火，用來取暖，照明，烤熟食物，燒製器皿，防禦野獸，這就是最原始的灶。在當時的母系社會裏，灶是由氏族裏威望最高的婦女管理著。今天，我國人民除夕圍爐守歲的習俗，就是殘存的原始遺風。

我國最初的灶神是位女性，《莊子》說她「著赤衣，狀如美女」，像個漂亮的紅衣女郎。後來的道書則把灶神說成是崑崙山上的一位老母，叫做「種火老母元君」，她手下有五方五帝灶君，曾灶祖灶、灶子灶孫、運火將軍、進火神母等三十六神。她專門管理人間住宅，記下每家人的善惡，夜半上奏天庭。人們大概嫌紅衣女郎不大穩重，便用這位灶神奶奶取而代之，並常與灶王公公並肩而坐，共享糖瓜。

漢代以後，出現了男灶神。當時，灶神頗受人們敬重，祭品的規格與社稷神同等，充當灶王爺的人也非同小可，都是一些大人物。《淮南子》說：「黃帝作灶，死為灶神。」又說：「炎帝於火，死而為灶。」《五經異議》則認為「火正祝融為灶神」。人們讓極受敬仰的黃帝、炎帝或火神祝融來充當灶神，並認為灶神的神職是掌管人們的飲食。民以食為天，人們祭灶當時主要是為了感激和頌揚灶神的功德。

以後，有關灶神的傳說越來越多，出現了不同姓名的一些灶王爺，其中流傳比較廣的是張單。張單，字子郭，他的太太給他生過六個女兒。張單已完全變成一個專門搜集一家一戶的陰私，然後向玉皇大帝打小報告的傢伙，是個駐家特務神的可鄙角色。看來，專愛揭發別人的陰私，出賣朋友，以向主子邀寵，似乎是一些人的「專長」，自古已然。人們對這種卑鄙小人，雖恨得要死，但也怕得要命。從心理上講是深惡痛絕，但在行動上却從不敢得罪，甚至還得討好他。人們對灶神的獻媚，就是這種可悲心態的反映。

《敬灶全書．眞君勸善文》說，灶王「愛一家香火，保一家康泰，察一家善惡，奏一家功過」。被舉告者，大錯則減壽三百天，小錯也要損壽一百日。有多厲害！

人們既然惹他不起，又躲不過，只好在上供時想點辦法，於是每年臘月二十三祭灶時，要供上許多糖瓜，這是專門用來對付灶王爺的。用糖瓜糊住了灶王的嘴，他就不能說人們的壞話了，如要說也只能是些甜言蜜語。人們還在他的像旁貼上這樣一副對聯：

上天言好事；
下界降吉祥。

灶王爺成爲家神以後，主要在各家各戶享受香火，社會上的灶王廟倒不多了。

竟然還有厠神，而且是四個女性

紫　姑

我國的民俗宗敎（包括原始宗教和現代宗教中的民間信仰部分），突出的特點之一就是「多神敎」，人們崇拜的神明多、範圍廣，乃至茅厠，都有神靈所主。厠神主要有紫姑、坑三姑娘和三霄娘娘。

紫姑何以成厠神

紫姑神，相傳是唐時人，姓何名媚，字麗卿，山東萊陽人氏。自幼知書達禮，長大後嫁給了一個唱戲的。武則天時，壽陽刺史李景害死了她的丈夫，把她納爲侍妾。何媚年輕漂亮，李景的大老婆爲人刻毒，哪裏肯容何媚？在正月十五元宵節夜裏，大老婆將何媚「陰殺於厠中」（《顯異錄》）。何媚冤魂不散，「（李）景如厠，忽聞啼哭聲。常隱隱出現，且有刀兵呵喝狀，大著靈異」。此事讓武則天聽到了，「敕爲厠神」。也有的說是讓天廷知道了，天帝憫之，命爲厠神。

後來人們「作其形」——大約是紙偶或木偶一類，在元宵節之夜於厠中祭之，並唸唸有詞：「子胥不在，曹夫亦去，小姑可出。」曹夫，大婦也，是那個母老虎。「子胥」是指其夫李景，也不是好東西。小姑則指紫姑——何媚。如果偶像動彈，那就是神來了。「以占衆事」，能知禍福。

有一種說法，紫姑就是戚姑，「紫」與「戚」音近。《月令廣義・正月令》說：「唐俗元宵請戚姑之神。蓋漢之戚夫人死於厠，故凡請者詣厠請之。」戚夫人，是漢高祖劉邦的妃子，跟劉邦的正牌老婆呂后因爲立太子之爭，結下了仇。劉邦一死，呂后就惡毒地報復戚夫人，先罰她當奴隸，整天幹苦力。還覺得不解氣，就把戚夫人的兩手、兩脚砍得跟豬腿一樣長，削光了頭髮，挖掉了雙眼，薰聾了兩耳，逼她喝了啞藥，再扔到厠所裏，並給她起了個名，叫「人彘」——人豬！然後讓兒子漢惠帝和大臣們去參觀「人豬」。後人對戚夫人的慘死是同情的。

有的地方稱厠神爲「七姑」，是「戚姑」音近之訛。還有的地方稱作「三姑」，爲何行三，不得而知。但一般多稱紫姑，清・兪正燮《癸巳存稿》卷十三稱，雖各地稱呼有異，如「蘇州有田三姑娘，嘉興有灰七姑娘」，但「皆紫姑類」。古代的厠神雖有不同叫法，但歷來都是女性，女性每天要上厠所，放個男神不大方便。古代婦女在家庭中地位低，生育也被認爲是污穢不淨之事，常被迫在厠內生產。所以厠神主要是婦女祭拜。

坑三姑娘與三霄娘娘

紫姑除又作戚姑、七姑外，還作子姑，這又是音近訛稱，因是厠神，又稱厠姑、茅姑（北方厠所俗稱「茅房」，南方俗稱「茅厠」）。前文提到，亦有稱「三姑」的。「三姑」，後有人附會爲三個姑娘，紫姑又有了「坑三姑娘」的稱呼。「坑」是茅坑，即糞坑，屬於北式，南式爲馬桶。《清嘉錄》說：「正月望夕迎紫姑，俗稱坑三姑娘，問終歲之休咎。」

在《封神演義》裏，坑三姑娘又成了三座仙島上的三位仙姑，即雲霄、瓊霄、碧霄三姐妹。她們還有個親哥哥，就是大名鼎鼎的財神爺趙公明。趙公明助商拒周，被周將射死。雲霄三姐妹齊來爲兄報仇。開始她們以混元金斗及金蛟剪屢戰屢勝。後元始天尊和老子臨陣，把她們的法寶收去，姐兒三個統統戰死，三道靈魂直往封神台去了。第九十九回《姜子牙歸國封神》，三霄娘娘被封爲「感應隨世仙姑」，執掌「混元金斗」，專擅先後之天，凡仙、凡人、聖、諸侯、天子、貴、賤、賢、愚，落地先從金斗轉刼，不得越此！書中並加以說明：「以上三姑，正是坑三姑娘之神。『混元金斗』，即人間之淨桶。凡人之生育，俱從此化生也。」嬰兒降世，先要落在淨桶內，雖天子、聖賢出生亦不免，厠神當然威風榮耀。有趣的是，三霄當初與姜子牙等鬥法時擺出的「九曲黃河陣」，據有的學者推測，當是華北一帶農家的大糞坑！

紫姑之類雖名爲厠神，但受人崇奉並非主要主厠事，而是爲問休咎禍福，占卜諸事。紫姑信仰，與後世十分風行的「扶乩」迷信有直接關係，是此迷信活動之濫觴。

紫姑信仰與扶乩迷信

古代請厠神紫姑的辦法是：取糞箕一只，「飾以釵環，簪以花朵」，另用銀釵一支插在箕口上，供在糞坑旁。再另設一供案，點燭焚香，小兒輩對之行禮。香案上攤碎白米，扶者將箕口對著案上碎米，銀釵即在米上亂畫，「略似筆硯剪刀花朵等形」。祈禱者問其年歲若干，「則箕口點若干點以示之」。扶箕者係爲女姓，她們宣稱「亂畫時糞箕微覺加重，且轉動亦不能自由」（《集說詮真》）。此即所謂「扶箕」。

扶箕是舊時的一種巫術，又叫「扶乩」。「乩」，《說文》中作「卟」，「卟，卜以問疑也。從口、卜，讀與『稽』同。」所以「乩」爲問卜意，扶乩即問卜、求神降示的方法。又做「扶鸞」、「飛鸞」，因扶乩假借神鬼名義，又傳說神仙來時均駕風乘鸞，故名。扶箕伴隨紫姑信仰產生於唐代，至明清十分盛行。其形式也有變化，初期用銀釵、筷子插畚箕上，下置碎米，以後改箕爲木製丁字架，丁字架的兩端由一個施術者，或兩人合作，用手扶著，請神後，木架的下垂部分（或插上的筆），就在沙盤上或紙上畫寫成文字（叫「降筆」、「降箕」），來顯示「神靈」的意旨，回答卜問等。

封建時代，「扶乩」盛行，出現了一批從事此業的專職人員，這些男覡女巫叫做「乩仙」。常到糞坑旁請神扶乩既不方便，又不衛生，「乩仙」們便在自己家中或祀廟裏擺設「乩壇」，或應邀到人家家裏去降神卜示。

問卜者所問從農桑耕織、商賈貿易、建房造屋，到婚喪嫁娶、生兒育女乃至生老病死；從科舉仕途、功名利祿，到國事、征戰，無所不有。所請之神除紫姑外，還有玉虛眞人、太乙眞人、南華眞人之類。

宋人記有一些紫姑「顯靈附體」之事。沈括說，年輕時常見人召之，親戚間甚至有「召之而不肯去」的。太常博士王綸家因迎紫姑，「有神降其閨女，自稱上帝後宮諸女」。王小姐「能文章，頗清麗」，後來還出了一本《女仙集》行於世。更神的是，她家裏人「亦時見其形」，從腰以上能看見，是個漂亮小姐，但從腰以下「常爲雲氣所擁」。蘇東坡在《東坡集》卷十三《子姑神記》、《天篆記》中，也記有類似事。沈括、蘇東坡皆爲當時著名學者，對紫姑「靈應」也深信不疑，紫姑信仰之深於此可見。

後世官僚中有對「扶乩」深迷成癖者。淸代咸豐年間，浙江有個縣令「極信扶鸞，每事必咨而後行」。他當滋溪縣令時，乩仙忽告大禍將至，應該趕快辭官不幹。他馬上裝病辭掉官職離開了。不久，「濱海鄉民入城滋事，後任官竟至罷斥」，這位前任縣令「益神之」。他又問何處居住最佳，乩言：天下多事，惟金華府的武義縣最吉。他就全家搬到武義，「置田營宅，極園亭之勝」，整天飲酒唱歌，老百姓見了「疑爲神仙中人」。沒多久，農民到達不遠的處州，他扶乩相問，答案是：「無礙。」農民軍又打到了更近的永康城，再求乩，答案更爲明確：「必無礙。」還加下一句：「遷避則不免。」就是說，遷出此地避難準會倒霉！於是，這位前縣令沒事人兒似的照舊飲酒按歌，等到農民軍打進他的別墅花園，成了刀下之鬼，他大概才眞正領教了扶鸞的「靈驗」！

扶乩請仙卜問這一套，很適合民間宗教和會道門的口味，也常爲農民起義和民間組織所利用。如近代著名的義和拳，宣傳神力，大搞畫符呑朱、扶乩請仙、神明附體等迷信活動。如果說義和團運動宣揚這種愚昧落後的神靈附體、「刀槍不入」的巫術活動，在客觀上，在對敵鬪爭中起過組織民衆、鼓舞士氣的一定作用的話，那麼，民間一些會道門的扶乩活動，則完全是可惡的騙術了。

舊時，常有賣紫姑神禡的，祭祀時燒化。有的廟中也有她的牌位或塑像，多與其他神像合祀。坑三姑娘也有神禡，紅紙上印有並列三女，是民間木版印刷。三霄的塑像爲娘娘模樣，三位合祀，一些廟觀的「百子堂」中常供她們的像。今天武當山的金頂、南岩、紫霄宮中還有她們的神像。

莫小看了土地爺

土地公與土地婆

土地神，民間俗稱土地公、土地爺，其配偶則稱土地婆、土地奶奶。土地爺是我國民間最普遍供奉的神祇之一，大大小小的土地廟，遍佈城鄉各地。過去北京城內，土地廟有四十餘座，數量位居第三，這些是記錄備案的，實際不止此數。而且三聖廟、五聖廟、七聖廟等道院中，也必有土地爺——乃其中一「聖」。舊時，家家戶戶也常供奉土地神。土地是地位極低的小神，只管理某一地面、某一地段，也作爲村社的守護神。但最初的土地神——社神的級別却要高得多，也排場得多。

社神與土地崇拜

遠古的社神源於土地崇拜。土地崇拜是原始宗教中自然崇拜的重要組成部分。原始的土地神崇拜，是對土地的自然屬性及其對社會生活的影響力的崇拜。最初的土地神——社神，與後來的土地神——土地公和土地婆，是大不相同的。

社神之稱「社」者何義？

《說文解字》第一上云：

社，地主也，從示、土。

意思是說，「社」爲土地之主，土神。寫法上從「示（神主）」、從「土」。這是個會意字。「示」字，甲骨文作云，表「桌石」、「靈石」。原始初民把一豎一橫的石塊架疊成石桌形，擬作「神」像，立在部落中心，當作「神」來膜拜，稱爲「桌石」、「靈石」。這種「桌石」在我國和西北歐各地均有出土。這種「靈石崇拜」的風俗，在我國奴隸社會和封建社會裏曾長期存在，石敢當就是個典型例證。過去，在不少村、社、里、巷，常蓋個一平方公尺左右的小小「土地廟」，裏面放上兩塊上小下大，貌似人形（或刻成人形）的石塊，充作社公、社婆，就是遠古靈石崇拜的孑遺。

「土」字表示地面上突起來的一堆土。《說文》認為：「地之吐生萬物者也。」這是引申義。古人極為敬重土，有了土就有了農業，有了農業就有了衣食。故人們將這種堆起來的土看成神，並向它祭獻。後來便以「示」、「土」兩個獨立字合為「社」字，會意為「土地之神」（也作祭神之處），社神便是土地之神。

祭祀社神叫「社祭」，早在《詩經》中就有社祭的記載。

社祭之類，古人認為是為了「神地」、「親地」和「美報」。

古人「神地」主要有兩個原因：一是人們看到土地廣大無邊，地方無窮，負載著萬物，人們要感謝它；但有時大地又像在發怒，地震發生，房毀人亡，使人畏懼。二是大地生財為人所用，人們賴以生存，因而要「親地」。三是崇敬地神，要「美報」——酬勞其功，進行獻祭。

最早的土地爺與土地婆「改嫁」

隨著社會的發展，統一王朝出現了，抽象化的大地之神被尊為「后土皇地祇」，后土是與天帝相對應、總司土地的國家一級大神，由皇帝專祀，但在地方、鄉里村社仍奉祀地區性的土地神。這時的土地神地位已大大下降，自然崇拜的色彩已漸漸消失，轉而具有多種社會職能，人格化也日漸明顯。

第一個被奉為土地爺的是哪位呢？

《左傳．昭公二十九年》有云：「共工氏有子曰句龍，爲后土。……后土爲社。」《淮南子．氾論訓》又說：「禹勞力天下而死爲社。」高誘注云：「托祀於后土之神。」但句龍和禹曾被奉爲后土，不是後來的土地爺。最早的土地爺當屬漢代的蔣子文。蔣子文是廣陵（今揚州）人，曾爲秣陵尉（秣陵即金陵，今南京）。

此人並非正人君子，是個行爲很不檢點的貨色：「嗜酒好色，佻達無度。」他常吹噓自己「骨清，死當爲神」。他成爲土地爺的經歷如下：（蔣子文）逐賊至鍾山下。賊擊傷額，因解綬縛之，有頃遂死。及吳先主（孫權）之初，其故吏見（蔣子文）於道，乘白馬，執白羽，侍從如平生。見者驚走。文追之，謂曰：「我當爲此土地神，以福爾下民。爾可宜告百姓，爲我立祠。不爾，將有大咎。」是歲夏，大疫，百姓竊相恐動，頗有竊祠之者。……於是使使者封子文爲中都侯，次弟子緒爲長水校尉，皆加印綬。爲立廟堂。轉號鍾山爲蔣山，今建康東北蔣山是也。自是災厲止息，百姓遂大事之。

這是三國時鍾山土地神。據清人《山齋客談》稱，漢末禰衡爲杭州瓜山土地爺。此後又有一些古人充當了各地的土地爺。《鑄鼎餘聞》稱，「縣治則祀蕭何、曹參，翰林院及吏部祀唐韓愈，黟縣縣治大門內祀唐薛稷、宋鮮於侁，常熟縣學宮側祀唐張旭，俱不知所自始。若臨安太學祀岳飛，則因其故第也（見《宋史．徐應鑣傳》）。湖州烏鎮普靜寺祀沈約，則因寺僧本祀約也（見《夷堅誌》）。若此者不一而足。」

不過，在中國廣大的土地上，數不清的土地神中，有名有實的土地爺畢竟佔極少數，絕大多數是通用的。一般的土地廟都很小，廟中土地爲泥塑或用石鑿成，爲一穿袍戴烏帽之白髮老翁，其旁老婦形象者爲土地奶奶。正如《覺軒雜錄》所說：「土地，鄉神也。村巷處處奉之，或石室或木房。有不塑像者，以木板長尺許，寬二寸，題其主曰某土地。槊（塑）像者其鬚髮皓然，曰土地公，妝髻者曰土地婆，祀之紙燭肴酒或雄鷄一。俗言土地靈則虎豹不入境，又言鄉村之老而公直者死爲之。」

淸人趙懿在《名山縣誌》稱土地不一，有多種名目，其中有花園土地，有靑苗土地，還有長生土地（家堂所祀），又有攔凹土地、廟神土地等，皆隨地得名。

土地崇奉之盛，是由明代開始的。明代的土地廟特別多，這似乎與朱元璋生在土地廟的傳說有些關係。《琅玡漫抄》記載說，朱元璋「生於盱眙縣靈迹鄉土地廟」。因而小小的土地廟，在明代備受崇敬。如建文二年（1400年）正月，南京奉旨修造南京鐵塔時，竟在塔內特地闢一「土地堂」，以供奉土地爺。當時不僅各地村落街巷處處有土地廟，甚至倉庫、草場中皆有土地祠。土地爺的流行與普及於此可見。

可笑的是，歷史上出現過幾次土地爺娶老婆的喜劇和土地婆改嫁的鬧劇。據宋・高文虎《蓼花洲閒錄》：

溫州有土地杜十姨無夫，五髭鬚相公無婦，州人迎杜十姨以配五髭鬚，合為一廟。杜十姨為誰？杜拾遺也。五髭鬚為誰？伍子胥也。

杜拾遺即杜甫。「拾遺」爲唐代諫官名，杜甫曾任左拾遺，故世稱其爲「杜拾遺」。杜甫若地下有知，定會哭笑不得，自己何以由男變女，竟做了春秋時伍子胥的老婆！

土地婆改嫁，最典型的要屬明代正德年間發生的一件。據《駒陰冗記》載：

中丞東橋顧公璘，正德間知台州府，有土地祠設夫人像。公曰：「土地豈有夫人！」命撤去之。郡人告曰：「府前廟神缺夫人，請移土地夫人配之。」公令卜於神，許，遂移夫人像入廟。時為語曰：

「土地夫人嫁廟神，廟神歡喜土地嗔。」

既期年，郡人曰：「夫人入配一年，當有子。」復卜於神，神許，遂設太子像。

顧璘本是明朝一代名相張居正的恩師，按說應是個有識之士，但他讓土地奶奶改嫁一事，眞是亂點鴛鴦譜，有點「亂判葫蘆案」的味道。

少數民族的土地神信仰

同漢民族一樣，我國有許多少數民族也信仰土地神，有些是源於本民族的原始自然崇拜，有些則受漢族影響。如苗族崇拜土地神是爲了祈求村寨吉利，猛獸不犯。每個小村都建有屋形神龕樣土地祠，大村則有幾座，建於各個寨口。祠中所供神像，在黔西和湘西都是同漢族一樣的土公土婆。少數民族的土地神，還有社神、土神、地神、地鬼、土地鬼、土地菩薩等多種名目。其中也有一些區別，如社神主要是村寨的保護神，白族信仰的「本主」神也是源於村社神，是每個鄉村的「保護本境之主」。土地神除作爲村落神之外，還與農業有關。如瑤族在翻土、播種和收割時，都要祭拜土地神，布依族在農曆六月六和臘月初八都要祭祀土地神，敬拜石刻的神像或由最老的長者扮神。殺豬殺鷄供祭，祈求土地保佑，五穀豐登，人畜興旺。

如同漢族的土地爺有一些花園土地、青苗土地、長生土地等「專職土地」一樣，少數民族的土地神也有不同種類，各司其職。如侗族就有橋頭土地、寨頭土地和山坳土地等。土家族的土地爺的分工就更細了：山神土地管坡上五穀；家先土地管飼養家禽家畜等家庭副業；梅山土地管打獵和不讓野獸進屋爲害；此外，還有冷壇土地、當坊土地等。

各少數民族將土地神的誕辰日定在二月初二、六月初六或臘月初八，也是受漢族的一些影響。各族祭祀土地神的儀式形形色色，五花八門。壯族還將社公節（除夕）和土地公節（六月初六）作爲本民族的傳統節日。

從社日到土地廟會

古代的社日即源於祭祀土地，這是農家祭土神的傳統節日。一般在立春、立秋後的第五個戊日，稱「春社」、「秋社」。《荊楚歲時記》描繪了「春社」的情景：「社日，四鄰並結衆會社，牲醪，爲屋於樹下，先祭神，然後餐其胙。」

到了春社這一天，鄉親們湊在一起祭祀土地神，殺牛宰羊獻上美酒。在樹下搭個棚，先祭神，然後大伙兒美美地吃喝一氣。以後發展爲：有錢和當官的人家在社日這一天要大宴賓客，民間也以社飯、社糕、社酒等送與親戚朋友。《東京夢華錄・秋社》云：「八月秋社，各以糕、社酒相賫貴戚。宮院以豬羊肉、腰子、奶房、肚肺、鴨餅、瓜薑之屬，切作棋子片樣，滋味調和，輔於板上，謂之『社飯』，請客供養。」唐・王駕的《社日》詩寫得也很動人：

鵝湖山下稻粱肥，豚柵鷄塒半掩扉；
桑柘影斜春社散，家家扶得醉人歸。

這眞是一幅令人嚮往的美妙田園詩。享神還是爲了自享，藉以神聖的名義，名正言順地大吃一頓，是中國人的傳統之一。

以後，春秋祀社又逐漸形成一種節日般的集會，史稱「社會」。《東京夢華錄》說，屆時，學塾老先生預先讓學生們湊「份錢」來辦「社會」，雇請歌舞雜耍演員，集會上演出各種戲曲、雜技等。散會時，送給藝人們一些果子、吃食、社糕，讓他們高興而去。

「社會」時演戲的習俗一直流傳至近代，稱「社戲」。農村中的社戲一般在廟宇、祠堂或野外搭台演出。費用由廟產、族產開支，或挨戶湊份子，並不售門票，隨便觀看。魯迅曾寫了一篇《社戲》，較詳細地介紹了清末鄉間演出社戲的情景。

「社會」的繼續發展，就出現了中國民間最受歡迎的「廟會」。廟會當然與廟有關。有廟即有佛事，有佛事就有燒香逛廟的人，有逛廟燒香的人就會有商販來做買賣。年復一年，形成了廟會。以至後來有的寺廟已坍塌無存，香火已絕，但商賈攤販們却沿襲舊例，仍屆期前往，成爲無廟的廟會。

寺廟庭院一般都很寬敞，可容納衆多人們活動，管事的和尚租與商販經營，要收取地盤錢，名曰「香火錢」，這也給和尚尼姑們或老道們增加了不少收入。廟會成爲民間重要的商業集市，促進了經濟繁榮，滿足了居民的生活需要。所以千百年來，經久不衰。宋代汴京的大相國寺，南宋杭州的昭慶寺，再如蘇州的玄妙觀、南京的夫子廟、太原的開化寺、成都的青羊宮等，都曾有著名的廟會。

北京的廟會當爲全國之冠，直至民國時，城區尙有廟會二十處，郊區十六處。過去有「八大廟會」、「五大廟會」之說。五大廟會即指土地廟、花市（火神廟）、白塔寺、護國寺（西廟）和隆福寺（東廟）。

土地廟會逢「三」開廟，即農曆每月初三、十三、二十三均有廟會。此處因距廣安門與右安門較近，故附近鄉民都來廟會採購農具和日用雜品。這裏出售的木器、藤器、柳筐、荊筐等農民用具最多，此爲廟會的一大特點。清・柴桑《燕京雜記》云：「交易於市者，南方謂之趕虛，北方謂之趕集，又謂之趕會。京師則謂之趕廟。月之逢三日，聚於南城土地廟，凡人家器用等物，靡不畢具，而最多者爲鷄毛帚子，短者尺餘，高者丈餘，望之如長林茂竹。」

因北京花鄉——黃土崗距此不算遠，故花農常來此賣花，土地廟的花市十分著名。有一首《花市詩》云：

> 人言土地廟，花市又當期。……
> 鷄冠鳳仙左右束，剪秋羅多晚香玉。
> 驚心艷絕美人蕉，拂袖風涼君子竹。
> 入局處處清香酣，紅藍菊與佛手柑。

此處群花爭芳鬪艷，眞可謂美不勝收，難怪「緣何遊客多高興？眼底名花最可人。」

廟會這一極富民族色彩，深受群衆歡迎的民俗活動，至今仍顯示出強大的生命力。北京每年春節舉行的地壇廟會、龍潭湖廟會等，規模宏大，盛況空前，吸引了上百萬人光臨。這一流傳千年之久的重要風俗，是與土地神分不開的，神國裏最不起眼的土地爺對此是有功績的。

源頭總有活水來

——關於水井神

井神

中國的民間信仰，並不受正統教派的局限，萬物有靈的觀念十分流行，大部分信仰都帶有濃厚的原始宗教色彩，人們各取所需，隨意爲之。於是天界幽冥、江河湖海、土石山岳，乃至門戶井灶，無不有神。其中有些與人們生活息息相關，屬於家神之類，水井神即其一。

吃水、用水是人們生活的首要問題，除了河水外，大部分城鄉人民在很長的歷史時期內，吃水要靠井水。以北京城爲例，清代北京胡同中，多半有水井，有些胡同中還有兩三口井。水井造福人類，古人自然要感激、祭祀井神了。

祀井傳統極其久遠，爲遠古時的「五祀」之一，所謂「五祀」，指古代祭祀的五種神祇，包括門、戶、井、灶、中霤（土神）。《白虎通·五祀》云：「五祀者，何謂也？謂門、戶、井、灶、中霤也。」

祭井神的習俗各地相似，一般是每逢農曆除夕時封井，春節後第一次挑水時要燒紙祭井。每逢節日要在井邊供井神，須備蜜食祭祀，以求井水清甜無毒，水源充足。有的地區打新井時，要樹一面紅白布條做的旗，以保井水充裕。娶妻生子，添人進口，也要到井台上焚化冥楮（壽金紙）。有些地方生小孩第三天，分送喜麵時，還要往井裡倒一碗。產婦第一次上井挑水時，也一定要敬拜井神。再有求雨時，人們往往去古老的大井裏擔水插柳枝，請井神幫個忙，助龍王降雨。

民間傳說，大年三十井神要去東海，向龍王滙報一年的供水情況。初二回來以後，要恭候玉皇大帝視察工作，所以人們初一不挑水，初二一大早再去井上挑水，叫做「搶財」。但也有的地方卻在正月初一去井上挑水「搶財」，誰去得越早，誰搶的「財」就越多。

在南方一些地區，民間還流傳著「井媽照鏡」的說法。相傳正月初一這一天，是井媽梳妝打扮的日子。人們以一天爲一日，而井媽却是以一年爲一日，初一這天就是她的清晨了。所以每逢初一，井水是禁止汲用的。因爲井裏的水面，就是井媽的鏡子，如果攪動了水面，井媽當然無鏡可照，必然生氣，在這一年裏就不會施恩賜福給這家人。

這些帶有迷信色彩的習俗，顯示了人們對井水的依賴與重視，反映了世俗酬神求福的心理。

井神一般沒有自己的廟宇，塑像也很少。但也有少量井旁造有神龕，供奉井神，有的井神還是兩尊石像，並肩而坐，一男一女，這是井神夫婦叫做「水井公」、「水井媽」，如同土地公公、土地奶奶一樣。民間常常將人、物神化，然後又將神明世俗化，顯示了民間造神的特點。

「藥王」之神原是行伍出身

藥 王 爺

說到「藥王廟」，老北京可能知道，北京城內過去就有藥王廟十餘座，其中以天壇以北的藥王廟最爲有名。但比起河北安國藥王廟，它不過是個「小字輩」。

河北省的安國，古稱祁州，是我國歷史最久、規模最大的藥材市場，早在九百年前的宋朝初年，這裏就已成爲大江南北中藥材的集散地，有「藥都」之稱。藥都最有名的古蹟當然是藥王廟了。安國藥王廟年代之久、規模之大、影響之廣，爲全國之冠。

安國藥王廟在縣城南關，始建於九百年前北宋年間，明代重修。規模宏偉，前有牌樓、山門、石獅，並豎有二十七公尺高的鐵旗杆兩根，上端懸斗吊鈴，下部有一副鐵鑄對聯：

鐵樹雙旗光射斗，
神麻蒲陰德參天。

山門前的牌坊上精雕龍鳳圖案，匾額寫的是「封加南宋，顯靈河北」。但這座大名鼎鼎的藥王廟大殿所祀的主神，不是通常的三皇，也不是扁鵲、孫思邈或李時珍，而是東漢的一位太守邳彤。

邳彤是安國人，東漢開國功臣。他原是劉秀部將，在平定王莽建立東漢的征戰中，功勛卓著，後任曲陽太守。邳彤才兼文武，精通醫理，他倡導扶植民間醫藥行業。從此，安國就有了種藥、製藥、重醫的傳統，爲以後成爲藥都打下了基礎。邳彤死後，被葬在安國縣城南門外，並在邳彤墓附近修建了「邳王廟」。以後這裏流傳著許多邳王「顯靈」爲人治病的傳說，官府上報朝廷，宋徽宗特加封邳彤爲「靈貺公」，並重建廟宇祭祀。於是安國名聲大振，邳彤被奉爲藥王，這裏也逐漸成爲全國藥材交易中心。明清時更爲興旺，安國藥王廟便也四海聞名。

有趣的是，藥王廟前塑有紅、白兩匹戰馬和兩個英武戎裝馬童，象徵著邳將軍征戰。這在全國所有藥王廟中是絕無僅有的。廟中碑碣林立，有的碑上刻著古藥方和藥材知識，十分珍貴。大殿正中供有藥王邳彤彩塑像，南北兩座配殿中，供奉中國大名醫塑像，左有華佗、孫林、張子和、張介賓、劉河間，右有扁鵲、張仲景、孫思邈、徐文伯、皇甫士安。

驅邪鎮妖第一神
——鍾馗

鍾 馗

鍾馗的名氣，完全由於他捉鬼、吃鬼的本事。在古人心目中，能捉鬼、治鬼的神明，頗有那麼幾位。

幾位捉鬼之神

除了鍾馗以外，在古代傳說中專事捉鬼的神，還有宗布神、尺郭、門神神荼、郁壘等。宗布神，是神話傳說中的羿。傳說羿射下九日，殺了危害百姓的猰貐、鑿齒、九嬰、修蛇諸凶怪，爲民除了害。後來，羿收了個徒弟叫逢蒙，不料逢蒙是個奸詐小人，他學到老師全部本領以後，「思天下惟羿愈己，於是殺羿」（《孟子．離婁下》），逢蒙用桃木大棒將羿打死。老百姓覺得羿死得太冤了，他生前又爲人類立了大功，於是人們便奉他爲「宗布神」。《淮南子・氾論訓》說：「羿除天下之害，而死爲宗布。」高誘注道：「今人室中所祀之宗布是也。」所謂「宗布」，有一種說法就是「禜酺」，即古代的兩種祭禮。羿生前爲民除害，故人們在舉行「禜」、「酺」──兩種禳除災害的祭禮時，也祭祀羿，以後家家戶戶的堂屋裏乾脆把羿作爲誅邪除怪的宗布神了。

袁珂先生認爲，這位宗布神，頗類鬼的首領，職務是統轄天下萬鬼，叫邪惡的鬼魅不敢害人，就像後來的尺郭與鍾馗。

尺郭，傳說是東南方的一個巨人，身高七丈，肚子奇大，腹圍也有七丈。頭上戴著公鷄狀的帽子和魌頭──大頭假面具。《神異經・東南荒經》說，尺郭朱衣縞帶，以赤蛇繞額，「不飲不食，朝呑惡鬼三千，暮呑三千。此人以鬼爲飯，以露爲漿，名曰尺郭，一名食邪。」

出於對鬼魅的恐懼心理，古人造出了一些專門對付鬼怪的保護神，但不管是宗布、尺郭，還是神荼、郁壘，他們的名氣和影響，比起後來的鍾馗，則弗如遠矣。鍾馗的顯赫，還要歸功於唐明皇。

鍾馗捉鬼傳說與鍾馗嫁妹

鍾馗捉鬼，傳說紛紜。主要有以下幾種。

宋代沈括《補筆談》卷三引吳道子鍾馗畫上唐人題記及高承《事物紀原》：開元年間，唐明皇從驪山校場回來，忽然得了惡性瘧疾，巫師們用盡了心計，忙了一個多月也不見好轉。一天深夜，明皇夢中見一小鬼，身穿紅衣，一脚著靴，一脚赤足，腰間掛著一靴，這個牛鼻子小鬼偷偷盜走了楊貴妃的紫香囊和明皇的玉笛。明皇大怒，斥之。小鬼自稱是「虛耗」。這時，只見一大鬼「頂破帽，衣藍袍，束角帶，徑捉小鬼，以指刳其目，擘而啖之」。明皇問他是誰，奏道：「臣終南進士鍾馗也，因應舉不捷，觸殿階而死，奉旨賜綠袍而葬，誓除天下虛耗妖孽。」唐明皇大夢醒來，病一下好了。於是召大畫家吳道子圖之，明皇瞠視久之，道：「是卿與朕同夢耳，何肖（像）如此哉！」賞以百金，並御筆批道：

靈祇應夢，厥疾全瘳。
烈士除妖，實須稱獎。
因圖異狀，頒顯有司。
歲暮驅除，可宜遍識。
以祛邪魅，兼靜妖氛。
仍告天下，悉令知委。

《歷代神仙通鑒》卷十四所載與上同，只是最後說，「詔神畫手吳道子圖其像，懸後宰門。

後世仿以祛邪。」看來，由於唐明皇李隆基的大力推崇和批告天下，鍾馗才得以確立爲頭號打鬼門神的地位。

但清人所作小說《鍾馗斬鬼傳》和《唐鍾馗平鬼傳》裏，時間則往後挪到唐德宗時代，內容也更豐富了。說鍾馗字正南，終南山（陝西秦嶺）秀才。生得醜惡怕人，但才華出衆。唐德宗時，進京應試，不假思索，一揮而就。主考官韓愈、陸贄閱後拍案叫絕，遂點爲頭名狀元。但德宗以貌取人，聽信奸相盧杞讒言，欲將鍾馗趕出龍廷，鍾馗氣得暴跳如雷，當場自刎而死。德宗悔恨，遂將盧杞流放，並封鍾馗爲「驅魔大神」，遍行天下，以斬妖邪。閻君並助其一文一武——含冤、負屈二將軍，奈何橋守橋小鬼化爲蝙蝠，爲鍾馗作嚮導。鍾馗翦除鬼魅，立下大功，上奏玉帝，被封爲「翊聖除邪雷霆驅魔帝君」。

清初張大復所編《天下樂》傳奇，演了鍾馗全部故事。雖劇本已佚（只留下《嫁妹》一齣），但《曲海總目提要》記下了主要劇情：杜平樂善好施，贈金給鍾馗赴京應試，鍾馗以妹許嫁。鍾馗爲人好剛使氣，一天醉酒，進入一寺。見僧衆正爲好友杜平作瑜伽道場，十分生氣，便毀榜歐僧，並對杜平道：「人之禍福在天，何得托名於鬼，若鬼能作禍於人，是爲害人之物，必當盡殺而啖之！」後被鬼告到觀音面前，觀音偏聽偏信決定使其損壽。鍾馗在往長安應試途中，走進一條山谷時，爲衆鬼所困，臉頰被損害得十分難看。後入京考中狀元，終因貌醜被黜，含冤而死。死後，鍾馗奏之玉帝，被封爲「斬祟將軍」，領兵三千，專管人間祟鬼厲魅。鍾馗了却生前心願，遂將小妹嫁與杜平。

在民間還有一種說法，鍾馗因貌陋而被皇帝免去狀元，一怒之下，撞階而死。與其一同應試的同鄉好友杜平將他安葬。鍾馗感報杜平恩義，遂親率鬼卒於除夕返家，將妹妹嫁給杜平。這就是有名的「鍾馗嫁妹」。

「鍾馗」本是大棒

遍查唐史，並無「終南山進士鍾馗」其人。其實，鍾馗不過是人造的。這使人想起宋代沈括講過的一件趣事：「關中無螃蟹。元豐中，予在陝西，聞秦州人家收得一乾蟹，土人怖其形式，以爲怪物。每人家有瘧者，則借去掛門戶上，往往遂瘥。不但人不識，鬼亦不識也！」這正是以怪治怪，以毒攻毒之意。古人造出鍾馗，心理也正在此。那麼，鍾馗的來歷又如何呢？前人對此作過不少考證。

唐代王仁煦所編《切韻》中指出：「鍾馗，神名。」其實，有關鍾馗的傳說早在唐以前就有了，「鍾馗之說，蓋自六朝之前，因已有之，流傳執鬼，非一日矣。」《北史》載北朝有人叫堯喧，其本名鍾葵，字辟邪。這就是說當時已流行鍾馗辟邪的傳說，故其取名「鍾葵」而字「辟邪」。古人迷信鬼邪，取名也要取個能辟邪的，以求壓制鬼魅，自己取勝。正如清代學者趙翼《陔餘叢考》卷三十五所言：「古人名字，往往有取佛仙神鬼之類以爲名者。」故後魏、北齊及周、隋間，多有鍾葵者（鍾葵亦寫作鍾馗）。如魏獻文帝時，有大將楊鍾葵；魏孝文帝時，有頓丘王李鍾葵；北齊武成帝時，有宦官宮鍾葵（亦作宮鍾馗）；隋朝宗室有楊鍾葵，漢王部將有喬鍾葵。六朝以後，很多人取名「鍾葵」，就是希冀不怕邪惡，容易長成和長得健壯，或希冀長命百歲。正如現今還有些人給孩子取名「鐵蛋」、「石頭」、「柱子」一樣。隋朝的喬鍾葵亦作喬終葵，唐時，王武俊部將張鍾葵亦寫作張終葵。於是，明代學者楊愼、顧炎武等人即循著「鍾馗，即鍾葵，即終葵」的綫索，得出了鍾馗神話傳說，源於遠古時代「逐鬼之椎」的論斷。

《周禮・考工記》云：「大圭（一種玉器名），終葵首。」注：「終葵，椎也。」疏：「齊人謂椎爲終葵。」所謂「椎」者，棍棒也。椎者何用？「蓋古人以椎逐鬼，若大儺之爲耳。」（《日知錄》）看來，遠古時代齊人以「終葵」爲「逐鬼之椎」，後世以其有避邪之用，遂取爲人名。流傳既久，則又忘其原爲辟邪之物，而看成逐鬼之神，又因字相同，「終葵」亦可寫作「鍾馗」，再加上明皇之夢的渲染，吳道子之畫的流行，於是，「逐鬼之神」又被附會爲眞能捉鬼食鬼的終南山進士姓鍾名馗者耳！

從音韻學的角度看，「終」與「葵」二字反切，即「終」字聲母與「葵」字韻母相拼，正是個「椎」音，正如《通俗編》所云：「鍾馗與《考工記》云終葵通。其字反切爲椎，椎以擊邪，故借其意以爲圖像。」這就是說，「椎」本是大木棒，上古的齊國人稱其爲「終葵」。終葵是用來打擊妖魔鬼怪的，後來把它人格化了，後世就產生了鍾馗捉鬼的傳說。鍾馗本身不過是用以擊邪的大棒（椎）的化身。鍾馗的演變倒是頗具戲劇性的。

鍾馗能成爲逐鬼之神，除其本是桃木大棒的化身之外，還與遠古的驅逐疫鬼的「大儺之儀」有關。所謂「大儺」，即古人臘月禳祭以驅除瘟疫。主持大儺之儀的方相氏「掌蒙熊皮，黃金四目，玄衣朱裳，執戈揚盾」，率百隸從宮室里巷一直到荒郊野墓，到處驅逐鬼魅（《周禮・夏宮・司馬下》）。到了漢代，大儺之儀已成爲歲暮皇宮的重大禮儀，從皇室到群臣、武將乃至虎賁、羽林郎將皆按時參與。先是十二神追惡凶，然後方相氏與十二獸舞蹈，在巡視宮室三遭之後，由騶騎傳炬出宮，一直傳到城外雒水，並將火炬扔到激流之中。禮儀結束前，還要將葦戟、桃杖等賜與公卿、將軍、諸侯，以示恩寵。但後來大儺之儀逐漸爲跳鍾馗、掛鍾馗神像的習俗所代替。南宋孟元老《東京夢華錄》有這樣的記載：至除日，禁中呈大儺，並用皇城親事官、諸班直戴假面，綉畫色衣，執金槍龍旗。教坊又裝鍾馗之類，自禁中驅祟出南薰門外，謂之「埋祟」而罷。南宋吳自牧在《夢粱錄》中稱：至除日，街市有貧丐者爲一隊，裝神鬼、判官、鍾馗、小妹等形，敲鑼擊鼓，沿門乞錢，俗呼爲「打夜胡」，亦驅儺之意。

古時候曾稱一種棒槌（椎）爲終葵。在舉行驅疫鬼的大儺儀式時，總要「揮終葵，揚玉斧」，它逐漸成爲驅鬼避邪的象徵。魏晉以後，常有人以鍾葵、鍾馗（與終葵同音）爲名爲字。到了唐代，好事的文人杜撰了鍾馗捉鬼的故事，並附會到風流天子唐明皇的身上。於是這一傳說不脛而走，從宮禁到民間，廣泛流傳。當然，鍾馗的顯赫也是與鍾馗畫、鍾馗戲，以及鍾馗小說的廣泛流行有直接關係。

鍾馗與藝術

最早的最著名的鍾馗畫當首推唐代大畫家吳道子的「鍾馗捉鬼圖」。此圖據宋・郭若虛《圖畫見聞誌》載：「吳道子畫鍾馗，衣藍衫，鞹一足，眇一目，腰笏中首而蓬髮，以左手捉鬼，以右手抉其鬼目。筆亦遒勁，實繪事之絕格也。」關於此畫，還有一段趣聞。唐以後，宮廷收藏的吳道子鍾馗畫流散到了民間。後來，有人將此畫獻給前蜀皇帝王衍。王衍如獲至寶，掛在臥室中觀賞不已。一天，他對大畫家黃筌道：「吳道子畫的鍾馗是用右手第二指挖鬼的眼睛，不如改用拇指挖鬼眼顯得更有力量，請試為我改之。」黃筌將畫帶回家去，揣摩多日，乃另畫一鍾馗以拇指挖鬼眼。第二天將二畫一齊獻上，蜀主問他為何未改畫？黃筌答道：「吳道子所畫鍾馗，一身之力，氣色眼貌，俱在第二指，不在拇指，故不敢妄改。我新畫的鍾馗，眼色意思，俱在拇指。」蜀主王衍嘆服。

鍾馗捉鬼之說盛行以後，鍾馗畫作為辟邪驅鬼的門神像亦開始流行，「甚至朝廷之上，每歲暮以鍾馗與曆日同賜大臣」。此舉至宋時猶然。神宗時，「上令畫工摹榻鐫板，印賜兩府輔臣各一本。是歲除夜，遺入內供奉官梁楷就東西府給賜鍾馗之像」。宮中掛鍾馗，明清亦然。「禁中歲除，各宮門改易春聯，及安放絹畫鍾馗神像。像以三尺長素木小屏裝之，綴銅環懸掛，最為精雅。先數日各宮頒鍾馗神於諸皇親家」（《舊京遺事》）。

由於皇家的提倡，鍾馗門神在民間也廣泛流傳。不僅春節時掛鍾馗，端午節也把他請出來，用以避邪。《燕京歲時記》稱，「每至端陽，市肆間用尺幅黃紙蓋以朱印，或繪天師鍾馗之像，或繪五毒符咒之形，懸而售之，都人士爭相購買，黏之中門以免祟惡」。

鍾馗一出現，就得到了歷代畫家的鍾愛，自唐吳道子之後，五代的黃筌、王道求、周文矩，宋代的楊棐、石恪、李公麟、馬和之、馬驎、顏輝，元代的陳琳、王蒙，明代的錢谷、劉枋、陳洪綬，清代的高其佩、金農、趙之謙、任熊、任伯年、吳昌碩，直到近代的齊白石、徐悲鴻、張大千等大家，都畫過鍾馗。在大師們的筆下，鍾馗神態各異，豐富多姿。歷代鍾馗畫透過民間、宮廷和文人畫家們的辛勤創作，以其特有的價值成爲中國美術史上的一枝奇葩。

宋末元初的鍾馗畫已有了捉鬼、嫁妹、飲宴、部鬼、夜獵、出遊等題材，促進了鍾馗戲的產生和發展。

鍾馗戲除了前面提到的《天下樂》傳奇外，較有影響的有《慶豐年五鬼鬧鍾馗》雜劇，這是明初教坊所編的節令承應戲。也是現存最早的鍾馗戲。劇中講鍾馗因楊國忠當權，應試不中，一氣身亡。副考官奏明皇帝，封其爲狀元，上帝又加封爲判官。鍾馗收伏了大耗、小耗和五方鬼。

寫鍾馗的小說，現存的有三種。最早的是《唐鍾馗全傳》（又題《唐書鍾馗降妖傳》）。是明代刻本，四卷三十三則。此書藏於日本內閣文庫。另兩種是《鍾馗斬鬼傳》（又作《平鬼傳》），清人煙霞散人作，四卷十回。《唐鍾馗平鬼傳》，淸人東山雲中道人撰，八卷十六回。二書情節不同，但都描寫了形形色色的鬼，其實，它們並非是講鬼的鬼怪小說，而是寫人的諷刺小說，書中嘻笑怒罵，著重對各種邪惡，予以諷刺鞭撻。

鍾馗作爲一個特殊的藝術形象，貌陋而心美，對鬼凶而對人善，對我國的民俗、美術、戲曲以及小說，都產生了廣泛的影響。

迎福鍾馗

除了怒目圓睜、恐怖可畏的鍾馗形象（多是刺鬼、斬鬼、斬狐題材）以外，尚有另外一種鍾馗畫，畫上的鍾馗和顏悅目，一團和氣。畫面上還常配有蝙蝠或蜘蛛。這類畫與驅邪鎮妖的鍾馗畫有所不同，寄託著人們迎福禎祥、追求平和安定生活的願望。鍾馗頭上的蝙蝠有何來頭呢？

據《斬鬼傳》第一回云：鍾馗被封爲驅魔大神後，率三百陰兵過了枉死城，在奈河橋上遇一小鬼攔路。小鬼自稱原爲田間鼷鼠，飲了奈河水後，身生兩翅，化爲蝙蝠，凡有鬼的所在，無一不曉。最後對鍾馗道：「尊神欲斬妖邪，俺情願作個嚮導。」鍾馗大喜，收了蝙蝠。於是蝙蝠成爲嚮導，引著鍾馗去除衆鬼。《平鬼傳》的說法與此不同。說鍾馗駕起祥雲，神荼搖身變了一隻蝙蝠在前引路，郁壘化成一把寶劍，伏在鍾馗背上，衆鬼跟隨。最後稱「至今元旦令節，家家畫鍾馗神像，目睹蝙蝠，手持寶劍，懸掛中堂，戶戶寫神荼、郁壘名字，供奉大門。自此鬼魔消除，四海永淸。萬民安樂，共慶太平，千萬斯年矣」。（《平鬼傳》第十六回）。

此外，「蝠」與「福」同音，畫上的蝙蝠意味著「幸福來臨」。明朝憲宗皇帝朱見深所畫《迎福如意》、清朝高其佩所畫《迎福鍾馗》等，即用此意。有些吉祥鍾馗畫，在鍾馗頭上畫個蜘蛛亦屬此類。蜘蛛，民間俗稱「喜珠兒」，「喜珠兒」自空而降意爲「喜從天降」。這些都寄託了人們祈福的美好願望。

僑居海外護佑炎黃的黃大仙

黃　野　人

我國東南一帶過去普遍敬祀一位區域性顯神，這就是赤松黃大仙。如今這位黃大仙隨著華僑的足迹，走向海外，成爲僑居海外的華夏名神之一。在大陸上的黃大仙信仰雖已衰微，但在香港的黃大仙却更加走運，極受崇拜，是當地第一大神。去黃大仙廟觀光，不須向人打聽，只查一下九龍黃大仙區即可。

有黃大仙區，必有黃大仙站，乘汽車或地鐵在黃大仙站下車，只需十來分鐘，就可到黃大仙廟。廟前有一大石門坊，石坊正中題有四個大字：金華分迹。金華即浙江金華縣，金華是黃大仙的「仙鄉」，金華的赤松觀，則是黃大仙的「祖廟」。「金華分迹」，意謂此地的黃大仙廟是金華祖廟派生出來的「分廟」。此廟是典型道觀，石門坊兩邊分別醒目地題有「丹煉」、「回春」等字，使人聯想起道教的絕招兒——燒丹煉汞、長生不老。

廟門橫匾上寫著「赤松黃仙祠」，廟內主殿金瓦紅柱，彩飾輝煌。殿內供黃大仙像。據說，黃大仙是晉代道士黃初平，是浙江金華人。他「叱石成羊」的法術，十分有名。據《金華府誌》載：

晉，皇（黃）初平，蘭溪人。牧羊遇道士，將至金華山石室中。兄初起尋之四十餘年，一日逢道士，引入山相見。問羊安在？初平曰：「在山之東。」初起視之，但見白石。初平叱之，石皆成羊。初起遂絕粒，服松柏、茯苓，亦得仙。後還鄉，其族盡亡，乃復去。初平別號赤松子云。

《歷代神仙通鑒》卷六亦載黃初平、黃起平弟兄得道成仙事，只是把時間提前了六七百年，說他倆是東周時晉國人。事迹則與上引相同。並說「（黃）初平歸淮陰黃石山，改名黃石公」。

黃石公是個歷史傳說人物，後被道教尊爲神仙。又叫圯上老人，一天他見張良遊於下邳（今江蘇睢寧北），故落履於圯（橋）下，令張良取履，伸足令穿之。張良皆如命，老人謂「孺子可教也」。於是授張良《太公兵法》。說十三年後，見我於濟北谷城下，黃石即我。張良熟讀兵法，助劉邦奪得天下。十三年後果於谷城山下見黃石，取而寶祠之。此事載於《史記・

留侯世家》。

黃初平因別號赤松子，故有些黃大仙廟稱「赤松黃大仙祠」。黃初平入金華山石室中修行得道，其兄黃起平從弟修道，亦得仙。故有人認爲黃大仙是指黃初平弟兄二人。金華北山早於晉代即建有最早的黃大仙祠——赤松觀。當初這座道觀十分宏偉：「宮殿，亭宇，廊廡，碑碣，誥敕，御墨及名公巨卿題跋，爲江南道觀之冠」（《金華縣誌》）。時過境遷，號稱江南道觀之冠的赤松觀早已蕩然無存，成爲歷史遺跡。

因黃大仙又號赤松子，故有人認爲其即神農時的赤松子。其實，神農時的赤松子是傳說中的仙人，是主行霖雨的雨師，與黃大仙是兩碼事。還有一種說法，黃大仙是廣東東莞人，是東晉著名道士葛洪的得道弟子黃野人，但黃野人的「仙迹」要比黃初平遜色多了。

黃大仙信仰之盛，如今首推港澳。香港黃大仙祠終日香火繚繞，進香朝拜求簽者有如潮湧，熱鬧非凡。進香者所求五花八門，應有盡有，求福、求子、求財、求工作、求良緣、乃至求醫問藥，無所不有。有趣的是，廟前街巷也成爲極富特色的迷信鬧市。這裏一多是賣風車的多。這種風車與大陸春節所賣風車不同，除紙做風輪以外，上面還有神像、關刀、八卦、小旗等道教飾物，俗稱「轉運風車」，說是持此風車進廟求神，即能走運。另一多是相攤多，算卦的相士靠著黃大仙的「靈應」也沾光不少，而且多以黃大仙的徒子徒孫自詡，在卦攤上掛起「黃半仙」、「黃也仙」、「黃小仙」、「松仙館」之類的大字招牌。相士們的生意不錯，他們的成分也很複雜，不少知識分子也加入這一行列，其中就有大陸去港謀生的內地大學哲學系教師。

香港是經濟貿易極其發展繁榮的地區，現代化程度很高。古老而拙樸的算命方法也開始進入「現代化」。廟內安放了自動抽簽機，機內裝有電腦，抽簽者放進一元硬幣，機內立即吐出一張簽條。現代化與迷信鬼神，成爲香港社會的一對有趣的雙胞胎。

周公與桃花女的傳說

桃花女

古人有詩云：「金童擎紫藥，玉女獻青蓮。」這金童玉女，按道教的說法，凡是神仙所住洞天福地，皆有得道的童男童女來伺候他們，叫金童玉女。

神仙們雖說生活得逍遙自在，可還是不能沒有人伺候，而且聽差的越多越好——這當然得跟級別掛鈎。高級天神如三清之一的太上道君，身旁有金童玉女各三十萬人侍衛，共六十萬個聽差的。眞不知他怎麼呼喚！據《高上玉皇本行集經》，頭號天神元始天尊竟有靈童玉女九千萬人！元始與太上道君相比，可謂大巫小巫之別了。

北方眞武大帝的身旁，常塑有一金童、一玉女，二人捧册端寶。他倆的身份是聽差加秘書。據《眞武本傳妙經》說，金童、玉女是分掌威儀、書記三界中善惡功過的小神，權力還不小。這兩位，在南方又俗稱周公、桃花。

有趣的是，金童、玉女大量出現在宋元以來的戲劇中，成爲神仙戲的重要角色。宋元時，即有南戲《金童玉女》傳奇。元代賈仲明有《鐵拐李度金童玉女》雜劇。

影響很廣的神話戲《張生煮海》，書生張羽與龍女瓊蓮最終成婚，他二人也被說成是上界金童玉女臨凡。後東華仙人來，接二人歸位。

至於金童玉女又是周公、桃花女的說法，源於元明戲曲和小說。桃花女故事在民間流傳久遠，元代已有《桃花女破法嫁周公》雜劇，此戲又名《智賺桃花女》、《破陰陽八卦桃花女》。戲的劇情是：算命人周公開業三十年，從無差錯，某日有石婆婆算命，周公說她兒子石留柱在外必遭橫死，石婆婆回家途中遇到桃花女，桃花女便教她禳解之法，救了石留柱。石婆婆找周公退卦錢，說他的卦不靈。周公又給僕人彭祖算命，斷定他必死。彭祖路遇桃花女，桃花女教他禳解之法，彭祖便依法祭拜北斗七星，得以延長壽命。彭祖見周公，周公知其不死原因，頓生妒意，請彭祖爲媒，娶桃花女爲媳婦。

桃花女進門後，周公費盡心思要害死她，但都被她破掉，反而差點害死了自己的女兒。周公再次害桃花，又被她破了法，使周公一家死而復生。在周公復生後，眞武大帝出場，說明周公與桃花女是金童玉女轉世，業緣已滿，應復歸天位。

桃花女故事，也被收入小說中。如明代吳承恩所撰《西遊記》中，第三十五回寫孫悟空鬥金角大王、銀角大王時，有把銀角大王裝在寶葫蘆裏，口中不斷向「桃花女先生」祝告的情節。在明末小說《七曜平妖傳》中，寫徐洪儒妻乜巢兒學法事，也提及「桃花女」。清代道光年間，出現了無名氏編撰的《桃花女陰陽鬥傳》，共十六回。後又有《桃花女陰陽鬥異傳奇》。小說博採世代里巷傳說，突出了桃花女向「人之死生大數」捨命抗爭的形象，在神魔小說中別具一格。

書中還敍述了桃花與周公同眞武的瓜葛。眞武玄天上帝在雪山修道時，用戒刀剖腹洗腸，昏迷過去，把戒刀棄了。後戒刀修煉成一個陽體，刀鞘修煉成一個陰體。數百年後，王母詔刀鞘上天，管理桃花，即成桃花仙子。戒刀做了太上老君的童子，後私自下凡，投胎商朝周姓諸侯，名周乾，後襲父職，人稱周公。此時桃園仙子奉玉帝命下凡，做了任太公的女兒，叫桃花女。書中詳述二人鬥法事，最後被眞武玄天上帝收爲周、桃二元帥。

小說中有不少內容，再現了古代婚嫁習俗，頗有民俗學價值。如花轎上綉上八洞神仙，花轎要用雜色綢結成。空的寶瓶一對，內放五穀熨斗一個。花轎一到門，要男方家一人提著熨斗，繞轎三周，方才進門。大門二門要馬鞍一個，方斗一個，新人下轎跨過馬鞍然後才拜天地。從大門到內堂要鋪上彩氈，新人下轎，脚不能沾泥土。父親要抱女兒上轎，並唸道：「夫妻百年好合，子孫昌盛，福壽綿長，百無禁忌。」花轎走到男方大門時，女方家人取出柳弓一把，桃箭一枝，搭好箭，高聲唸道：「柳木弓，桃木箭！射左扇時，射右扇。喪門、弔客影無踪，一切凶神不見面！」唸完，照定門上正中一箭！後世有些地區一逢不吉時年，大門上皆掛上柳弓、桃箭，來源於此。桃花女所用鎮破凶神惡煞的方法、器物，有些日後竟成了風俗，傳至今日。

另外，此後的京戲、彈詞等搬演的桃花女節目，多受此書影響。

朱天大帝本是吊死鬼

崇禎皇帝

舊時江南一帶有些「朱天廟」，供奉朱天大帝。此神也有些奇特：紅臉膛，披髮赤足，右手持一圓環，左手拿有一棍。有的神像脖子下，還懸掛人頭一串，像《西遊記》裏受戒前的沙和尚。

這位神明乃道耶？佛耶？其實，他非佛非道，原來就是在北京景山吊死的明代崇禎皇帝！何以見得？當時江南民間曾流行一種所謂《太陽經》，其中說「太陽明明朱光佛」，崇禎皇帝死後，滿族統治者入主中國，對漢人實行高壓政策，民間只能用曲折隱晦的方法表達自己的感情。還有一句「太陽三月十九生」，陰曆三月十九正是崇禎帝朱由儉的忌辰，即吊死的日子。

後人紀念他，便附會他是「朱天君」，又是「太陽」神，又是「明明朱光佛」。神像披髮赤足，正是崇禎殉國的眞實寫照。

一六四四年三月，李自成的農民軍包圍了北京城，朱由儉見大勢已去，逼著皇后上吊，又砍死了幾個妃子，砍傷了女兒。三月十九日是他當皇上的最後一天，早晨他親自撞鐘，可百官沒有一個人前來，絕望已極的崇禎帝便帶著太監王承恩，出宮跑到煤山（景山），在一棵海棠樹下，光著左脚，右脚只穿著襪子，長髮遮面，吊死在樹下，王承恩也對縊樹下。所以朱天君像被塑成披髮赤足。至於手執一環，是象徵縊索即繩套；另一手拿的木棍，則象徵那棵樹。

過去杭州一帶祭祀朱天君十分虔誠，要持齋一個月，上海人也持朱天齋，世世相傳，不肯廢棄。江南一帶迎神賽會菩薩出巡是最隆重熱鬧的。菩薩們有「機神菩薩錢鏐」、「關帝菩薩」等，而「朱天菩薩」（即朱天大帝朱由儉）排場最大。

手持令旗的「報童」騎馬跑過之後，便有「淸道校尉」八對十六人，後面是八面抬鑼，鳴鑼開道，四面寫有「回避」、「肅靜」的虎頭禁牌十分醒目，接著是三十二位「錦衣將軍」護駕，騎對子馬著甲執銳淸道而過，接著是火銃齊鳴，震耳欲聾。後面是各種化妝表演的「會貨」（北方叫「花會」），有舞獅、舞龍、抬閣、高蹺、調無常等，上百人的提爐隊和迎神隊後面，即是「神轎」和「護駕侍衛隊」。迎神賽會成了民間的盛大節日。

崇禎皇帝死後被人們尊爲「朱天大帝」而受到頂禮膜拜，這一奇妙結局，是朱由儉做夢也想不到的。崇禎臨自盡前，嘆道：「朕非亡國之君，臣乃亡國之臣。」他把責任一股腦推給了大臣們。其實他生性多疑，剛愎自用，中了敵人的反間計，殺戮忠良，自毀社稷，決不是什麼英主明君。只是他生不逢時，對千瘡百孔的明王朝沒有回天之力，至多算個「倒霉皇帝」。但許多人對他的死是同情的。

江南人民崇祀朱天大帝，最初是懷念故國、反對清朝統治者的一種寄託，暗寓著紀念意義。但隨著日月流逝，年深月久，後世的信徒們已不明瞭這一層寓意，完成變成了一般的祈福禳災了。

台胞頂禮膜拜的廣澤尊王

痘神(痘兒哥哥)

在福建泉州南安縣鳳山上，有一座聞名海內外的鳳山寺。此廟始建於五代十國時期，距今已有千年歷史。廟內主神爲廣澤尊王，大殿祀其副身，北側殿傳爲「鳳眼」處，祀廣澤尊王正身及王妃像，殿內還放有一張粉金塗漆、雕刻精美的眠床，以供尊王夫妻「享用」。尊王的神像十分奇特，不同一般。衣著非佛非道，圓眼口闊，一足盤起，一足垂下。這副打扮也自有來歷。

廣澤尊王，又稱郭聖王、聖王公、保安尊王，是當地一位神化了的傳說人物。據說聖王叫郭忠福，又作郭洪福、郭乾，住在南安鳳山下，原是唐代名將郭子儀的後人。郭洪福成「神」

的經過有幾種不同的說法，其中《泉州府誌》所載，實在沒有什麼奇異：

年十六歲時，忽取甕酒牽牛登山，明日坐頂古藤上垂足而逝，酒盡於器，牛存其骨。已見夢鄉人立為廟，號將軍廟。

另有一種十分流行的傳說倒很有趣：

郭洪福幼年失去雙親，被叔父收養，生活很艱難。他便給陳地主當牧童，整日放羊。一天，主人請了個獨眼的風水先生，想找個「龍穴」爲祖宗造墳。但這個地主是個守財奴，對風水先生十分刻薄，郭洪福對他却照顧得無微不致。一次，地主燉了一鍋羊肉款待風水先生，先生吃完以後挺高興，郭洪福便偷偷告訴他：「請您吃的羊肉是昨天掉進糞窖淹死的那隻羊！」先生聽了大怒，便決定不告訴地主「龍穴」位置。

風水先生對洪福很有好感，便問他：「你想當皇上還是當神仙？皇上只享一世福，而神仙會世世代代受人參拜。」小牧童說：「我想當神仙。」先生說：「羊圈這裏就是『龍穴』，你可以把雙親屍骨遷埋在這裏。」又對他說：「你遷葬時，會有一群黑蜂追你，你趕快跑，半道上看見有人頭戴銅笠、牛騎人、魚上樹時，你馬上就地打坐，便可成佛。」

郭洪福照吩咐遷葬父母屍骨後，果然一群黑蜂冒出，原來這裏有個蜂穴。洪福拔腿便逃，途中下起大雨，正趕上有人家辦喪事，他見一個和尚拿起銅鈸蓋在頭上遮雨，「好，這是『頭戴銅笠』。」一個牧童躲在牛肚子下，——「牛騎人！」一個漁夫爬到樹上避雨，魚鈎上的小魚在枝頭跳躍，——「魚上樹！」

郭洪福見了，馬上找到一塊盤石，在上打坐。叔父聽說，趕緊跑來，扯下了他的左腿，但郭洪福已「升化成佛」。人們便在此修廟塑像，建成鳳山寺。並傳說郭聖王時時顯靈，爲民治病，救助災患。

相傳清世宗雍正皇帝胤禛小時，出花長了痘瘡，生命危急。一夜夢見一少年給他服藥，胤禛問：「這是何藥？」少年說：「是『降痘丹』。」又問：「你是何人？」少年說：「泉州郭乾。」說完不見踪影。胤禛一覺醒來，病也好了。他登基後，派人到泉州尋訪，找到了鳳山寺，下令擴建。到了同治皇帝時，又勅封爲廣澤尊王。所以在閩台民間，也常把廣澤尊王作爲痘神來祈禱的。

祖籍泉州的台胞，十分虔誠地供奉郭聖王，在台灣有二三十座鳳山寺的分廟，在許多人家屋裏，也供有聖王的神像。泉州鳳山寺爲廣澤尊王的祖廟，在海外華僑中很有影響，在僑居國內也多有仿建。

海上保護神
——天妃娘娘

海神娘娘天后(媽祖)

世俗是需要女神的，天國裏便有大名鼎鼎的王母娘娘，以及幾位名氣頗大的女神仙。在北方，突出的是碧霞元君，在南方則要屬天妃了。

據說天妃（又稱天后）實有其人，她原名叫林默。祖籍福建莆田湄州嶼，是個海島。林默的生卒年，據一些史書的記載，也很不相同。她的生年竟有六種說法，卒年也有四種。比較一致的說法是，生於宋太祖建隆元年（960年），卒於宋太宗雍熙四年（987年），只活了二十七歲，所謂「室居未三十而卒」（元・王之恭《四明誌》卷九）。

天妃林默的祖輩可追溯到唐代。唐憲宗時，莆田有個林牧，有九個兒子，據說都做了刺使，人稱「九牧林氏」（刺使又稱「州牧」）。林默是林牧的十世孫女。林默的父親林願，做過兵馬使（也有說做都巡檢）。林默在家最小，是個老閨女。爲什麼叫「默」呢？據說，她生出後一個多月，從來沒有啼哭過，因此父親給她取名「林默」。正像別的許多由人成「仙」的神明一樣，林默的出生自然也被後人披上了神異的色彩，被大大地神化了一番。《莆田縣誌》說，林默出生時「地變紫，有祥光異香」。《三教搜神大全》說，林默母「嘗夢南海觀音與以優鉢花，呑之，已而孕，十四月始免娩身，得妃（林默）」，「誕之日，異香聞里許，經旬不散」。總之，林默的出生伴隨著無比的吉祥。

大概林默天生是個當「神」的胚子，剛剛一周歲，尙在襁褓中，見諸神像，即「手作欲拜狀」。五歲能誦《觀音經》，十一歲「能婆娑按節樂神」（《三教源流搜神大全》卷四）。小林默似乎與神佛有不解之緣。林默長大後，即「通悟秘法，預知休咎，鄉民以病告，輒瘉。」看來，林默還是個年輕女巫之類的人物。而她最大的能耐，則是對海事有著不同凡響的「靈感」。

一次，林願與四子分乘五船去福州辦事。林默與母親待在家中。夜晚，林默忽然手脚亂動。母親趕忙推醒她，問女兒是否做了惡夢。林默睁開眼睛道：「不好，爸爸他們的船遇上了風暴。」母親大驚失色。林默埋怨母親道：「我兩手各拉住一艘船，兩脚又掛上了兩艘，嘴裏還叨著一艘，本來沒事了，可您一喊，我嘴一張，叨著的那艘船給刮跑了。」說完哭了起來：「我大哥性命難保了。」

幾天後，父兄們回來，哭訴海上遭遇風暴事，大哥的船已沈沒海中；並說風作之時，見一女子牽五條桅索而行，渡波濤若平地。全家這才明白，林默當時瞑目而睡，「乃出元神救弟兄也」（《三教源流搜神大全》）。此事越傳越神，林默名聲大震。

林姑娘長大後，誓不嫁人，經常乘船渡海，雲遊島嶼間。憑著她一身好水性和一顆菩薩心，在海上多次救護遇難漁民和商人，被人們呼為神女、龍女。她的海上救難行善事迹，在莆田地區廣泛流傳。

在一千年前的一個暴雨天，林默奮不顧身，在海上搶救遇險船民，因風浪太大，林默不幸被颱風捲去……

人們不願承認林默遇難而死，却認為她已「升化」——變成了女神。有人編造說，林默升化時，「聞空中樂聲，氤氳有絳雲若乘，自天而下，神（林默）乘之上升」（《揚州天妃宮碑記》）。後來還有人見她「常服朱衣，飛翻海上」。於是莆田百姓修了個祠堂，紀念神女林默。

宋徽宗宣和五年（1123年），給事中路允迪奉旨出使高麗。他率領八艘大船航行在渤海之上，忽遇大風暴，一下刮沉了七艘。路允迪驚恐萬分，趕緊閉目禱告：「神女下凡，保我平安！神女下凡，保我平安！」說也奇怪，路允迪忽然覺得船一下平穩了，他睜眼一看，果然有位穿紅衣的神女站在船檣上。靠了神女的保佑，路允迪獨船駛向高麗，完成了出使任務。徽宗聽說此事，親賜林默祠一塊題為「順濟」的匾額。

以後，神女的「靈應」越來越多。宋紹興年間，江口海寇猖獗，神女「駕風一掃而去」，後屢有助剿海寇事。淳熙年間，「歲屢旱災，隨禱（神）隨應」。神女不但保佑商船漁民，助剿海寇，還有捍禦水旱疫癘之災等「法力」。因此，神女的影響越來越廣，香火由最初的莆田地區，逐漸擴展到由南而北，沿海一帶的廣大區域。

神女的「靈迹」也得到從宋至清歷代帝王的褒獎。帝王們在七八百年間對其冊封多達四十次，封號累計竟有五六十字：如輔國護聖、護國庇民、靈惠助順、妙靈昭應、宏仁普濟、昭靈顯佑、廣濟明著等。林默的地位，由最初的林姑娘而爲夫人，爲妃，爲天妃、聖妃，直高升至天后！祭禮也由民間祭祀逐漸升爲朝廷派大臣致祭，並載入國家祀典。

應該指出的是，天妃的顯赫，與古代航海事業的發達，有極大關係。南宋建都臨安（杭州），屬沿海城市。南方各沿海城鎮經常通過海運，把糧食和物資運往臨安。元朝南糧北運，史稱「漕運」，多走海路。古語道：「天下至計，莫於食；天下至險，莫於海。」在當時條件下，海運非常危險，「天有不測風雲」，安全沒有保障。船工葬身魚腹，十分普遍，正如《宜沽謠》所唱：「北風吹兒墮黑水，始知渤溟皆墓田」！朝廷爲了安定民心，百姓們也要找到一位海上保護神，於是，天妃娘娘成爲最佳人選。這樣，與漕運、通商和漁業有關的許多沿海城鎮如直沽（天津）、揚州、南京、平江、周涇、泉州、興化等，都紛紛修建了天妃宮。

明代航海事業極爲發達，三寶太監鄭和七下西洋，是舉世聞名的壯舉。鄭和多次宣稱在海上屢得「天妃神顯靈應，默伽佑相」。因此，永樂帝命令在湄洲、長樂、太倉、南京太倉、西京以及京師北京建天妃廟宇。永樂帝還親自寫了《南京弘仁普濟天妃宮碑》碑文，盛讚天妃「功德」。

以後隨著海外發展的繁榮，天妃也漂洋過海，在東南亞一些地區安下了家，受到人們的供奉。媽祖（天妃）尤受到台灣民衆的崇拜，台灣的媽祖廟多達五六百座，北港朝天宮進香保平安的，每年達一百萬人以上。據稱今天的媽祖信徒，全球有一億以上。

保留火種的火神爺

火神　祝融

火的發明，在人類文明史上具有劃時代的意義，先民們用火嚇退野獸，幫助生產（刀耕火種），改善生活（熟食），以及取暖驅寒，使人類受益極大。人們無比感謝火的發明者和管理者。世界各國各民族都有自己的火神及其神話。中國的火神有祝融、炎帝、回祿（又叫吳回），這三位是名氣最大的，此外還有個管理火種的小火神，叫閼伯。

在河南省商丘縣有個最有名氣的古迹叫火神台，祭祀的就是閼伯，所以又叫閼伯台，又名火星台。閼伯，是傳說中的原始社會五帝中帝嚳的長子，帝嚳代高陽氏顓頊爲君主後，封兒子閼伯於商丘，專門管理火種，稱爲「火正」。閼伯死後，築台上修建了閼伯廟，又稱火神廟，供奉閼伯神像。此台便稱爲火神台。閼伯在商丘，主辰星之祀，後來許多朝代都在這裏研究天文，觀察火星（即商星），故此台又叫火星台。

火神台形狀如墳墓，規模不小，高達十丈。台上除火神廟外，還有大殿、拜廳、鐘鼓樓等，台下有戲樓、大禪門等建築。廟內還有明清彩色壁畫，十分珍貴。

自古以來，當地人民十分崇拜閼伯。在那漫長的遠古時期，平原上洪水泛濫，風沙蔽日，要把寶貴的火種保留下來，頗爲不易。閼伯是有大功勞的。直到今天，每年正月初七，各鄉百姓都要來這裏進香朝拜火神閼伯，叫做「朝台」，形成盛大的古廟會。

后土娘娘又做守墓神

后土娘娘

后土原是道教大神「四御」中的第四位天帝，即后土皇地祇。與主宰天界的玉皇大帝相對應，是主宰大地山川之神，二位配套，正所謂「天公地母」。

后土源於遠古的土地崇拜。土地是人類的「衣食父母」，沒有土地，人類無法生存；沒有土地，國家無法立國。所以古代對社神——土地之神——后土的祭祀極爲重視，被列爲國家祀典。

「后土」的來歷也有些含混。有的把后土作爲人名，有的當成神名，還有的說成官名。這也是自然神演化爲人格神的必然現象，不足爲奇。后土還被人們安排在一個十分顯赫的「家族」內，說他父親是水神共工，爺爺是火神祝融，他還有個孫子更是條好漢，那就是追趕太陽而死的夸父。

在甲骨文和金文裏，「后」與「司」常常可以寫成一個字。所以「后土」就是「司土」，即掌管土地。另一位掌管土地的土伯，就被說成是「后土之侯伯」。這位土伯長得很怪，有三隻眼睛，寬肩厚背，壯得像頭牛。有人認爲這是將動物神化了的后土。

后土最初爲男性，後來受古代陰陽哲學中「天陽地陰」學說的影響，在隋朝以後變爲女性神（但有些廟宇后土仍為男性），民間俗稱爲「后土娘娘」。

后土娘娘除了高高在上，坐在道觀四御大殿中享受人間香火外，還要下到「基層」做點低等工作即充當墳地的守墓神。

早在唐代，人們在造墓、遷葬時，都要在面向墓地的右方祭拜后土神，祈求允許開工，保佑工程平安無事並守護造好的墓地。到了宋代，每逢清明節上墳，事先打掃墓地時，必得先拜后土神。到了上墳當天，亡者家屬一到墓地，也要先祭祀墓地護衛神——后土。后土神的位置一般在墳的左邊，有一塊刻著「祀神所」三字的碑豎在那裏。碑高二尺左右，上面還有些后土、山神、龍神、福神之類的文字。也有墳墓左右兩側都立后土碑的。

祭后土時，擺上祭品，跪拜，祀畢，燒掉祭文、紙錠，祭品（葷素等）仍用作祭祖。當然，祭祖畢，所供祭品還是由上墳人大餐一頓完事。

龍的系列

龍和龍王廟

水府龍王

馳名中外的頤和園，坐落在北京西北郊。其中四分之三是昆明湖水面，構成了一碧千頃，水天一色的幽美景色。

在昆明湖中，十七孔橋西面連著一個美麗的小島，島上有座十分壯觀的「廣潤靈雨祠」，裏面供奉著龍王，因而「廣潤靈雨祠」又稱「龍王廟」。這座龍王廟因建在皇家園林中，自然很有氣派，廟前有兩座金碧輝煌的大牌樓。大殿裡的龍王在「十年浩刼」中也曾遭到刼運，被扔進了昆明湖中。如今的新龍王爺是由天津「泥人張」按原物復塑的。龍王頭戴王冠，身著白色帝王袍，臉部則是傳說中的龍頭，十分威嚴。

這座龍王廟的歷史早於建園，淸代乾隆帝在這裏建造楚漪園時，把西湖擴建爲昆明湖，在湖中島上修了龍王廟。宋朝眞宗皇帝曾經詔封過四海龍王，封四海龍王爲廣潤王，所以乾隆把這座廟命名爲「廣潤靈雨祠」。按照古代的五行理論，西方主金，西方是白色，所以這裏的龍王像是金臉白袍。

龍王廟建在這裏也是很講究，龍王廟與南面的鳳凰墩寓北龍南鳳，龍象徵皇帝，鳳象徵皇后，體現了「龍鳳呈祥」。同時，昆明湖東岸北端修有文昌閣，祀文昌帝君；萬壽山西邊建有宿雲檐城關，供關聖帝君，構成了東文西武，與北龍南鳳相配。

世界上壓根兒就沒有什麼龍，一千多萬年前的爬行動物恐龍與傳說中的龍是兩碼事。龍是中華民族的創造，是古人幻想出來的動物神，是象徵祥瑞的四靈（麟、鳳、龜、龍）之一，龍當是古人的動物圖騰崇拜，從龍的形象上，可以找到蛇、鰐魚、蜥蜴、馬、牛、豕、虎、鷹等動物的痕迹，還可以從天上的雲朶、閃電裏找到它的踪影。對龍的崇拜主要是源於對蛇等爬行動物的崇拜，《山海經》裏的許多神，都是蛇身。早期的人類，「始祖」伏羲、女媧像，也是人首蛇身。

在上古時代，人們就認爲龍生活在水中，它的職能自然是管水，由於地下的水與天上下雨密切相關，於是古人又讓龍當了雨水的主人，而雨師以及風伯、電母、雷公等都成了它的下屬神。佛教經書中，也記有各種龍王，專管興雲佈雨。佛教著名護法神團天龍八部中就有龍衆。以後道教吸取民間及佛教的龍王信仰，創造出諸天龍王、四海龍王、五方龍王，漸而凡是有水之處，無論江河湖海，淵潭塘井，無不住有龍王，管理當地水旱豐歉。唐宋以後，皇帝又把龍神封為王，於是大江南北，龍王廟遍佈全國，成為最廣泛的神廟之一。如北京城內過去就有龍王廟二十多座。中國長期是靠天吃飯的農業國，對管雨水的龍王爺極其崇敬，淫雨連綿時，人們求龍王放晴；久旱不雨時，人們求龍王下雨。至今，某些落後山區還是如此。

龍的系列

風伯

風　伯

風伯是民間對風神的習慣稱呼，風神又稱風師、箕伯。

我國地域廣大，古代各族對風神的信仰也有所不同。有些地方是把風神與神鳥聯繫在一起的。這大概是有的民族看到鳥翅拍打可以生風，並且還能利用風力飛翔，於是把風神幻想成某種神祕的鳥類。我國古人想像的著名的鳳鳥，就是這種幻想的產物。殷契時的「鳳」字即當「風」字使用，鳳、風沒有分別成兩個字，而鳳字的象形文字，完全是一幅鳥的素描畫。在商周時代的古文裏，都是把「鳳」字作爲「風」字來使用的，這也大抵是借「鳳鳥乘風，歌舞昇平」，「鳳凰朝兮，風雨順兮」之意。所以，神鳥鳳凰與風，與風調雨順是有關係的。

《山海經》裏，把北方的風神稱爲鵷，也是鳥類。

風源除來自神鳥的翅膀，有些民族還認爲風起於山谷和洞穴。《山海經・南次三經》說，令丘山之南有個大山谷叫「中谷」，還說旄山尾之南有個大山谷叫「育遺谷」，這兩個山谷成了風源，具有了起風的神性，當人們對這兩種風力有某種要求時，就會把這兩個山谷當做風神來崇拜。

風是一種客觀存在的自然現象，但它與雨雪冰雹不同，形體是看不見，摸不著的。於是古人憑藉種種想像，把風神的實體歸之於其他有形的實體，如前面談到的鳳鳥、山谷等。古人有時又看到風吹雲動，星辰、月亮會時隱時現，於是又將風神與某個星體聯繫起來，此即古代星宿崇拜。

早在《書經》中就有「星有好風」的說法。唐・孔穎達認爲此星是「箕星」。箕星爲二十八宿中東方蒼龍七宿之一。東漢應劭《風俗通義》對此解釋道：

風師者，箕星也。箕主簸揚，能致風氣。

同時的學者蔡邕也認爲：

風伯神，箕星也。其象在天，能興風。（《獨斷》）

箕星又稱箕斗、斗宿，共有星四顆，即人馬座的V、8、ε、η四星，古人將其想象成簸箕形，故附會此星「主簸揚，能致風氣」，好像簸箕搧動，定能生風。以星宿爲風神，代表著中原地區人們的信仰，南方則以怪獸「飛廉」爲風神。屈原在《離騷》中云：「前望舒使先驅兮，後飛廉使奔屬。」詩中的「望舒」又稱「纖阿」，是爲月神駕車之馭者。「飛廉」，即風神。王逸注云：「飛廉，風伯也。」飛廉，傳說是一種奇特的怪獸：

飛廉，鹿身，頭如雀，有角，而蛇尾豹紋。

唐宋以後，風神逐漸人格化，並有了「封姨」、「方天君」之類的名字，其實都是「風」字之音轉化，雖民間有女性風母的說法，但男性的風伯流行廣泛，影響最大，其典型形象爲：

今俗塑風伯像，白鬚老翁，左手持輪，右手執箑（sha，音煞，扇子），若扇輪狀，稱曰：風伯方天君。（《集說詮真》）

最初由於大風吹毀牆屋，刮壞莊稼，給人們帶來損失，初民是將風神視爲惡神、凶神的。殷契中即記載不少殷人怕遭風害，祈求風停而獻祭的記錄。當時祭風神要殺狗。《爾雅・釋天》

中說：「祭風日磔」，郭璞對此注道：「今俗當大道中磔狗，云以止風。」在《淮南萬畢術》中也記載著：「黑犬皮毛燒灰，揚之以止風。」可見殺狗祭風神的迷信，在漢代十分流行。

不過，風神又有其作爲善神的一面。古代認爲風神爲天帝的屬神，受命於天意刮風或息風。又因其飛跑神速，而成爲天帝的信使。風神又被認爲與雷神、雨神等合作，而有養育萬物成長的功能，所謂「鼓之以雷霆，潤之以風雨，養成萬物，有功於人，王者祀以報功也」。這是風神表現爲善神的一面。

龍的系列

雨師

雨師

我國遠古初民一般都有崇拜風、雲、雷、雨的情況，尤其是進入農業社會之後，由於天氣自然變化對農業的收成影響極大，而當時又缺乏抵禦這些天災的能力，限於認識能力，不可能對自然現象做出科學解釋，只好認爲冥冥之中有神靈主宰一切，故而虔誠地禮拜風雲雷雨諸神，祈求諸神保佑。而在衆多氣象神中，尤以雨神崇拜爲最。因爲雨水與古代人類社會生活最爲密切相關。遠古採集植物食料，狩獵活動都與雨晴有重要關係，特別是當時的農業收成好壞，雨晴要起決定性作用。（時至今日，我國還有許多地區要「靠天吃飯」）所以殷商時常有天旱求雨和淫雨求晴的祭祀。這些載於大量的殷契中。

如同風神附會爲箕星一樣，雨神也被說成是某一星體。《尙書・洪範》云：「星有好風，星有好雨。」東漢蔡邕《獨斷》也認爲：

雨師神，畢星也。其象在天，能興雨。

西周及春秋列國皆將祭雨師列爲國家祀典。當時祭祀風神箕宿、雨神畢宿，要架起大柴堆來焚燒。秦國還專門修建了國家級的雨師廟。《漢書・郊祀誌》上載：「(秦時）雍有二十八宿，風伯、雨師之屬，百有餘廟。」

我國最早的詩歌總集《詩經》中，就有「月離於畢，俾滂沱矣」的說法。「離」在此讀「麗」，當「落入」講。這兩句詩是說：月亮靠近了畢星，大雨就會滂沱降落。

畢宿是二十八宿之一，爲西方白虎七宿之第五宿。共有星八顆，在金牛座。古人以其形狀像畢網而命名爲「畢」。古人認爲「其象在天，能興雨」。

在一些地區，雨神則被說成叫屛翳（或萍翳、荓翳）。還被說成叫玄冥，見《風俗通義・祀典》。但這些名目的形象是十分模糊的，雨神形象最爲鮮明的，一爲啇羊，一爲仙人赤松子。

據《三教源流搜神大全》卷七：

雨師神，商羊是也。商羊神鳥，一足，能大能小，吸則溟渤可枯，雨師之神也。

傳說，早在春秋時期，商羊神鳥就能預示大雨。一次，齊國飛來一群一足鳥，集於宮朝，飛至殿前，舒翅而跳。齊侯十分驚異，派使臣去魯國，向孔子請教。孔子說：「此鳥名商羊，水祥也。昔有童兒屈其一足，振迅兩眉而跳，且作歌謠曰：『天將大雨，商羊鼓舞。』如今齊國出現此鳥，應急告百姓趨治溝渠，修築堤防，將有大水為災。」後來，果然下了大雨，水溢泛諸國，傷害百姓，只有齊國因有準備沒受什麼損失。

傳說中的商羊雖也號稱雨師，但其並不能興風作雨，主降雨之職。它主要是給人們傳達降雨的信息。比較而言，赤松子似乎比商羊更名副其實。

赤松子是傳說中的仙人，又作「赤誦子」。《列仙傳》等書說他是神農時代的雨師，服「水玉」（又叫水精，即水晶）而登仙。赤松子主要事迹如下：

（神農時）川竭山崩，皆成砂磧，連天亦幾時不雨，禾黍各處枯槁。有一野人，形容古怪，言語顛狂，上披草領，下繫皮裙，蓬頭跣足，指甲長如利爪，遍身黃毛覆蓋，手執柳枝，狂歌跳舞，曰：「予號曰赤松子，留王屋修煉多歲，始隨赤真人南遊衡岳。真人常化赤色神首飛龍，往來其間，予亦化一赤虬，追懾於後。朝謁元始衆聖，因予能隨風雨上下，即命為雨師，主行霖雨。」（《歷代神仙通鑿》）

赤松子被描繪爲一顚狂野人，能化爲一條赤龍，隨風雨上下，後被道教最高神元始天尊封爲雨師，主行霖雨。赤松子化龍行雨的說法很重要，龍王降雨成爲後世十分流行的說法，龍王也完全取代了其他雨神的職能。不過，雨師的位子也並未取消，成爲龍王的屬神。雨師常與雷公、電母、風伯等合祀，其典型形象爲：

烏髯壯漢，左手執盂，內盛一龍，右手若灑水狀。（《集說詮真》）

這位雨師既不是商羊，也不是赤松子，而是陳天君。這陳天君當然與雷公江天君、電母秀天君、風伯方天君一樣，不過是好事者虛擬的名目而已。至於「天君」，則是道教對神仙們的一種尊重稱謂。

龍的系列

雷　公

雷　公

過去北京有幾座雷公廟、雷祖廟，專祀雷神。不僅民間建雷神廟，明朝宮廷亦建。明朝嘉靖皇帝曾在太液池（今北海公園）東北隅敕建「雷霆洪應殿」，專祀雷神。到了清朝，雍正皇帝特敕建昭顯廟於皇城西（今北長街內），「以祀雷神」。昭顯廟俗稱雷神廟，可見雷神信仰影響之大。

雷神信仰源於古人自然崇拜

雷與風、雲、雨、雪同屬氣象中的自然現象，這些自然現象均發生在天上，古人當時無法認識這些自然現象的成因，對其充滿神祕感與畏懼感，於是將其神化，以爲皆是天上神靈所爲。

原始人在同自然界的爭鬥中，不明白爲何一時紅日當空，萬里無雲，和風拂面；一時又烏雲滾滾，狂風暴雨，電閃雷鳴。而這些自然現象又與人們的生活密不可分，太陽帶來了光明和溫暖，雨水可使草木繁茂，果實累累，雷電暴雨則會造成災難和死亡。他們對變化莫測，龐大而神祕之自然界的規律和現象無法理解，更無法支配，認爲存在著一種超自然的力量，這種力量支配著自然界和人的命運，這種力量就是神，即「自然神」。如雷神、雨神、風神、太陽神等等。

具體說到雷電，它對於住在森林和曠野上的原始人來說，是極其可怕的。響雷之前，閃電呈現出奇異耀眼的光亮和形狀；響雷時，隆隆巨響，滾滾而來，霹靂閃現天際，耀武揚威；落地時，林木起火，人畜喪生。於是人們認爲這是天上的司雷之神在大抖威風，不免誠恐誠惶，頂禮膜拜。並且按照自己的想像和需要塑造了雷神的形象。

雷神形象的演變

最初，古人是按照動物的形象來創造雷神的。這是因爲最初原始人的生活，要依賴動物，來滿足生活上的需要，而且當時原始人並未把自已與動物完全區別開來，其至認爲動物比人更高明，牠們有不少高超的功能，是人無法與之比擬的，因而自然產生了動物崇拜。我國古代著名神話典籍《山海經》中，收神四百五十四種，動物神即佔大半。故最初的雷神被塑造成動物神，也毫不爲奇。

《山海經・大荒東經》中即有雷獸的說法，並說黃帝用雷獸之骨擊鼓，「聲聞五百里，以威天下」。郭璞注云：「雷獸即雷神也。」在《山海經・海內東經》中，對雷神又做了具體的描繪：

雷澤中有雷神，龍身而人頭，鼓其腹，在吳西。

由於打雷發生在天上，古人將雷神與天上的龍聯繫在一起，又因打雷要發出隆隆之聲，於是又將雷神的肚子想像成一面大鼓。以爲雷聲出自天鼓——天神所擊巨鼓，我們不能不佩服遠古人們的豐富想像力。

往後，雷神的模樣又有很大變化。有說是「豕首鱗身」的；有說「狀如六畜，頭如獮猴」的；有說形如奇鬼的；元代還有所謂「雷公旗」者，所畫雷神「大首鬼形，白擁項，朱犢鼻，黃帶，右手持斧，左手持鑿，運連鼓於火中」；還有謂其「若力士之容，左手引連鼓，右手推椎，若擊之狀」。

綜上所述，雷神的身形或爲龍，或如六畜，或爲力士；其臉形或爲人頭，或如豬頭，或像鬼形，或是猴頭，衆說紛繪，不一而足。到了明清，雷神的形象逐漸統一，其標準像爲：

今俗所塑之雷神，狀若力士，裸胸袒腹，背插兩翅，額具三目，臉赤如猴，下額長而銳，足如鷹鸇，而爪更厲，左手執楔，右手持槌，作欲擊狀。自頂至傍，環懸連鼓五個，左足盤躡一鼓，稱曰雷公江天君。（《集說詮真》）

雷神最突出者，是猴臉和尖嘴，俗稱「雷公臉」、「雷公嘴」。所以《西遊記》中，高老莊的高太公將孫行者當成了「雷公」，孫悟空還常被人謔稱爲「雷公臉」、「雷公嘴」。

《封神演義》中有個著名的雷震子，即是典型的雷公形象。周文王姬昌行至燕山時，正遇雷雨，他道：「雷過生光，將星出現。」果然撿得一小兒，收爲義子，起名雷震子，並交與終南山雲中子學藝。雷震子藝成，吃了二枚仙杏，兩肋生出一對肉翅，「鼻子高了，面如青靛，髮似朱砂，眼睛暴湛，牙齒横生，出於唇外，身軀長有二丈。」飛騰之時，起於半天，脚登天，頭望下，二翅招展，空中俱有風雷之聲。

如同許多自然神一樣，雷神形象的演變也經歷了一個由獸形到半人半獸形，再到人形的發展過程，雷神的人形化以雷州雷王、聞仲及雷部諸神爲著。

雷州雷王

雷州，即今廣東省雷州半島，始建於唐代貞觀年間，治所在雷城，今稱海康。雷州地處熱帶，屬海洋性氣候，「四時如夏，氣候蒸郁，故雷易發生」（《夢溪筆談》）。雷州即因多雷而得名。唐宋時，此地常發現黎人先民的石斧、石楔等石器遺物，以爲雷神所墜雷斧、雷楔，故當地頗重雷神之祀，雷州的雷神廟著稱於世。此廟雷神極其排場：

雷神端冕而緋，左右列侍天將，一輔髦捧圓物，色翚，為神之所始，蓋卵也。堂廡兩側又有雷神十二軀，以應十二方位，及雷公、電母、風伯、雨師像。（《廣東新語》）

此廟正中大雷神頭戴冠冕，身著紅袍，兩側列侍天將、小雷神等數十軀，儼然帝王。這位雷神確實是個雷王——宋元時被封爲「威德昭顯王」。這位雷王據說是有來歷的，他的出世倒與哪吒十分相似。

傳說南朝陳宣帝太建初年，雷州有個獵戶叫陳鉷，陳鉷無子，以打獵爲生。他養有一隻九耳犬，甚靈。凡要出獵，就卜之狗耳朵。一隻耳動，則將捕獲一獸；動的耳朵多，就會捕獲三四隻獸，最不濟也能獵得兩隻。

這一天，他準備出獵，一卜，狗的九隻耳朵全動。這是從未有過的吉兆，陳鉷大喜，滿以爲會大獲豐收。他興致勃勃來到野外，走到一片叢棘時，九耳犬圍繞狂叫不去。陳鉷覺得奇怪，進入叢棘，發現一巨大肉球，直徑有一尺多。陳鉷沒心思再打獵，抱著大肉球回了家。突然，屋外雷雨大作，肉球開裂，從中蹦出一小兒，手上有字，左曰「雷」，右曰「州」。此後常有仙人入室哺乳。陳鉷給他起名叫「陳文玉」，鄉親們稱他小名爲「雷種」，把他當成神。

陳文玉成大後，當了雷州刺史，在任時多行善政，爲民造福，死後有靈，鄉人立廟祀之，以爲雷神，「陰雨則有電光、吼聲自廟而出」。宋、元累封王爵，「其廟曰顯震，其神曰威德昭顯王」。每年鄉人以麻布造雷鼓雷車獻於廟中。

雷部諸神

《歷代神仙通鑒》談到，在雷城左右有玉樞、玉府五雷使院，有雷鼓三十六神司之。這是把衆多雷公組織了起來，有如官府，稱爲雷部。《封神演義》姜子牙封神時，將聞太師聞仲封爲雷部部長——九天應元雷神普化天尊，屬下有二十四員雷公「催雲助雨護法」。這二十四位天君還包括閃電神和助風神，其中以鄧、辛、張、陶、龐、劉、苟、畢八位最有名。所謂有名，是說常在一些神魔小說中出現。如《西遊記》第八十七回，記孫悟空因大天竺國鳳仙郡久旱不雨，特去天庭雷府找九天應元天尊「告借雷部官將相助相助」。天尊道：「既然如此，差鄧、辛、張、陶，率領閃電娘子，即隨大聖下降鳳仙郡聲雷。」

鄧、辛、張、陶與閃電娘娘來到鳳仙郡上空調弄，雷聲隆隆，閃電淅瀝，風雲際會，甘雨滂沱，下了一場好大的雨。這鄧、辛、張、陶、龐、劉、苟、畢八天君，沒有聲雷行雨公差時，還得幫助增長天王把守南天門。這八大天君雖被《搜神大全》、《封神演義》等作者安上了姓名，其實全是隨意點染。

雷部諸神在民間影響不小，著名的山西永樂宮元代壁畫中，就有雷部諸神的形象，十分威武。

懲惡之神

俗話說：「迅雷不及掩耳」。暴雨之時，雷電迅疾，常能擊折樹木，焚毀房屋，擊死人畜。於是人們附會雷神能代天執行刑罰，擊殺有罪之人，並認爲其善於辨別善惡，懲罰壞人，是主持正義之神。

至於民間詛咒仇人，還常說「遭雷劈」、「天打五雷轟」。清代洪門天地會對雷神也是敬奉的，在他們的《請神祝文》中，雷公電母亦是在所請諸神之中，並在文中對洪門內「奸心反骨，不仁不義，忘誓背盟者」，發出了「死男絕女，五雷誅擊，五路分屍，永世不昌不吉」的嚴酷詛咒。天地會中的《把守二門詩》和《把守乾坤詩》中，亦有「忠肝義膽洪門進，奸心反骨五雷焚」，「忠心義氣爲兄弟，奸心必定五雷焚」的誓語。可見民間秘密組織對雷神五雷轟頂一套的推崇。

對雷神的崇拜，雖與求雨有關，但這一功能，龍王的權威更大，在求雨活動中，雷公不過是龍王屬下的小神。古人對雷神的崇拜，更主要的是將其視爲正義之神。其實，如同鍾馗信仰一樣，這不過是表達了人們的一種祈求和願望，希冀有超越人間的正義之神能「爲民做主」，然而歷史有幾個惡人曾被天打五雷轟，遭了天報？所以，這不過是百姓們可憐兮兮的一種精神寄託而已。但這種說法却流傳了下來，人們還愛把一些正直敢當的人，稱作「雷神爺」。

龍的系列

電　母

閃電娘娘(電母)

雷神最初爲獸形神，是無所謂雌雄的。以後逐漸人神化，爲力士狀，成男性神，俗稱雷公。公者，男性也。中國古人旣把崇拜物加以神化，又好把諸神世俗化，道教和民間中的不少神仙被配成了對兒，組成了神仙「家庭」。如玉帝和王母，龍王和龍母，灶王爺和灶王奶奶等等即是。

雷公也是。宋人徐鉉在其所撰《稽神錄》卷一中，記載了一村姑被雷神所娶之事，並稱雷神「親族甚衆，婚姻之禮，一同人間」。

雷公很醜陋，雷婆自己也不能太漂亮，上述雷婆完全是個怪物。打雷時，常有閃電相伴，二者形影不離。最初的雷神是兼司雷、電二職的，以後雷公逐漸男性化，電神便自然演變爲雷公的配偶神，成爲電母——閃電娘娘了，雷母則被取而代之。

電母之稱，早在唐代即已出現。宋代蘇軾在《次韻章傳道喜雨》中，即有「麾駕雷公訶電母」的詩句。

著名的元雜劇《柳毅傳書》第二折，就有雷公、電母出場，並以配偶形式出現。涇河老龍上場云：「今有錢塘火龍與俺小龍鬭勝，未知勝敗，我使得雷公、電母看去了，這早晚敢來報捷也。」然後正旦改扮電母兩手持鏡上場云：「這一場厮殺非同小可也。」接著向涇河老龍報告了戰鬭情況。兩手持鏡是代表閃電的，這也是古人頗爲滑稽的想像力，以爲閃電的亮光，有如鏡子反射日光，所謂「兩手運光」。這種形象成爲閃電娘娘的標準像。《元史・輿服誌》載，元代軍中即有「電母旗」，上面形象爲：「畫神人爲女人形，纁衣朱裳白褲，兩手運光。」

電母後來又被加上了姓名：

> 今俗又塑電神像，其容如女，貌端雅，兩手各執鏡，號曰電母秀天君。（《集說詮真》）

電母這一形象作爲雷神的助手，在明代神魔小說《西遊記》、《封神演義》中都曾出現。《封神演義》還將電母（閃電神）說成是金光聖母。明・余象斗所著《北遊記》，又把電神說成叫朱佩娘，雷神給了她雷電鏡二面，雷神打人時，電母「先放電光，照得明白」。

電母作爲雷神配偶或屬神，每與其他氣象神合祀。如蘭州著名的道觀金天觀，進入正門，即爲雷壇，正中供奉雷祖，左右分列十大雷神，雷公、電母、風伯、雨師侍立其下。

千里眼與順風耳

天后(媽祖)千里眼　順風耳

中國民間故事中，有個著名的「十兄弟」故事。故事講的是，有個婦女一共生了十個兒子，依次叫順風耳、千里眼、大力士、鋼頭、鐵骨、長腿、大頭、大足、大嘴、大眼，各有獨特本領。一天，哥兒十個正在地裏幹活，順風耳忽然聽到哭聲，忙叫千里眼站起瞭望，才知是秦始皇爲修長城，役使民工，民工又累又飢，痛苦號哭。大力士聞聽奮起代役，半日完工。秦始皇怕他作亂，想要殺害他。於是鋼頭前往替代，刀砍不入，倒損壞大刀數十把。再用棍打，鐵骨來替，折斷了數十根大棍。又要扔入大海，長腿來替，水僅沒過小腿。長腿與高采烈地捉起魚來，一會兒捕到幾十斤，正發愁沒處放，幸虧大頭趕來，盛在大頭戴的草帽裏，才裝了半帽子。一起帶著魚返回家中，要燉魚可缺柴禾。大足馬上從脚上挑出一刺，足有一棵樹粗。魚燉好後，大嘴猴急，嚐了一口，一吸而盡，還不夠塡牙縫。大眼一下氣哭了，淚浪滔滔，滙成江河。

這個民間故事流傳久遠，因與秦始皇修長城有關，產生時代不會很晚。元代講史小說《武王伐紂平話》和《南遊記》裏，則進一步把千里眼和順風耳兩個小神，「落實」到了兩位古人身上：師曠和離婁，並稱之爲「聰明二大王」。

師曠實有其人，是春秋時期的著名音樂家。他是晉國的樂師，雙目失明，但精於彈琴，而且辨音水平超群。晉平公曾鑄大樂鐘，樂工們聽到都認爲音律準確，只有師曠不以爲然。後來證實他的判斷是完全正確的。看來，他的聽力十分高超。另外，他還能預知吉凶。師曠以太子晉的聲音裏聽出他「不壽」，三年後太子晉果眞夭亡了。師曠又預言晉平公「入來月八日，修百官，立太子，君將死矣」。到了來月八日，晉平公果然死了。當然，其中迷信色彩不少。如此看來，師曠倒有些像是後世「瞎子算命」的祖師爺。

離婁是古代傳說中的人物，又叫「離朱」。傳說他是黃帝時候的人，有一次，黃帝丟了一顆黑色的明珠，叫離婁來找，離婁一眼就把明珠找到了。離婁能在百步以外看見「秋毫之末」——秋後鳥獸剛長的細毛的毛尖！離婁的眼力已超過了現在的高倍望遠鏡，被古人視爲「千里眼」，當之無愧。

到了《封神演義》裏，千里眼、順風耳又被說成是神荼、郁壘，顯得莫名其妙，毫無道理。神荼、郁壘已是公認的門神（詳見門神一節），與眼力和聽力是不相關的。影響最大的還是《西遊記》，孫悟空鬧東海、攪地府後，事達天庭，玉帝詢問「妖猴」來歷，班中閃出千里眼、順風耳，將「妖猴」的來歷奏明。

千里眼、順風耳還被道教拉去，做了護衛神。在天后宮前殿兩側就塑有二位神像。千里眼四肢裸露，散披衣褲，右手持叉，左手搭涼棚作遠視狀。順風耳也是四肢裸露，袒胸露肚，略披袍褂，左手握住一條紅蛇，蛇身纏繞手臂，右手持一方天畫戟，側耳作聽聲狀。他們兩旁又各有一神像，亦為武士模樣，一名「加惡」，一名「加善」。這四神是仿照佛教的四大金剛設置的，叫「四大海神」。

蟲王爺劉猛將軍

蟲王劉猛將軍

過去，在全國各地都有八蜡廟、蟲王廟和劉猛將軍廟。其實這三者是一碼事，所祀爲同一神。八蜡（音乍，zha）本是周代每年農事完畢以後，在農曆十二月舉行的祭祀名稱。《禮記·郊特牲》載：「八蜡以祀四方，四方八成，八蜡不通，以謹民財也。」東漢鄭玄注云：「四方，四方有祭也。其方穀不熟，則不動於蜡焉，使民謹於用財。蜡有八者：先嗇（即先農神農）一也，司嗇（即最初發明耕作的后稷）二也，農三也，郵表畷（指田間房舍小道）四也，貓虎五也，坊六也，水庸（即水溝）七也，昆蟲八也。」

八蜡之神也有不同的解說，以後民間將其附會爲一種驅除蟲害、捍災禦患之神。此神到底是誰，衆說不一。大體有以下幾說。

一、水鳥鶖。《夷堅支誌》甲卷一載，紹興二十六年（1156年），金朝安徽、江蘇一帶即將秋收，忽然「蝗蟲大起」，未幾，有一種叫鶖的水鳥，成千上萬，啄食蝗蟲。不過十天，「蝗無孑遺，歲以大熟」。朝廷聞知此事，封鶖爲「護國大將軍」。

二、劉猛將軍。清代袁枚在《新齊諧・鬼多變蒼蠅》中稱：「蟲魚皆八蜡神所管，只須向劉猛將軍處燒香求禱，便可無恙。」

這位劉猛將軍並非姓劉名猛，而是一位姓劉的猛將軍。他是哪位劉將軍，也有種種說法。

1 劉韐。劉韐字仲偃，宋欽宗時，以資政殿學士出使金營，金人欲將其留用，劉仲偃不屈，自縊而死，是位有氣節的宋臣。故《清嘉錄》認爲他「爲神固宜」。

2 劉錡。《如皋縣誌》載：「劉猛將軍，即宋將劉錡，舊祀於宋。以北直、山東諸省常有蝗蝻之患，禱於將軍，則不爲災。」

3 劉銳。《識小錄》稱：「相傳神劉銳，即宋將劉錡弟，歿而爲神，驅蝗江淮間有功。」

4 劉宰。劉宰字漫塘，南宋光宗時人。清・王應奎《柳南隨筆》卷二：「俗傳死而爲神，職掌蝗歿，呼爲『猛將』。江以南多專祠」。

5 劉承忠。《鑄鼎餘聞》卷三引《畿輔通誌》云：劉承忠爲元末指揮使，有「猛將」之號，「江淮蝗旱，督兵捕蝗盡死。後因元亡，自沈於河，土人祠祀之。」

以上諸位，有些人據說與捕蝗有關（但正史本傳皆無載），有人（如劉韐）與捕蝗根本挨不上。

僅其中的劉錡值得一說。

劉錡爲南宋初年抗金名將。甘肅靜寧人。他曾統率八字軍（全軍將士臉上皆刺上「赤心報國，誓殺金賊」八字）大破金兀朮的「鐵浮圖」和「拐子馬」，取得赫赫戰果，但卻奉命撤退，後受奸相秦檜排擠，被奪去軍權當了地方官。劉錡在任上整頓田畝，治理水患，爲百姓做了不少好事。面對昏君奸臣誤國禍民和金軍南侵，劉錡最終憂憤而死。

據《靈泉筆記》稱：南宋景定四年（1263年），封劉錡爲揚威侯、天曹猛將之神，勅書除蝗。《怡庵雜錄》也說：宋淮南、淮東、浙西制置使劉錡因驅蝗，理宗封爲揚威侯，天曹猛將之神。清代學者阮葵生認爲劉錡「生則敵愾效忠，死而捍災禦患，其世祀也固宜」。無錫南刊溝曾有劉猛將軍廟，廟聯說得好：

臥虎保岩疆，狂寇不教匹馬返；
驅蝗成稔歲，將軍合號百蟲來。

江蘇武進的劉猛將軍廟聯亦稱：

破拐子馬者此刀，史書麻扎；
降旁不肯以保稼，功比蓐收。

兩聯的上句都說的是劉錡抗金的功績，下句則說他滅蝗保稼之事。聯語中的「旁不肯」是一種能消滅蝗蟲的蟲子（見宋人沈括《夢溪筆談》）。

中國是個農業國，古代要靠天吃飯，蝗蟲是農業的一大敵人，古人對蝗蟲無能爲力，只好乞靈於驅蝗神劉猛將軍、天曹猛將軍。至於把劉猛將軍說成是元末的劉承忠，那是清代的事，雍正年間皇帝還命有司致祭。清代是個極講政治忌諱的朝代，尤其以前期中期更甚，文字獄接連不斷，統治集團的政治神經其實也脆弱得可笑。統治者既然有「文忌」，也當然會有「人忌」，劉錡大約即爲其一。清朝統治者爲金人後代，他們對抗金名將並大敗他們老祖金兀朮的劉錡，怕是有些耿耿於懷，至少不會歡迎。許多神雖然由民間「選舉」產生，但有的最終還得「欽定」才算數，好在老百姓有時也並不買這個賬。

除了劉錡，歷史上有個著名的治蝗好漢，他還是個大官，即唐玄宗時的宰相姚崇。一年山東發生嚴重蝗災，姚崇嚴斥一些人說蝗蟲是「神蟲」不能捕殺的謬論，命令山東官員發動百姓一齊滅蝗，他還提出了一些滅蝗的辦法，最終使山東避免了一場大災荒。姚崇雖未當上驅蝗神，但其滅蝗功績却載入史册，爲後人所傳頌。

舊俗，以正月十三日爲劉猛將軍誕辰，除官府致祭外，民間還舉行熱鬧的迎神賽會。以清代蘇州爲例：

相傳神能驅蝗，天旱禱雨輒應。為福畎畝，故鄉人酬答尤為心愫。前後數日，各鄉村民擊牲獻醴，抬像遊街以賽猛將之神，謂之「待猛將」。穹窿山一帶，農人舁猛將，奔走如飛，傾跌為樂，不為慢褻，名曰「迎猛將」。

元旦，坊巷鄉村各為天曹神會，以賽猛將之神，謂神能驅蝗，故奉之。會各雜集老少為卒隸，鳴金擊鼓，列隊張蓋，遍走城市，富家施以錢粟，至二十日或十五日罷。吳人事之甚嚴，累著靈異。

虔誠的人們，把自己的命運交給了神明。

第五部

登科及第交文運　金榜題名敬雙神

文昌帝君

——士子心中的偶像

文昌帝君

四川梓潼縣城以北有座七曲山，山上有座著名的文昌宮，當地人又叫它「大廟」。文昌宮供奉主管人間功名利祿的文昌帝君。

大廟有宮殿樓閣二十餘處，主要有桂香殿、天尊殿、關聖殿、文昌殿、大悲樓等。建築依山取勢，高低錯落，宏偉壯觀。大廟裏鐵鑄群像最爲著名，其中最大的是文昌帝君神像，高達一丈四尺，重約六百斤。文昌帝君兩側是三尊陪侍像，高有六尺，重約百斤。這些造像，面形豐滿，體態勻稱，彩飾全身，工藝精湛。

文昌宮、文昌祠和文昌閣等，過去曾遍佈全國各地，如北京城內就有十來座。這些文昌宮的「祖廟」，即上面所說的四川梓潼文昌宮。而這座文昌宮的前身是「亞子祠」，是爲了紀念晉代的張亞子而修建的。

張亞子又叫張惡子，是個孝子，對母親極其孝順。在晉朝做官，不幸戰死。死後，百姓給他立了一座廟。最初，他是被當作雷神祭祀的。以後逐漸成爲梓潼的重要神明，叫「梓潼神」。宋元道士假托梓潼神降筆作了所謂《清河內傳》，說他生於周初，後來經過七十三代，西晉末降生在四川爲張亞子，成爲梓潼神，並說玉皇大帝命他掌管文昌府和人間祿籍。

唐代安史之亂，唐玄宗李隆基逃往四川。傳說梓潼神在萬里橋迎接玄宗，李隆基便封其爲左丞相。後來唐僖宗因避內亂亦入蜀，封梓潼神爲濟順王。相傳梓潼神還幫助唐朝軍隊平息過叛亂。由於唐朝帝王的大力推崇，梓潼神的地位陡長，從一個地方神而成爲全國性的大神，並逐漸與文昌神合二爲一。

文昌，本是星官名，包括六顆星，即斗魁（魁星）之上六星的總稱。古代星相家將其解釋爲主大貴的吉星，道教又將其尊爲主宰功名祿位之神，又叫「文星」。隋唐科舉制度產生以後，文昌星尤爲士人頂禮膜拜，說什麼文昌「職司文武爵祿科舉之本」。因文昌星和梓潼帝君同被道教尊爲主管功名利祿之神，所以二神逐漸合二爲一。到了元代，仁宗皇帝封梓潼神爲「輔文開化文昌司祿宏仁帝君」，簡稱「文昌帝君」。

南宋道士假稱文昌帝君的「天啓」，作了《文昌帝君陰騭文》，這是一本托名文昌帝君勸說世人行善積德的勸善書。此書在過去十分流行，影響很大，與《太上感應篇》和托名關羽所撰《關帝覺世眞經》，爲三大勸善書。

明朝末年，張獻忠領兵入川，路過這座文昌宮，他見廟內供奉的是文昌君張亞子，便說：「你姓張，咱也姓張，咱與你聯了宗吧。」他就把文昌宮改成了「太廟」，「太」與「大」相通，這裡便又被叫做「大廟」了。張獻忠還讓人在廟裏塑了他的一尊坐像。張獻忠失敗後，他的這尊坐像被綿州知府搗毀了。

主宰文人命運的魁星

魁星點斗

喝酒愛划拳的人在說「五」的酒令時，常常喊出「五魁首」來。大概划拳者未必知道，這「五魁首」其實根本與酒無關，倒是與舊時的知識分子有不解之緣。

五魁即「五經魁」、「五經魁首」。明代科舉分五經考試士子，五經即《詩》、《書》、《易》、《禮》、《春秋》五部儒家經典。每經所取頭一名稱之「經魁」，「魁」即有「首」、「第一」之意。鄉試中，每科前五名必須分別是某一經的經魁，故稱「五經魁」。後來，五經試士的制度雖然廢棄，但習慣上仍然稱鄉試所取的前五名為「五經魁」，簡稱「五魁」。而經魁、五魁之「魁」，則源於古人的奎宿崇拜。

「奎宿」是星官名稱，又叫「天豕」、「封豕」。爲二十八宿之一。是西方白虎七宿的第一宿。按現代天文學的觀點，奎宿有十六顆星，包括仙女座九顆星和雙魚座的七顆星。

奎星被古人附會爲主管文運之神。奎星也改爲「魁星」。清代學者顧炎武在《日知錄》中指出：

> 今人所奉魁星，不知更自何年，以奎為文章之府，故立廟祀之。乃不能像奎，而改奎為魁。又不能像魁，而取之字形，為鬼舉足而起其斗。

《玉函山房輯佚書》所輯《孝經緯援神契》云：

> 奎主文章。

東漢宋均對此注道：「奎星屈曲相鉤，似文字之畫。」至遲在東漢時，已有「奎主文章」的信仰，並常以「奎」稱文章、文運，如稱秘書監爲「奎府」、「奎章」。因「魁」與「奎」同音，並有「首」之意，所以科舉取得高第也稱爲「魁」，如前所說又有了「經魁」、「五魁」的名目。科舉考試進士第一名稱狀元，又稱「魁甲」；鄉試中試的舉人第一名稱解元，又稱「魁解」。

由於魁星主文運，故與文昌帝君一樣，備受讀書人崇拜，舊時魁星樓、魁星閣遍佈全國各地。因對「魁」字「望文生義，因聲起意」，即將魁字附會爲「鬼」搶「斗」，「鬼之脚右轉如踢北斗」。繼而魁星被形象化——其實就是鬼化，其典型形象爲一赤髮藍面之鬼，立於鰲頭之上，一脚向後翹起如大彎鈎，一手捧斗，另一手執筆，意思是用筆點定科舉中試人的名字。此即所謂「魁星點斗，獨占鰲頭」，被視爲應試者獲中之徵。唐宋時，皇宮正殿的台階正中石板上，雕有龍和鰲（大龜）的圖像。考中的進士要站在宮殿台階下迎榜，而頭一名進士即狀元，按規定要站在鰲頭那裏，故稱「獨占鰲頭」。

學而優則仕。魁星掌管著文人們功名成敗之命運，故深爲廣大讀書人崇拜。宋人周密在《癸辛雜識》中就記載當時考中狀元，「送鍍金魁星杯拌（盤）一幅」。明人陸深在《儼山外集》中也記載了天順年間一次會試，有人在座右貼了魁星圖，甚至有些地區還盛行在科場出售泥塑小魁星的。這些不過是考生們在乞靈於魁星保佑自己，能夠金榜題名。讀書人對這位青面獠牙，一身鬼氣的魁星，如此恭維，似乎有些不可思議。這倒很能說明造神的功用是可以滿足一些人精神上和心理上的需要。

其實，古代一些有識之士早已指出魁星信仰的荒謬可笑，明末陳士奇督學四川時，見考生們都搶著買泥塑小魁星，就把他們招呼過來，說了個上句請諸生來對：

賣魁星，買魁星，虧心不買，虧心不賣；

諸生面面相覷，沒人能對。

第二天，陳士奇又把諸生招呼在一起，告訴了他們答案：

真胭脂，假胭脂，焉知是假，焉知是真！①

陳士奇對考生們委婉地進行了告誡：魁星不可信，應靠眞本事。

清代學者李調元亦指出：「所謂魁星踢斗者，不過藏一魁字，以爲得魁之兆耳。抑有見魁星之像而得高科者，夢魁星之降而奪錦標者，豈天上眞有藍面赤髮之精而爲文星哉！……則魁星不足盡信矣。」②

舊時魁星塑像遍佈各地，不勝枚舉。福建永春縣城西南有座奎峰山。南宋時，鄉人顏應時、陳樸二人曾在此讀書，後來同登進士。鄉里人遂改奎峰山爲「魁星山」，山下的詹岩改爲「魁星岩」。岩上面有座魁星廟，廟中神像據說是顏應時特意找到的大樟木全相塑成，被譽爲「雕形奇古，世間罕匹」。

在昆明滇池西山龍門的石雕魁星也很有名。跨進淩空伸挑的「龍門」石坊，便到了「達天閣」石殿，這裏是龍門最高處。石殿依天然崖壁向內鏤空鑿成，殿內正中供奉手持點斗硃筆、獨占鰲頭的魁星神像，像高三尺有餘。兩側是文昌、關帝像。這三尊神像和像後的海水、波濤、游龍、礁石，以及像前的香案、香爐等，完全由洞內崖石雕成，鬼斧神工，令人驚嘆叫絕。

龍門高出滇池三百餘米，滇池空闊浩渺，波光粼粼；龍門南側土紅色峭壁有如金榜高懸，稱爲「掛榜山」。掛榜山與「魁星點斗」，「一登龍門，身價百倍」的傳說，使得這裏增添了不少神祕色彩。登臨此處，確實令人胸襟舒朗，神思遐想。想當初，曾有多少熱衷功名的學人士子在此躊躇滿志，如醉如狂！

①②清．李調元《新搜神記．神考》。

第六部

福祿壽喜財　有神八方來

福神

福神陽城

「福」的概念，在世俗心中是很廣泛的。福可解釋爲福運、福氣、運氣、幸福等等。自古以來，又有「五福壽爲先」的說法。所謂「五福」：「一曰壽，二曰富，三曰康寧，四曰攸好德，五曰考終命」（《書·洪範》）。又有人認爲是指「壽、富、貴、安樂、子孫衆多」（桓譚《新論》）。總之，「福」是人們孜孜以求、極其嚮往的人生大目標，於是福神應運而生，人們虔誠禮拜，希冀福降家門，福運綿長。福神源於福星，所謂福星，即歲星，亦即木星。術士們稱歲星能照臨降福於民。後來福星逐漸人格化，但推究起福神到底被附會爲何許人，却有種種不同說法。

賜福天官

東漢張陵創立道教，影響很大。張陵死後，其子張衡繼續傳道，並大力提倡「三官」信仰。「三官」即天官、地官、水官。每當信徒有病時，張衡勸說他們不必找郎中，也不用服藥，只需向三官「請禱」即可。即「書病人姓名，說服罪之意，作三通(份)，其一上之天，著山上；其一埋之地；其一沈之水。謂之三官手書。」並宣稱天官賜福、地官赦罪、水官解厄。這種說法一直流傳下來，尤以「天官賜福」的說法最受人們歡迎。於是，人們便把天官作為降福的福神來信奉了。

「天官賜福」這一題材，成爲歷代民俗年畫中的重要內容之一。天官除被稱作福神外，又叫福星、福判，典型形象作吏部天官模樣，一身朝官裝束，紅色袍服，龍綉玉帶，手執大如意，足蹬朝靴，慈眉悅目，五綹長髯，一派喜顏悅色，雍容華貴氣象。有的天官身旁還有一童子，手捧花瓶，瓶中插玉蘭、牡丹，此中寓意爲「玉堂富貴」。還有一種天官圖，笑容滿面，手抱身帶五個善童，善童手中分別捧著仙桃、石榴佛手、春梅和吉慶鯉魚燈等吉祥物。舊時民間在農曆新年時，多貼這種年畫，以求天官賜福，帶來好運。

因爲「福」中也包含財運、發財意，故有的民俗年畫中，又把天官作爲賜福財神。圖中天官執如意坐於大元寶之上，上方繪有金銀和斗大的「福」字。下方是聚寶盆，兩側爲和合二仙、招財童子、利市仙官。畫面主題鮮明，色彩斑爛，充滿了福運和財氣，表達了舊時人們渴望天官賜福，財神送財的強烈願望。

福神楊成——陽城

有一種福神是由歷史人物演變而來，即道州刺史楊成（陽城）。《三教源流搜神大全》載：

> 福神者，本道州刺史楊公諱成。昔漢武帝愛道州矮民，以為宮奴玩戲。其道州民生男，選揀侏儒好者每歲不下貢數百人，使公孫父母與子生別。省刺史楊公守郡，以表奏聞天子云：「臣按《五典》，本土只有矮民，無矮奴也。」
>
> 武帝感悟，省之，自後更不復取。其郡人立祠繪像供養，以為本州福神也。後天下庶黎民，皆繪像敬之，以為福祿神也。

是說漢武帝時道州刺史楊成，因抵制向皇宮進貢侏儒矮民，救了本州百姓，被百姓奉爲降福解厄的「福神」，後流傳各地，被奉爲「福祿神」。

《三教源流搜神大全》所述諸神履歷事迹，大多雜取小說、民間口頭傳說及釋道之書，雖間有歷史人物，但不能當作「正史」來讀。道州刺史抵制進貢矮民之善政，歷史上確有其事，但不是楊成，而是陽城。陽城也不是漢武帝時人，而是中唐時人。陽城曾做過道州（今湖南道縣）刺史。《新唐書・陽城傳》載：

（道）州產侏儒，歲貢諸朝，（陽）城哀其生離，無所進。帝使求之，城奏曰：「州民盡短，若以貢，不知何者可供。」自是罷。州人感之，以「陽」名子。

大詩人白居易還據此寫了一篇《道州民》詩，十分感人：

道州民，多侏儒，長者不過三尺餘。
市作矮奴年進送，號為道州任土貢。
任土貢，寧若斯？不聞使人生別離，老翁哭孫母哭兒。
一自陽城來守郡，不進矮奴頻詔問。
城云臣按六典書，任土貢有不貢無；
道州水土所生者，只有矮民無矮奴。
吾君感悟詔書下，幾貢矮奴宜悉罷。
道州民，老者幼者何欣欣，
父兄子弟始自保，從此得作良民身。

陽城這位父母官，敢於同皇上抗爭，救道州百姓於水火，被敬奉爲福神是當之無愧的。

《三教源流搜神大全》，把陽城改寫爲楊成，把年代也提前了九百多年。

由於《搜神大全》中的福神像是一位員外模樣，這給後世分辨福祿壽中的福祿二仙形象，帶來了不少麻煩。

福祿壽中之福神

福神或福星，還有壽星，產生年代久遠，並且皆獨立存在。後來，又加上個祿星，成爲福、祿、壽三位一體。福祿壽三星或三仙，作爲群體，出現於何時，已不大好考，但明清已盛行於社會。三星的典型形象爲：中間是賜福天官，手執如意；右爲祿星，作員外郎打扮，頭上插戴富貴牡丹花，懷抱嬰兒；壽星在左，即南極仙翁，廣額白鬚，執杖捧桃，笑容可掬。三星分別象徵著幸福、官祿、長壽。

與福、壽二星不同，祿星很少單獨出現。因其打扮爲員外形象，有些地方又以其爲福神。認爲員外即財主，有財即有福，故以財主爲福神。再加上《三教源流搜神大全》中的楊成（陽城）像，又是一財主（員外）打扮，故以員外爲福神的說法，在民間也很流行。因此神常懷抱一小兒，或膝下有一童子，故有人又稱其爲送子張仙。

員外是員外郎的簡稱。員外郎原指設於正額以外的郎官。唐宋以後，成爲中央官吏中的要職。明清各部以郎中、員外郎、主事爲司官的三級，得以遞升。員外郎簡稱外郎、員外。因員外可以納錢捐買，後漸漸用做對地主富豪的一種稱呼，在宋代以來的古代白話小說和戲曲中，十分常見。清代翟灝《通俗編・仕進》對此論道：「所云員外者，謂在正員之外，大率依權納賄所爲，與今部曹不同，故有財勢之徒，皆得假借其稱。」

當然，上面提到的另一不同說法，也不能認爲是謬誤。因爲福、祿，乃至壽，有時並未有嚴格分工。如天官賜福像，它除了賜福以外，完全可以再賜官祿，賜財富，賜長壽，具有多種功能。以員外郎爲財主，爲福神；以天官爲高官，爲祿神；以南極仙翁爲壽神，也還說得通。

福神作爲幸福之神，人人歡迎，於是在人們生活中，出現了與福運、福氣有關的大量俗語。好地方叫「福地」，好消息叫「福音」，長得富態叫「福相」，不用費力却總能趕上好事叫「福將」，給人們帶來好處和希望的也叫「福星」，看到好東西叫「一飽眼福」，吃到不用自己掏腰包的山珍海味，叫「眞有口福」等等。

祿星

福祿壽三星

「加官」是舊時戲台上的一種傳統表演。「加官」又稱「跳加官」，是在戲曲正式節目演出之前外加的，多由一人表演。表演者身穿大紅袍，面戴「加官臉」——一種作笑容樣的假面具。表演者手持朝笏，走上戲台，繞場三周，「笑」而不言——不唱也不說。再進場後，抱一小兒（道具）出來，繞場三周，退場。最後出場，笑容滿面，邊跳邊向觀衆展示手中所持紅色條幅，上邊寫有「加官進祿」之類的頌詞，再繞場三周後，退場。然後是正式節目開始。

這位獨角演員所扮的紅袍白面官員，即祿星，又叫「司祿神」。跳加官多用於節日或喜慶之時，祿神到來，表示要使看戲的諸位祿星高照，升官發財，萬事如意。「加官」者，晉升官階也。舊時，有大量的「加官進祿」之類的傳統風俗畫，流行於民間（常與福、壽合伙），可見祿神之深入民心。

祿，指官職祿位。祿神來自祿星，而祿星原來確是一顆星。《史紀・天官書》云：「文昌宮……六曰司祿。」是說文昌宮的第六星爲專掌司祿之祿星。以後由星辰崇拜而漸人神化，同福星、壽星一樣，也被賦與人格，並且附會爲張仙。這位張仙，一說是四川眉山張遠霄，五代時由青城山成道，得「四目老翁之弓彈，擊散人家災祲」（《集說詮真》）。一說是「送子張仙」——後蜀皇帝孟昶（參見張仙一節），故傳統戲曲中有「祿星抱子下凡塵」之類的唱詞。在「福祿壽」傳統風俗畫中，祿神也常抱或牽一小兒。

功名利祿是舊時士人所拚命追求的，而最高統治集團也就用高官厚祿，來牽著天下的讀書人「爲我所用」。一些有識之士早就看穿了這一套，稱此爲「祿餌」。即比喻以祿位引誘人，如用餌釣魚。數千年來，被祿餌釣住的人不計其數，但也有不買這個帳的，宋人陳仲微就說過：「祿餌可以釣天下之中才，而不可啖嘗天下之豪傑。」

不過，祿神在民間還是很受歡迎的，絕大多數人還並不想「脫俗」。人們都很「現實」，有了官就有了權，也就有了錢。「三年清知府，十萬雪花銀」！所以「加官進祿」、「福祿壽」、「官上加官」、「加官進爵」、「馬上封侯」、「平升三級」等題材的年畫、風俗畫、吉祥圖案等十分流行，備受歡迎。有趣的是，這類畫常使用傳統的諧音借代方法。如以「鹿」代「祿」，如有一種「福祿壽三星」圖，畫面爲一老壽星騎鹿（寓「祿」），跟隨一捧桃侍從（寓「壽」），上空飛著蝙蝠（寓「福」）。再如「加官進祿」（或加官受祿）圖，畫面爲一束高冠（寓「加官」）官員，正撫摸一鹿（寓「受祿」或「進祿」）。

壽翁

壽星

古人星宿崇拜，名目繁多，能流傳至今而不衰，且備受民衆歡迎者，非壽星莫屬。只是今天的壽星，神味兒已極淡薄，人味兒却很濃。或掛在牆上，或靠於沙發背，或立在案頭，或畫在壽品盒上。模樣也逗人發笑：身量不高，彎背弓腰，一手拄著龍頭拐杖，一手托著仙桃，慈眉悅目，笑逐顏開，白鬚飄逸，長過腰際，最突出者是凸出的大腦門兒。在人們眼中，他根本不是什麼「星」，而是一位慈祥和善的長者，一種吉祥的象徵。壽星又叫南極老人、南極仙翁。

壽星，角亢也（《爾雅·釋天》）。角、亢二宿，是二十八宿中東方蒼龍七宿中的頭二宿。郭璞注釋說：壽星「數起角亢，列宿之長，故曰壽。」司馬遷認爲，在西宮狼比地有一顆大星，叫「南極老人」。老人星出現，治安；老人星不見，兵起（發生戰爭）。唐代學者張守節對此解釋道：「老人一星，在弧南（天狼星東南），一曰南極，爲人主占壽命延長之應。見，國命長，故謂之壽昌，天下安寧；不見，人主憂也。」司馬貞也認爲：「壽星，蓋南極老人星也。見則天下理安，故祠之，以祈福壽。」（《通典·禮四》）

二十八宿中東方七宿依次爲角、亢、氐、房、心、尾、箕，成蒼龍之形。其中角宿有二顆星，因其似羊角，故名「角」，在東方蒼龍七宿中如龍角；亢宿有四顆星，直上高亢，故名「亢」，在東方蒼龍七宿中如龍頭。現代天文學將此二宿劃入室女座，其中角宿一是一等亮星，很有名。在每年五月初傍晚即在東方低空出現，七點以後就很清楚了。至於南極老人星，在船底座，是一等以上的亮星，因它處於南緯五十度以南，在我國北方不易見到。但在長江以南，特別是嶺南地區，却很容易看到。尤其在二月間下午八點以後，它出現在南天的低空，周圍沒有比它更亮的星，所以很顯眼。據說康熙皇帝在北京紫禁城裡看不到這顆老人星，有一年到南京，特意登高眺望。

特別值得一提的是，東漢時，國家還將祭祀老人星與敬老活動結合起來。在仲秋之月（即農曆八月），「祀老人星於國都老人廟」。同時在這月，對全國進入古稀之年（七十歲）的老人，「授之以王杖，哺之糜粥。八十、九十，禮有加賜」。所謂「王杖」，長九尺，上端以鳩鳥爲飾。鳩鳥，古人認爲是「不噎之鳥」，其用意是「欲老人不噎」。尊老敬老是我國傳統美德，東漢時期把二者結合起來，是值得稱道的。以後，老人壽誕時，常送上老壽星一類的禮品，可以說是這種習俗的流傳。

自周秦以來，歷代皇朝皆列壽星爲國家祀典，至明代始罷其祀。國家祀典雖廢，但民間並不廢，南極仙翁的故事廣爲流傳。如明代的《白蛇傳》彈詞，以後改爲《雷峰塔》、《義妖傳》，及後來的《三仙寶傳》寶卷中，南極仙翁（即壽星）是作爲一個好心腸的老神仙出現的。《白蛇傳》又被改編爲戲曲，其中《盜仙草》（又叫《盜靈芝》），演白蛇飲雄黃酒現出原形，許仙驚死。白蛇乃潛入崑崙山，盜取靈芝草。與鶴、鹿二童格鬥，不勝，南極仙翁對其遭遇十分同情，憐而贈以靈芝，救活許仙。有許多地方劇種，都演此戲。

在明代著名短篇小說集《警世通言》第三十九卷《福祿壽三星度世》中，也專門講了南極壽星的故事。

在元明雜劇中，有一本《南極登仙》，一本《群仙祝壽》，還有一本《長生會》，都有南極仙翁出現。在這些戲中，壽星的打扮爲：如意蓮花冠、鶴氅、瀠子、玎璫、白髮、白髯、執圭，同後來流行的壽星模樣有些不同，不是光腦袋，也沒有拄杖。長頭大腦門的壽星像大概是明末定型的，一直沿用至今。

民間常把壽星與福、祿二星湊成一夥，合稱福祿壽。他們代表著福運、官祿、長壽，成爲最受人們歡迎的三位神仙。《西遊記》第二十六回寫孫悟空爲救鎭元大仙的人參果樹，特地到東海蓬萊找來這三位神仙。

民間長者作壽時，常在屋內正中牆上掛有畫著福祿壽的中堂，兩側則是一副壽聯：

福如東海；

壽比南山。

或：名高北斗；

壽比南山。

那些高壽者又常被稱作「壽星」、「老壽星」、「壽星老兒」，既親切而又含有敬意。

八百歲彭祖與中國第一位風水先生

彭　祖

幸福長壽爲人們所期望，而某些長壽者則成爲世俗崇拜的偶像。古代長壽者中，名氣最著者大概要屬彭祖了。壽星當然也很有名，但他畢竟是由星宿演化來的，比不得彭祖「人味兒」更濃。

彭祖是個傳說人物，原本姓籛，名鏗，乃五帝之一顓頊的孫子，陸終氏的兒子。彭祖的出生也很怪：他父親陸終娶了一個鬼方氏的姑娘，名叫女顓。女顓懷了孕，却總不生產，三年以後，剖開左邊的腋窩，生了三個兒子，再剖開右邊的腋窩，又生了三個兒子。彭祖就是其中的一個。這種生孩子的特殊方法，與傳說中的釋迦牟尼生法、老子的生法，如出一轍。

奇人的誕生自然也要奇。

彭祖從夏朝活到商末，壽年八百歲。當時人的平均壽命不過三十來歲，彭祖爲何活了如此之長？有人說，彭祖是個烹飪專家，能燒得一手好菜，最拿手的是「野雞湯」。他曾把這野味湯奉獻給天帝，天帝雖爲宇宙之主，却從來沒有品嚐過如此美味佳肴，心裡一痛快，馬上賜給彭祖八百年壽命。這當然是神話。還有人認爲彭祖長壽是因爲常吃桂芝，還很會導引行氣，是位大氣功師。

彭祖活得這樣長，引得商王十分羡慕，就派了個心腹采女（宮女）問道於彭祖。采女見了彭老先生，請教延年益壽之法。彭祖說：「我是個遺腹子，三歲時母親就死了。因爲活得太長了，已經死了四十九個太太，還死了五十四個兒子，如今已成老朽，沒多大活頭了，不値得宣揚。」采女哪肯罷休，軟磨硬泡，到底從彭祖那裡學得房中之術，帶回向商王滙報。

商王一試，大見奇效，就想殺了彭祖，獨享這一絕活兒。哪知道彭祖並非等閒之輩，早已料到這一步，提前溜走了。

彭祖的幾位高足如青衣烏公、黑穴公、離婁公等，也都活了數百年。特別値得一提的是青烏公。青烏公得了彭祖的眞傳，修煉了四百餘年而得道。青烏公還有一門獨特的學問，對後世影響很大，這就是堪輿風水之術。中國人認爲祖先墳墓的風水會影響後世子孫的命運，據說這套理論就是青烏公傳下來的。所以，青烏公堪稱中國第一位風水先生，後世的風水先生們都尊他爲祖師爺，堪輿術也因此又稱「青烏之術」。

野史稱，彭祖的長壽是因其善於「採陰補陽」，精通採補，稱其「善御女致壽」。至於他的死，則有另一套說法：彭祖後來又找了第五十個太太鄭氏，這位太太却不尋常，妖淫無比，彭祖盡管道行不淺，但畢竟年歲太大了，最終「敗道而死」。此說純屬無稽之談。

遠古時人們平均壽命不過三十來歲，五六十歲就算長壽，七十歲已經不得了了，彭祖大約是個很懂健身術的長壽老人，在當時極爲罕見，由於人們誇大渲染，或者乾脆是他自己虛報謊稱年齡，這位壽星老兒逐漸變成了壽年八百。彭祖在民間還成了長壽的象徵，有壽聯云：

福祿歡喜；
彭祖無極。

女壽仙麻姑

麻姑

希望長壽、長命百歲，乃至長生不老，是人們最大的欲望之一。於是，齋蘸祈禱，吃砂服丹，參星拜斗，辟谷導引，各種求長生的方法，五花八門，應運而生。同時，人們造出了幾位長壽的偶像。除了傳說中的彭祖以外，還有家喻戶曉、專管長壽的南極仙翁（壽星），另外民間還有一位漂亮的女壽星——麻姑。

麻姑神像、「麻姑獻壽」，是民俗年畫中重要的題材之一。但麻姑的來歷，却衆說紛紜。

晉代的葛洪在《神仙傳》裡說，有個東海人叫王遠字方平，舉孝廉，後當上了中散大夫。他精通「天文圖讖河洛之要」，以後棄官入山修道，成了著名仙人。他有個妹妹叫麻姑，是個漂亮姑娘，年歲看似十八九，「頂上作髻，餘髮散垂至腰」。穿著紋彩綉衣，光耀奪目，世間沒有。不過，手長得不太漂亮，「手爪似鳥」。王遠有個徒弟叫蔡經，雖學道十餘年，但凡心未死，一見痲姑的尖手，心裡忽發奇想：我脊背大癢時，要是叫痲姑娘撓癢癢，太妙了。不料，這個念頭馬上讓王遠和痲姑二位仙人知道，他挨了一頓鞭責。不過這倒成了後代文人常用的典故。如唐・杜牧的《讀韓杜集》有句曰：「杜詩韓筆愁來讀，似倩痲姑癢處搔。」

痲姑的本事並無驚人之處，只是《聞奇祿》稱其「生時有道術，能屐行水上」，就是能穿著木屐在水面上行走。還有就是擲米成丹砂。

相傳痲姑修道是在江西南城西的痲姑山。道教宣稱神仙所住的名山仙境有十大洞天、三十六小洞天、七十二福地等。痲姑山即爲三十六洞天之第二十八洞天，全稱叫「痲姑山丹霞宛陵洞天」。此洞府又爲七十二福地之第十福地。晉朝的大道士葛洪就曾在此煉丹。唐代著名書法家顏眞卿任撫州刺史時，曾撰寫了《痲姑仙壇記》碑，至今猶存。痲姑山共有三十六峰，十三甘泉，五大潭洞，山多怪石，風景奇麗。

痲姑的來歷，還有一種說法。說她是北朝十六國後趙時痲秋之女。痲秋是歷史上有名的殘暴將軍，當過後趙暴君石虎的征東將軍。當時民間夜晚如有小兒啼哭，母親就拿這個惡魔來嚇唬孩子：「痲胡（指痲秋，他是胡人）來了！」這一招很靈，「啼聲遂絕」。痲秋曾驅趕民伕服役，「築城嚴酷，晝夜不止，惟至雞鳴小息」。痲姑十分同情這些民伕，常常學雞叫，她一叫，群雞全叫，能早點收工。後來讓痲胡知道了，要找女兒算帳，痲姑趕緊逃走，「入仙姑洞學道」，後於城北石橋「飛升」，百姓們叫此橋爲「望仙橋」。此外，在「鬼城」酆都，有「仙姑岩」、「麻姑洞」，傳說是麻姑住過和修煉的地方。

以上諸說，以葛洪《神仙傳》最早，流行也較廣。

至於麻姑何以成爲女壽仙，一是麻姑曾自云：「已見東海三爲桑田」，說她已看見東海三次變爲桑田，還說現在的蓬萊之水也淺於舊時一半，恐怕將來還會變爲陸地。這就是「滄海桑田」這一典故的由來。滄海變成一次桑田，時間不知要幾千幾萬年，她已見過三次滄桑變化，該有多大歲數？雖說她長得像個十八九歲的大姑娘，可實際年齡是無法計算的。二是傳說三月三日王母娘娘誕辰時，開設蟠桃會，上中下八洞神仙齊祝壽。百花、牡丹、芍藥、海棠四仙子採花，特邀麻姑同往。麻姑乃在絳珠河畔以靈芝釀酒，獻於王母，歡宴歌舞。這就是麻姑獻壽的來歷。於是麻姑成爲民間流行的女壽仙。

麻姑傳說在清時即被編爲戲曲《麻姑獻壽》，並成爲清代宮廷戲中常演的劇目。一些達官貴人作壽辦堂會時，也常演此戲，以爲吉慶。麻姑作爲吉祥長壽的象徵，還成爲繪畫、工藝美術的題材，這些佳作屢見不鮮。

麻姑形象多爲一美麗仙女模樣，或騰雲，伴以飛鶴；或騎鹿，伴以青松；也有直身托盤作貢獻狀。手中或盤中，一般爲仙桃、美酒、佛手等。麻姑像的傳世之作不少，其中以清代任熊的《麻姑獻壽圖》和《麻姑擲米圖》最爲著名。贈送麻姑像，是用於婦女作壽。男人作壽，則送南極仙翁像。

「南斗注生」的故事

南斗星君

南斗信仰，同日、月、北斗等自然崇拜一樣，由來已久。先秦時期，已有專祀南斗的廟壇，秦滅六國，天下一統，秦始皇命令建立國家級的南斗廟。

南斗就是二十八宿中的斗宿，即北方玄武七宿之第一宿。宿指列星，如同一堆星的宿舍。故南斗不是一顆星，共包括六顆，在人馬座。《詩經·大東》云：「維南有箕」，「維北有斗」，這是指南斗，而不是北斗。南斗六星，二者是不同的。南斗的位置與北斗相對，故稱南斗。古人認為南斗主壽命、主爵祿，這是世俗與權貴同為祈望的，所以在古人星辰信仰中，佔有重要地位。《星經》就說：「南斗六星，主天子壽命，亦宰相爵祿之位」。道書《上清經》更把南斗六星的職掌具體化。第一天符宮，是司命星君；第二天相宮，是司祿星君；第三天梁宮，是延壽星君；第四天同宮，是益算星君；第五天樞宮，是度厄星君；第六天機宮，是上生星君。這樣，南斗六星被人神化，成爲六司星君。

後來，南斗更被形象化，並流行「南斗注生，北斗注死」的說法。這一說法最早見於東晉干寶所撰《搜神記》。這個故事很有意思：三國時魏國有個管輅，他是個著名的術士，最會相面。一天，他見到了顏超，一看他的臉「主夭亡」，知道將不久於人世。顏超是個十九歲的小伙子，其父一聽很著急，忙叫管輅給想想辦法。管輅對顏超說：「你回家後，趕緊準備一壇好酒，再準備一盤燒鹿肉。卯日那天，你去刈麥地南頭的大桑樹下，那裡有兩個人下圍棋。你不要言聲，只管給他們二位斟酒添肉，喝完了再倒，直到喝光爲止。要問你的話，千萬別說一字。照我說的做，你就有救了。」

顏超依言而往，果見二人下圍棋。顏超馬上「置脯斟酒於前」。那二人只管一邊下棋，一邊飲酒吃肉，喝了數巡，北方那位忽然發現了顏超，叱聲問道：「你在此幹什麼？」顏超忙跪下，也不說話，只是磕頭。這二人商量說：「剛才吃了他的酒肉，怎麼也得幫他個忙。」——眞是吃人家的嘴軟，拿人家的理短。北坐者道：「文書已定。」南坐者道：「拿文書來我看看。」一看顏超壽命只有十九歲，於是取筆一拐，對顏超說：「讓你活到九十。」顏超大喜，叩拜而回。看來，神仙也會開後門！

管輅對顏超說：「北邊坐人是北斗，南邊坐人是南斗。南斗注生，北斗注死。凡人受胎，

皆從南斗過北斗，所有祈求，皆向北斗。」（《搜神記》卷三）

這個故事很有名，流傳久遠。管輅在歷史上實有其人，史稱他「年八九歲，便喜仰視星辰。及成人，風角占相之道，無不精微」。但令人不解的是，想方設法替別人延壽的管輅，自己只活了四十八歲。既然他能叫南斗給顏超增壽，豈能捨不得一頓酒肉，請南斗也將自己年壽數字顛倒一勾，活個八十四歲？管輅的壽命，沒人注意，但附會爲他說的那一套「南斗注生，北斗注死」的理論，却廣爲流傳。道教吸取這種說法，便把南斗六星變爲司命主壽的六位星君了。

專祀南斗的廟宇叫南斗星君廟，民間俗稱「延壽司」。因東岳廟七十六司的第四十四司稱「增延福壽司」，這裡是借用。無錫有座南斗星君廟很有名，清初康熙皇帝還特意寫了一幅匾額「光耀南天」，賜給了此廟。

四位財神爺

文財神范蠡

人們追求、嚮往美滿富裕的生活，而這種好日子被許多人認爲是與個人佔有財富的多寡，直接相關。於是，崇拜財神，希冀財神保佑自己發財，成爲舊時人們的普遍心理。這種心理和追求，充分反映在春節「迎財神」、「祭財神」等重要民俗活動中。

除夕之夜有一項重要的民俗活動，即迎財神。人們吃餃子（又稱「扁食」，有些地方還稱作「財神爺給的元寶」），徹夜不眠，等待著接財神。「送財神」的其實是叫賣印製粗糙財神爺像的小販。這種活計是一些貧寒子弟的臨時生意。他們低價躉財神像，穿街走巷，挨門挨戶叫賣：「送財神爺來嘍！」戶主絕不能說「不要」，而要客客氣氣地說：「勞您駕，快接進來。」幾個銅子兒就可買一張，即使再窮的人家也得賞個豆包，換回一張。一個除夕之夜，有時可接十餘張。這是爲了討個「財神到家，越過越發」的吉利。到了初二，還要祭財神。即把除夕接來的財神像紙馬，集體祭祀一番，然後焚化。祭品多用活鯉魚和羊肉，取「魚」、「羊」之合，乃爲「鮮」意，以表示新財神降臨，今年發新財。午飯要吃餛飩，俗稱「元寶湯」。這一天廣安門外財神廟開廟，屆時人山人海，趨者蟻集，香火極盛。廟中有許多紙製元寶，買幾個元寶帶回，說是向財神爺「借」到了元寶，今年準會大發利市。廟旁的一些元寶攤子，有的只做一天生意，即可維持一家人大半年的生活。因爲「借」寶者不惜重價，利市三倍。更有用金紙做成馱聚寶盆的金馬駒者，價格奇昂，但決不愁賣不出去，迷信「金馬馱聚四方財」者，大有人在，捨得用重金「借」走。

財神的神座下，有一堆堆銀光閃閃的紙質銀錠，俗謂「苟能背人竊得一枚或數枚者歸，必財源大闢，陶朱殷富，不難立致。」所以一些人總得想方設法，偷出幾錠，以望財源滾滾。

由此可見，財神在人們心目中地位之高。

財神紙馬，品種頗多，大致可分爲文財神和武財神兩類。

文財神比干與范蠡

民間年畫中，有一類文財神。圖中財神爲文官打扮，頭戴宰相紗帽，五綹長鬚，手捧如意，身著蟒袍，足蹬元寶。文財神的打扮與天官相似，最大的區別是：天官神態慈祥，笑容滿面；而文財神面目嚴肅，臉龐清癯，據說這就是比干。

比干是殷紂王的叔父，爲人忠耿正直。比干見紂王荒淫失政，暴虐無道，十分著急，常常直言勸諫。紂王不但聽不進去，而且愈來愈討厭這位叔父，再加上妲己在一旁使壞，有一次比干強諫，諫得紂王大怒，道：「我聽說聖人心有七個竅，今天我倒要看看你的心是不是七個竅！」說完叫人當場將比干剖開了膛，挖出心來，看看是眞還是假。這件事載於《史記・殷本紀》。比干是我國上古時期最有名的大忠臣，後代世俗將其奉爲財神，當是因他心地純正，率直無私。民間將一些歷史人物奉爲具有某種功能的神明，有時並不一定與其生平、身份有必然關係，如有的地方把岳飛奉爲土地神，把顏眞卿奉爲判官等。

比干成爲財神，並非本人是個頭號財主。民間流傳著這種說法：比干怒視紂王，自己將心摘下，扔於地上，走出王宮，來到民間，廣散財寶。他雖然沒了心，但因吃了姜子牙（曾化裝成老翁）送給他的靈丹妙藥，並不曾死去。因爲沒了心，也就沒偏沒向，辦事公道，所以深受人們的愛戴、稱讚。當時，在比干手下做買賣者，都沒有心眼兒，大家公平交易，誰也不會騙誰。自古道：「無商不奸」！把比干這位頭號童叟無欺的正派君子，當作財神，當然是人人敬服的了。

另一位文財神，倒是個曾經從商，發了大財的大富商。他就是春秋時期越國的范蠡。范蠡本是越王勾踐手下的大臣。范蠡足智多謀，越王最倒霉時，給他出了不少好主意，幫助越王打敗了吳王夫差成就了霸業。越王大賞功臣，單單少了個范蠡，原來他埋名隱姓，逃到別國去了。臨走他還給好友、另一個謀臣文種寫了一封信，說：「高鳥已散，良弓將藏；狡兎已盡，良犬就烹。夫越王爲人，長頸鳥喙，鷹視狼步，可與共患難而不可共處樂，子若不去，將害於子。」

可惜文種不信，終成刀下之鬼。

遠比文種高明的范蠡，逃出是非之地，傳說他浮海到了齊國。在齊國經營農業和商業，發了大財。因他是在功名利祿場中「翻過筋斗過來的」，所以他三次發財，三次都把所得錢財分散給窮朋友和疏遠的親戚，把「金錢」二字看得很淡薄。最後他積了一筆大財，在陶邑定居下來，自號「陶朱公」。還有一種說法，說他爲改換名姓，想到自己是逃出來的，故改姓「陶」（逃）；自己曾任高官，常穿紅袍，故名「朱」；位在公爵，故叫做「陶朱公」。范蠡能發家致富又能散財，在人們心目中是位難得的偶像，故此被奉爲文財神。

武財神趙公明

趙公明爲道教中的神明，乃一虛構人物。道教稱其爲上天皓庭霄度慧天慧昏梵炁所化生。姓趙名朗，字公明。與鍾馗是老鄉，終南山人氏。自秦時避世山中，虔誠修道。漢代張道陵張天師入鶴鳴山精修時，收之爲徒，並使其騎黑虎，守護丹室。張天師煉丹功成，分丹使趙公明食之，遂能變化無窮，形似天師。張天師命其守玄壇。所謂玄壇，即道教之齋壇。趙公明因而被天帝封爲「正一玄壇趙元帥」，故又稱其爲趙玄壇。因其身跨黑虎，故又稱「黑虎玄壇」。

關於趙公明的傳說，由來已久。晉代干寶所撰《搜神記》中，散騎侍郎王佑故事裡就有「上帝以三將軍趙公明、鍾士多，各督數鬼下取人」的情節，但此時他是作爲冥神出現的。在梁代陶弘景的《眞誥·協昌期》中，有「天帝告土下冢中直氣五方諸神趙公明等」的說法。

由於傳說隋文帝時，趙公明等五位瘟神至人間降瘟，趙公明又成爲瘟神之一。至明代，又把趙公明說成八部鬼帥之一，「各領鬼兵，動億萬數，周行人間」，作惡多端。其中趙公明專門向人間傳播「下痢」，即痢疾。此八個鬼王「虛毒嘯禍，暴殺萬民，枉夭無數」。太上老君派張天師佈龍虎神兵，前往殲滅。經過數番鬥法，魔高一尺，道高一丈，八部鬼帥終於降服。

在《封神演義》裡，趙公明又成了峨嵋山的道仙，他武藝高強，並有黑虎、鐵鞭和百發百中的海珠、縛龍索等法寶。後姜子牙按元始天尊旨意封神，趙公明被封爲「金龍如意正一龍虎玄壇眞君」之神，手下有招寶、納珍、招財、利市四神，專司「迎祥納福，追逃捕亡」。至此，趙公明方有了財神的模樣，不再像先前那樣渾身充滿著邪氣、鬼氣和瘟氣。

趙公明在《封神演義》中成爲財神，其實源於元明間的《三教源流搜神大全》。《大全》所描繪趙公明形象爲：頭戴鐵冠，手執鐵鞭，面黑而多鬚，跨虎。這是後世所供武財神趙公元帥的典型圖像。書中又稱其授正一元帥，手上有八王猛將，六毒大神，還有五方雷神，五方猖兵，二十八將等。又稱他能「驅雷役電，喚雨呼風，除瘟翦瘧，保病禳災」，功莫大焉。

據此，道教又將其與靈官馬元帥、關羽、溫瓊合為四大天將，在建醮祭典中常設四將神像；道士請神作法時，也必請此四將。至今台灣各地設立醮壇，必有四大天將（元帥）紙製神像，趙公明元帥即製成騎虎執鞭樣式。

至於賜財功能，《搜神大全》謂「買賣求財，公能使之宜利和合。但有公平之事，可以對神禱，無不如意。」自此，趙公明司財，使人致富的功能深入人心，備受歡迎，而瘟君、鬼帥的本來面目，倒日漸淡薄。至近代，又有人附會趙公明為回族，不食豬肉，「每祀以燒酒牛肉，俗謂齋玄壇」。這大概與明朝鄭和七下西洋，曾抵阿拉伯國家，多得珍奇異寶有些關係，民間也有「回回進寶」的俗語。明清小說也有不少「波斯胡」有奇寶的故事。但趙公明本屬虛構，他的回族籍，更屬於無稽之談。

民間所供趙公明財神像皆頂盔披甲，著戰袍，執鞭，黑面濃鬚，形象威猛。周圍常畫有聚寶盆、大元寶、寶珠、珊瑚之類，以加強財源輻輳之效果。

民間還以關公為財神。關公是一位「全能」神明，財神不過是功能之一。

趙公元帥的「副官」

——小財神利市仙官

財神和利市仙官

民間所供財神像，不管是趙公元帥，還是賜福天官，旁邊總要配以利市仙官。

利市仙官是民間流傳的一位小財神，他的來歷已不清楚。據《封神演義》講，他是大財神趙公明的徒弟，叫姚少司，被姜子牙封爲迎祥納福的利市仙官。所謂「利市」，在俗語中是走運、吉利之意，如「討個利市」，多見於古典白話小說中。利市又指做買賣所得的利潤，古人曰：「利市三倍」，形容做買賣獲得了厚利。語出《周易·說卦》：「〔巽〕爲近利市三倍」。

做買賣哪個不想「利市三倍」，乃至三十倍、三百倍？所以利市仙官受到了民間，尤其是商人們的歡迎。每到農曆新年，必將利市仙官像（也有單個的），貼在門上，以圖吉利、發財。

利市仙官在宋元時期已經流行，據元人所作《虞裕談撰》說，當時「江湖間多祀一姥，曰利市婆官」。這大概是後世「財神奶奶」的濫觴吧。

正月初五拜五路神，果眞能招財進寶嗎？

武財神趙公元帥

五路神又作五路財神。俗以趙公元帥、招寶、納珍、招財、利市五神爲五路財神。此說出自《封神榜》。因姜子牙封趙公明爲正一玄壇眞君，率領部下四位正神，迎祥納福。手下四神爲：

招寶天尊蕭升　納珍天尊曹寶

招財使者陳九公　利市仙官姚少司

五路財神是民間吉慶年畫中常見的形象，如《賜福財神》、《開市大吉》、《招財進寶》中，皆有趙公明、招財、利市等，有時又與文財神、合和二仙合繪。

五路神又指路頭、行神。清人姚福均稱：「五路神俗稱財神，其實即五祀門行中霤之行神，出門五路皆得財也。」民間以正月初五祀五路神，謂此曰「爲路頭誕辰，金鑼爆竹，牲醴畢陳，以爭先爲利市，必早起迎之，謂之接路頭」。

所謂「五祀」，《禮記・典禮下》中「祭五祀」鄭玄注云：「戶、灶、中霤、門、行也」。五祀即祭戶神、灶神、土神（中霤）、門神、行神。所謂「路頭」，即五祀中之行神；五路，指東西南北中也。意爲出門五路，皆可得財。

也有人將五路神與五顯神、五通神相混淆，其實他們之間是有區別的。

過去民間，（尤其是農村）所供五路神，又指五位與人們生計安全密切相關的五位俗神，即土地爺、馬（牛）王爺、仙姑、財神爺和灶王爺。

一進農舍宅門，先見土地爺，一般在右邊牆上，面向裡。神像上方，紅紙黑字，寫的是：「保佑」。兩邊對聯寫的是：「土能生萬物；地可發千祥」。再往前走，路過馬房或牛棚，可見到馬（牛）王神像，頭上仍是「保佑」二字，兩邊的對聯寫道：「牛如南山虎；馬似北海龍。」

進了正房，右邊牆上，面向中堂貼門而坐的是位仙姑，神像頭上還是「保佑」二字，兩邊的對子爲：「仙姑堂中坐；闔家保平安。」左邊牆上，和仙姑對稱的位置上是財神爺，頭上方也是「保佑」二字，兩邊的對聯氣魄不小：「天上金玉主；人間福祿神。」進了裡間，鍋台上方，端坐著灶王爺。神像上頭還是「保佑」二字，兩邊的對聯有的寫：「上天言好事；回宮降吉祥。」有的寫：「油鹽深似海；米麵積如山。」

這種五路神充分顯示了中國的小民百姓，祈福求安的強烈願望。

關羽何以成了萬能之神

——關於關聖帝君

關聖帝君

中國什麼廟宇最多

這個問題很有意思，可不太好解答。就目前的資料看，對中國城鄉所有的寺廟道觀作一精確統計，是不大可能的。但我們對有代表性的某一地區，做些細緻的調查，或許能得出個基本的結論。茲以北京爲例來談談這個問題。

北京是明清兩朝的國都，而關帝崇拜在明清乃至民國，是興盛時期，因此北京頗具代表性。舊時北京哪種廟宇最多呢？正是關帝廟。當時城內專祀關帝和以祀關帝爲中心的廟宇加起來，竟達一百一十六座，幾佔北京城內全部廟宇總和的十分之一，爲京城廟宇之冠。

北京的關帝廟，如果加上郊區、縣的數字，當會超過二百個。眞可謂「關廟遍北京」了。明王朝甚至在宮中寶善門、思善門、乾清門、仁德門、平台之西及皇城各門，皆供關聖之像（《酌中志》）。京城九門的月城內，亦皆有關廟。清王朝甚至在「萬園之園」的圓明園中，也要建造幾座關帝廟，可見其影響之大。推而廣之，關帝廟在全國城鄉的數量很可能爲「寺觀之最」，如果不是第一，恐怕也會是第二、三。（附帶一說，在喇嘛教一統天下的西藏地區，也有關帝廟的存在。）

關老爺的香火爲何如此之盛？關羽如何由將軍而升爲「帝君」、「大帝」的？這裡邊是有深刻的歷史和社會原因的。

從前將軍到伏魔大帝

關羽在歷史上實有其人。關羽字雲長，河東解良人（今山西解虞縣）。據說他本來並不姓關，年輕時練就一身好武藝，身偉體壯，膂力過人，相貌堂堂。因他好打抱不平，見義勇爲，常常招惹是非。父母怕他闖禍，就把他關在後院空房裡，關羽實在憋急了，偷偷打開窗戶跑了出去。半道上聽到有人啼哭，一打聽，是縣令的小舅子強娶民女，民女的雙親在痛哭。關羽聞聽大怒，提寶劍闖進了縣衙，殺了縣令及其小舅子，然後輾轉逃到了潼關。關前掛著懸賞捉拿他的圖像，關羽整整衣服，大膽走上前去。守關士兵盤問，他指著潼關回答：「我姓關……」從此，他以假爲眞，改姓「關」了。

陳壽《三國誌》對關羽生平有詳載：東漢末年，關羽亡命奔涿郡。當時劉備在鄉里招兵買馬，他與張飛往投，誓共生死，三人寢則同床，恩若兄弟。後世傳爲佳話：「桃園三結義」。官渡之戰前，曹操分兵東征，大敗劉備，關羽被俘。曹操封其爲偏將軍、漢壽亭侯。以後掛印封金，仍投奔劉備，被派鎮守荆州。劉備爲漢中王，拜關羽爲前將軍，假節鉞，率衆攻曹軍。關羽水淹七軍，擒于禁，斬龐德，威震華夏。後孫權派將襲荆州，他因驕傲輕敵，兵敗被殺。死後追謚爲「壯繆侯」。當地人在其死處湖北當陽玉泉山立祠祀之。其事迹不過如此。關羽生前最大軍銜是「前將軍」，最高爵位是「漢壽亭侯」，在關鍵時刻，關羽連自己的命也未能保住，落了個身首異處，實在是個沒有什麼「神通」的凡人。

其實，自魏至唐，關羽在民間的影響並不大。從宋以後，才大走宏運，青雲直上。關羽廟這才在全國普遍建立起來。宋哲宗封其爲「顯烈王」，宋徽宗封其爲「義勇武安王」。元代加封爲「顯靈義勇武安英濟王」。特別是元末著名長篇講史小說《三國演義》的產生，使得關羽名聲大震，在民間產生了極爲深遠的影響，成爲「古今第一將」。正如湖北當陽關陵的一幅對聯所云：漢朝忠義無雙士，千古英雄第一人。

到了明代萬曆年間，明神宗加封關羽爲「協天護國忠義帝」、「三界伏魔大帝」、「神威遠鎭天尊關聖帝君」。甚至讓陸秀夫、張世杰（二人為南宋末大臣，抗元兵敗殉國）爲其左右丞相，岳飛爲元帥，尉遲恭爲伽藍（護法神）。清代順治皇帝更甚，對關羽的封號竟長達二十六字：忠義神武靈佑仁勇威顯護國保民精誠綏靖翊贊宣德關聖大帝。關羽由一員武將而升為「王」，升為「帝」，以至「大帝」。其名義上的地位，甚至超過了人間帝王，因為歷史上還沒有哪一個皇帝敢自稱是什麼「大帝」的！

由於帝王們的推崇，關羽的地位無比顯赫，不但成為民間供奉的神明，而且成為國家祭祀的高級神祇，還充當了皇家的保護神。佛、道二國也爭相把關羽拉進自己的教門，以壯聲勢。

佛教天台宗隋朝智顗大師在當陽玉泉山建立精舍，傳說關羽請求受戒，寺成後關羽成為該寺伽藍（寺廟護法神）。這種說法宋代開始流行，以後各寺院爭將關羽列為本寺護法神。如著名的杭州靈隱寺中十八伽藍神之旁，就加了個關羽神像。山西交城萬卦山著名的天寧寺中，在大雄寶殿旁就建有關帝廟，另一側為觀音殿。意味著關帝與觀音可平起平坐。有趣的是，北京最著名的喇嘛廟——雍和宮的西跨院中，也有座宏偉的關帝殿，殿內正中即供奉著一尊精美的關羽銅鑄像坐。看來，藏蒙地區極為盛行的喇嘛教，對漢族的關老爺也滿有興趣呢！中國「土產」的道教，更把關羽奉為「蕩魔眞君」、「伏魔大帝」，甚至附會其前身為雷首山澤中之老龍，又編造了種種「神迹」，以張大其靈驗。於是，關公成了儒、釋、道共同尊崇的「超級」偶像。這在我國民間神祇中是獨一無二的。

明清時代，關羽極顯，有「武王」、「武聖人」之尊，儼然與「文王」、「文聖人」孔子並肩而立。由於關帝被說成具有司命祿，佑科舉，治病除災，驅邪避惡，誅罰叛逆，巡察冥司，乃至招財進寶，庇護商賈等「全能」法力，所以，民間各行各業，婦孺老幼，對「萬能之神」關帝的頂禮膜拜，是遠遠超過孔老夫子的。再者，關羽是一位義氣千秋、忠貞不二、見義勇爲的英雄好漢。《三國演義》中桃園三結義的故事，家喻戶曉，深入人心，成爲舊時江湖義氣的楷模，人們心目中崇拜的偶像。再從統治階級方面來說，用集忠、孝、節、義於一身的關羽，來「教化」億萬臣民，是強化封建統治的再好不過的「靈丹妙藥」了。以上這些，就是爲何過去關廟數量最多、遍及天下的主要原因所在。

當然，關羽形象也有鼓舞士氣、英勇作戰的作用，而受到人們推崇。太平天國的《天情道理書》就以關羽的忠勇爲榜樣：「掃滅世間妖百萬，英雄勝比漢關張。」義和團也設關帝像，以神咒形式，希望得到關老爺那樣的勇武。

形形色色的關帝廟

關帝廟數量大，名稱不一，種類各異。可分專祀和合祀兩大類。我們以北京爲例，作一簡要介紹。

專祀關羽的廟宇有：

關帝廟、關聖廟、關王廟、關聖帝君、老爺廟。這些是常用的廟名。因爲關羽曾被封爲王、帝、關聖帝君，故名。老爺廟是民間的俗稱，特別是農村，常愛把關帝稱作「關老爺」，所以廟就名「老爺廟」，既尊崇又挺親切。有些廟歷史悠久，名氣又大，逐漸成爲所有街巷的地名。如北京過去就有關帝廟街（今崇外南羊市口街）、關帝聖境胡同（今崇外薛家灣胡同）、關王廟（今廣外濱河巷）、關王廟街（今西廳胡同）、老爺廟胡同（今西城勤勞胡同）等。

伏魔廟、伏魔庵。因明神宗曾加封關羽爲「三界伏魔大帝」，故名。據《乾隆京城全圖》，當時京城有伏魔廟（庵）二十五座。

白馬關帝廟。又名漢壽亭侯廟，在地安門以西。明永樂年間，成祖特賜龍鳳黃旗一面，揭竿豎之，以彰武靈。清代乾隆時，又將門殿全部換成黃瓦。明清皆派官致祭，此廟何以有「白馬」之名？有二說。其一曰「昔慕容漢都燕羅城，有白馬前導，因以爲祠」（《宸垣識略》）。另一說法：「明英宗夢見帝乘馬，故名」（同上）。因《三國演義》中關羽騎著有名的赤兎馬，故白馬關帝廟十分著名。

雙關帝廟。廟內關羽、岳飛合祀。「雙關帝」者謂何？民間說法，岳飛乃忠義神武之關羽轉世，故能精忠報國，二人合祀稱「雙關帝廟」。

高廟、關帝高廟。因定於此處之關帝廟高於四周而得名。北京曾有多處。

白廟、紅廟。此爲俗稱。指廟宇圍牆而言。關帝廟多爲紅牆，稱「紅廟」；少數爲白牆，稱「白廟」。據說白廟若塗上紅色，即有災禍。

倒座關帝廟。關羽被封爲關聖帝君，享有帝王之尊，廟宇可用黃色琉璃瓦，一般建置爲坐北向南。但北京西單安福胡同內的關廟却坐南向北，與衆不同，故稱「倒座」。廟門曾有石額曰「古刹倒座關帝廟」。

關帝廟的名目尙有一些俗稱。

關羽與其他神明合祀的廟宇有：

武廟，又稱關岳廟。民國三年（1914年），北洋政府下令在鼓樓西建關岳廟，關羽、岳飛合祀。

三義廟。合祀劉備、關羽、張飛。

五虎廟。合祀關（羽）、張（飛）、趙（雲）、馬（超）、黃（忠）西蜀五虎上將。

姚斌關帝廟。取材姚斌盜馬故事。殿內關帝像正坐，怒視姚斌。姚斌袒衣赤足，繫髮於柱，勇悍不屈之色可掬。其餘諸將皆仰視帝指而屬意姚斌。馬顧關羽若長鳴仰告之狀。

七聖廟。關羽與趙公明、土地爺、天仙聖母、二郎神、財神爺、火神爺合祀。也有的是關羽與龍王、藥王、土地、財神、雷神、青苗神合祀。

雖說全國的關廟多如毛，但論起氣派大，名聲響，稱得上「關廟之最」的，沒說的，應當首推關爺家鄉的一座。山西運城縣解州西關的關帝廟是全國規模最大、最爲壯觀，也是保存最完好的「關廟之最」。此廟佔地近三十畝，中心建築春秋樓寬七間，進深五間，高達三十米。樓內有關羽彩塑坐像，極爲逼眞傳神。廟內建築滿是黃、綠、藍三彩琉璃脊飾和瓦件，富麗堂皇，十分壯觀。廟內有一副著名對聯：

三教盡皈依，正直聰明，心似日懸天上；

九州隆亨杞，英靈昭格，神如水在地中。

此聯爲秦洞泉所作，秦氏何許人？清乾隆時狀元，南宋第一大奸臣秦檜之後人也。

關公戲趣談

關老爺譽滿全國以後，很快佔領了戲劇舞台。有關關羽的劇目多達數十種，成爲獨特的「關公戲」。關公戲作爲一種專門行當，有自己獨特的唱腔和服裝道具。關公戲在清代還有特殊規定。

清代對孔子、關公這兩位文武聖人，極爲尊重。孔、關二人的名字皆避諱，羽字雖不能嚴避，但要將筆畫少寫兩筆。「羽」本寫作「羽」，原爲三撇，後改爲兩點，即爲避諱關羽名字緣故。清末朝廷曾下令禁演關公戲。當時三慶班在北京廣德樓（今大柵欄前門小劇場）演《單刀會》等戲，因違禁，官府非要把班主程長庚帶走不可。後經很多人說好話，才將別人帶走了事。此後，各戲班再不敢演關公戲了。後來禁令稍鬆，三慶班演全本《三國演義》，又上了關公戲。但通名時仍不許稱「關羽」二字，只稱「關」字，本人則稱「關某」，別人都稱「關公」。

據說戲班在宮裡給西太后演關公戲時，只要關羽一上場，皇上和慈禧全都離座，假裝散步，然後再坐下。《走麥城》是絕對不許演的。

扮演關公的演員，演前一周需要淨身，不准有房事，在後台要供關公神位，焚香禮拜，這些規矩是其他戲根本沒有的。

古今「關帝籤」

舊時求籤迷信十分盛行，人們常去廟中在神佛面前抽籤，來占卜吉凶。關廟中用來占卜的專用籤，稱「關帝籤」。北京名氣最大的「關帝籤」，要屬正陽門月城內的關廟了。

這座廟規模並不大，很小，但廟小神靈大，遐邇聞名。明代帝王對此廟十分重視，連廟中的關帝雕像也是宮內移來的。此處地勢極好，處於市中心，開廟時人山人海，燒香求福者絡繹不絕，求「關帝籤」來占卜吉凶的，更是熱鬧非凡。正如清代《都門竹枝詞》裡唱的：「靈簽第一推關廟，更去前門洞裡求」。關帝籤的「靈驗」到底如何呢？有史實爲證。

清末道光二十二年（1842年），揚威將軍奕經奉命主持浙江軍務，當時英國侵略軍已抵達浙江海面，形勢十分危急。奕經在大敵壓境之際，放下軍務不管，却先去西湖關帝廟求籤，乞靈於「伏魔大帝」，爲自己「揚威」。因籤上有「虎頭人」之語，這伙人便附會爲「在虎年虎月虎日虎時出兵，必獲全勝」的讖語。結果，在沒有什麼準備的情況下，貿然於一八四二年三月十日四時即道光二十二年壬寅正月戊日寅時出戰，結果全線崩潰，一敗塗地。一個荒唐無稽的籤語，決定了一場戰爭的命運，多麼可悲！

近代社會的許多幫會，如哥老會、青紅（洪）幫等尤敬祀關帝。一些重大活動，都要求籤問卜。關帝崇拜，在台灣和香港至今興盛不衰。

關羽在台灣，備受尊崇。除了享有大陸上的全部尊號以外，還有「伽藍爺」、「恩主爺」、「恩主公」等稱呼。台灣並不是很大，但關廟倒有一百六十餘座，而且還在不斷地建造規模宏偉的新關廟。如新竹縣後山普天宮新塑的關羽神像，連台座竟高達十四五丈！「愛烏及屋」，爲關羽扛大刀的周倉也沾了光。周倉原本不過是關羽的警衛侍從，一般他只有侍立一旁，聽候差遣的份兒，可在台灣，周倉也高升爲正神，各地建了不少周倉廟，與關老爺同享香火。大陸也有一些周倉廟。

陰曆五月十二日是關帝的生辰，屆時，港台各大關廟皆舉行盛大祭典，隆重無比。在電子時代的發達社會中，人們依然爭相虔誠地在關羽面前，上香叩頭，頂禮膜拜，祈望「恩主爺」降恩降福。更多的人在求簽問卜，祈求關老爺的「神示」。這一奇特現象，是耐人尋味的。

八仙皆爲吉祥神

藍采和

八仙的巧妙組合

中國的八仙是最受歡迎的神仙群體之一。

人們熟知的八仙，是指李鐵拐、鍾離權、張果老、何仙姑、藍采和、呂洞賓、韓湘子、曹國舅。他們的傳說故事先後見於唐宋文人的記載，但他們湊成一個班子是在元朝，而且班子的人選也不是一下就定好的。一直到明代吳元泰寫了《八仙出處東遊記》，才確定了以上八位，並沿用至今。

八仙這一組神的組合並不因他們屬於不同的歷史時期而顯得不倫不類，相反，倒使人覺得合情合理，十分圓滿。每逢迎神賽會和祝福拜壽，八仙必是不可缺少的角色，直到今天，北京白雲觀春節民俗廟會中，還有巨大的八仙卡通人在廟前歡迎人山人海的遊客。中國的各路神仙多達數百，爲何獨獨八仙如此光彩？

這不能不說八仙迎合了社會各階層人們的心理需要，滿足了全民喜慶娛樂的需要。八仙具有廣泛的代表性：男女老幼，富貴貧賤，文莊粗野……社會各色人等，均可找到自己親近的「知音」。

八仙形象五花八門，豐富多姿，與道貌岸然，正襟危坐的一些神仙大不相同，他們本身就是一齣熱鬧好看的戲。明代王世貞在《題八仙像後》即指出：「以是八公者，老則張，少則藍、韓，將則鍾離，書生則呂，貴則曹，病則李，婦女則何，爲各據一端作滑稽觀耶？」故而八仙在民間大出風頭，極受歡迎。

「八仙過海」傳說的流播更使他們名聲大噪。

八仙過海　各顯神通

元明時無名氏雜劇《爭玉板八仙過海》，最早表現了這個傳說：蓬萊仙島牡丹盛開，白雲仙長宴請八仙、五聖——齊天、通天、攪海、翻江、移山五位大聖，觀賞牡丹。宴罷回程，呂洞賓等各拿出自己寶貝，大顯神通，渡越東海。東海龍王之子摩揭、龍毒搶了藍采和的玉板，並把他拉下海去。另七仙大怒，一場厮殺斬了摩揭，傷了龍毒。四海龍王齊來參戰，不敵，又求救於水、天、地三官助戰。「五聖」來助八仙，大獲全勝。如來佛出面，將八仙、四海龍王、三官、五聖請到靈山，讓他們和解消仇。

《東遊記》的第四十六回至第五十六回即寫八仙過海鬧龍宮事，情節大體相同。「八仙過海」肯定了八仙的造反行動，讚揚了他們超群的本領和團結精神。「八仙過海，各顯神通」，成爲富有積極意義，人們常愛使用的俗語和典故。

由於八仙鬧海事，舊時漁民還有一種迷信禁忌：凡駛船出海，船上絕不能坐七男一女，否則就會在海裡出事。大概怕引起龍王爺的誤會，以爲來了「新八仙」，便要大打一場，這七男一女怎能抵擋得了？還有的說，這一女就成了「何仙姑」，龍王爺或龍太子就會來搶親。

八仙來歷分述如下。

李鐵拐

李鐵拐（或鐵拐李）是傳說中的八仙之首。有關他的姓名和時代，衆說紛紜，根本無法統一。他的姓名就有七個之多，而他所處的時代，也有六七種說法。

明・吳元泰所撰《八仙出處東遊記》述李鐵拐出處謂：鐵拐姓李，名玄，鐵拐乃其後假身別名也。李玄慕老子之名，往投華山向老子求道。大體與《歷代神仙通鑒》的說法相似。

李鐵拐本是傳說人物，史傳並無其人。把他附會或編造爲不同時代的不同姓名，毫不爲奇。好在李鐵拐的仙號在民間流傳開以後，人們最感興趣的是他那副又黑又瘦、又醜又拐的怪模樣，而對他的姓氏、籍貫、時代之類並不過問。

《列仙全傳》等說他本來長得十分魁梧，是一位相貌堂堂的偉丈夫，他在碭山洞中修行時，欲拜老子和宛丘仙人爲師，前去修行，臨行時對徒弟道：「我欲從遊華山，倘遊魂七日不返，你就把我屍殼焚化。」據說他的魂藏於肝，魄藏於肺，元神出遊時魂一起去，只把魄留下守著屍殼。此即所謂「元神出殼」。

於是李先生的元神赴華山從老子遊，徒弟日夜看守師父的軀殼。不料到了第六日，弟子家裡來人報信老娘病危，徒弟坐臥不安，又堅守到第二天中午，見師父元魂還未歸，無奈燒了師父屍殼，回家盡孝道去了。不久李先生的元神趕回洞府，失其屍殼，眞是喪魂落魄，好似孤鬼遊魂。他忽然發現林中有一餓殍，靈機一動，心想：「即此可矣！」馬上從其窗門而入，站起以後，才覺得不大對勁兒，他忙從葫蘆裡倒出老子所贈仙丹，葫蘆忽然起道金光，光中映出一人：「黑臉蓬頭，卷鬚巨眼，跛右一足，形極醜惡。」正在驚訝，身後忽然有人鼓掌，回頭一看，正是師父老子。

李先生覺著改頭換面得來的尊容實在不像樣子，有些不高興，忙要把元魂跳出，老子急止之曰：「道行不在於外貌，你這副模樣蠻好。我有金箍束你亂髮，鐵拐拄汝跛足。只須功夫充滿，便是異相眞仙！」於是依言結束。這就是「世稱爲鐵拐李先生」的來歷。

李鐵拐的事迹多見於元明雜劇及明清小說中，明代賈仲明還寫了《鐵拐李度金童玉女》，此外不少八仙戲如《八仙過海》、《群仙慶壽蟠桃會》等，亦有李鐵拐故事。小說則有《東遊記》、《八仙全書》、《八仙得道傳》等，其中以《東遊記》流傳最廣，影響最大。

《東遊記》，又名《上洞八仙傳》、《八仙出處東遊記》，明代吳元泰編著。書中第一回至第十回主要寫李鐵拐得道事迹，前六回寫李玄修眞求道，往華山尋老君、宛丘仙人投師，徒弟爲其守屍殼。李玄遊魂七日未歸，徒弟母親病重，爲盡孝道而將李屍焚化。李玄只好托魂餓殍，而爲李鐵拐。後幾回說他用仙丹救活徒弟之母，復歸老君之所，與仙童相戲，放走了老君青牛。青牛下凡，冒充國王，淫穢後宮。李鐵拐因放走青牛，被貶下凡立功贖罪。李乃化身一老翁，隱名埋姓，背一葫蘆，施藥於人間，病者求之，無不立驗。並在市頭懸一壺，及罷市，即跳入壺中，市人沒人能見。李鐵拐功行圓滿，復歸老君所謝罪，被玉帝封爲上仙，於是乘雲瓊島，跨鶴瑤天。每降凡間，就到貧苦百姓中去。

呂洞賓淫嫦名妓白牡丹，李鐵拐看不慣，就與何仙姑、藍采和合謀，用計使白牡丹洩了呂洞賓之眞陽。呂洞賓鬼迷心竅，幫助遼國蕭太后攻打宋朝，鐵拐得知大怒，把呂洞賓一頓臭罵。其餘七仙合力助宋，大敗遼國，並將呂洞賓收伏，洞賓請罪，衆人才和好如初。

李鐵拐在民間影響很大，但主要是與其他七仙作爲一個群體——八仙出現的。大概是因爲傳說他身背的大葫蘆裡，有治病救人的靈丹妙藥，過去民間特別是醫藥行把他作爲狗皮膏藥的發明者和祖師爺。賣狗皮膏藥這一行業敬的藥仙就是鐵拐李。

不過，因爲鐵拐李曾說過賣膏藥的壞話，所以至今留下了個話把兒：人們常把那些專靠說大話、說假話過日子的人，叫做「賣狗皮膏藥的」！

漢鍾離

八仙的傳承關係也很混亂，誰爲八仙之首，說法並不統一。元明人有一些說法認爲最先得道的是漢鍾離，漢鍾離爲八仙之首，而不是鐵拐李。

有關漢鍾離的仙話頗爲不少，據《歷代神仙通鑒》、《列仙全傳》等，其主要故事大體如下。

漢鍾離，據稱是漢代鍾離子，姓鍾離名權。京兆咸陽（今屬陝西）人。鍾離權又號雲房先生。其父鍾離章是東漢大將，以征北胡有功，封燕台侯。其兄鍾離簡爲中郎將。其實這是《歷代神仙通鑒》和《列仙全傳》爲其編造的武將世家，將其打扮爲「將門虎子」，完全是道教宣傳的需要。鍾離章與鍾離簡純屬子虛烏有，歷史上根本不存在。

鍾離權的誕生籠罩著一派仙氣，大白天就有一巨人，大踏步進入其母內室，自云「是上古黃神氏，當托生於此」，頓時「見異光數丈如烈火」，一位大仙出世了！這位大仙一降生，就像三歲小兒一般大，天生一副福相：「頂圓額廣，耳厚眉長，目深鼻聳，口方頰大，唇臉如丹，乳遠臂長」，更怪的是，此兒晝夜不聲不響不哭不吃，第七天突然說了一句，句驚四座：「身遊紫府，名書玉京。」「紫府」與「玉京」是玉帝的宮城，這就是說他是在玉皇大帝的仙班中掛了號的。因其「自幼知識輕重」，心裡像是有桿秤，於是父親給他起名曰「權」，「權」者，秤砣也。其名的含義就是「會盤算」。

這位「秤砣」長成後，俊目美髯，身長八尺，眞是一表人材，不久在朝廷裡當了諫議大夫。當時吐蕃造反，鍾離權奉詔出征。權臣梁冀怕他得了頭功，給了他二萬老弱殘兵。鍾離權雖出身不凡，但帶兵本領實在不大高明，被敵人夜間劫營，全軍覆沒，隻身逃入山谷。貴人自有福運，鍾離權林中迷路，遇一胡僧，將他帶至一小村莊，道：「此是東華先生住處，將軍珍重。」揖別而去。

不久，一老人披白鹿裘，扶青藜杖，問道：「來者是漢大將軍鍾離權吧？你何不寄宿山僧之所？」權大驚，知遇異人，乃回心向道。這位東華先生叫王玄甫，是位上仙，傳他長生眞訣、金丹火候及青龍劍法。後又遇華陽眞人，得其眞傳。最後在崆峒紫金四皓峰得玉匣秘訣，成了眞仙。玉帝封其爲「太極左宮眞人」。

此後，鍾離權或隱或現，歷魏到晉，又做了邊關大將。這位三軍統帥打扮甚爲古怪：「丫頭袒腹，手搖棕扇自若，赤面偉體，龍睛虬髯。」所謂「丫頭」，即其頭上梳有兩只大丫髻。

這位浪蕩將軍委實不是當統帥的材料，又被人打得大敗。這回算是死了心，跑到終南山隱居去了，從此決不再當什麼將軍。直到唐朝，他才又出來，度化了呂洞賓。

歷史上到底有無鍾離權其人？

唐代確有個鍾離權，《全唐詩》中收有他的三首絕句，並有其小傳云：

咸陽（今屬陝西）人。遇老人授仙訣，又遇華陽真人，上仙王玄甫，傳道入崆峒山，自號雲房先生。後仙去。

他留世的詩為《題長安酒肆壁三絕句》，詩中倒有些「仙味」。

坐臥常攜酒一壺，不教雙眼識皇都。乾坤許大無名姓，疏散人中一丈夫。

得道真仙不易逢，幾時歸去願相從。自言住處連滄海，別是蓬萊第一峰。

莫厭追歡笑語頻，尋思離亂好傷神。閑來屈指從頭數，得到清平有幾人。

看來這位唐代鍾離權是個道士，而且是個酒不離口、放浪形骸的狂道人。他自稱「天下都散漢」，即天下第一個閑散之人。《全唐詩》成書於清代康熙年間，其小傳中「仙去」的說法，當是吸收了歷代一些民間傳說。

至於一些書中把鍾離權說成是漢代人，也是一種誤傳。一是將他與漢初的大將鍾離昧相混淆。二是鍾離權成仙後，自稱「天上都散漢鍾離權」，後人遂以「漢」字屬下，訛爲「漢鍾離」。其實，「天下都散漢鍾離權」中「天下都散漢」，意爲天下第一閑散不羈之人，或天下閑散放浪人的頭兒。若把此稱斷爲「天下都散，漢鍾離權」，意思就全擰了。

張果老

舉世多少人，無如這老漢；
不是倒騎驢，萬事回頭看。

這首詩是題給八仙之一的張果老的。張果老在八仙中的突出特點，一是老，二是倒騎驢。他本叫張果，「老」是人們對他的尊稱，也是因爲他老態龍鍾，顯得老。神仙沒有一個說自己歲數小的，可張果的大話說得更邪乎。據說唐初他就說自己得了長生秘術，已有數百歲。等到唐玄宗李隆基請他入朝，他更神吹了一通：「我生於堯時丙子歲，位侍中。」從堯到李隆基時，足有三千來年！其實，堯是我國傳說的遠古時炎黃聯盟首領，當時是根本沒有什麼「侍中」這一官職的。

張果因得宛丘、李鐵拐諸仙道法，隱居在恒州中條山（在山西境內），長生不老。張果出入常乘一匹白驢，每每倒騎之，據稱日行數萬里。更有趣的是，到了所在，住了脚，便把這驢似紙一般折疊起來，其厚如紙，置於巾箱中。想乘時則取出以水噀之，便又成了眞驢。

唐太宗、高宗及武則天都曾召他進宮，但張果皆托辭未去。後來唐玄宗派了幾撥使臣去請，到底把張果請進了宮。據說玄宗見了張果，有些疑惑，問道：「先生很有道行，可爲何齒髮衰朽如此？」張果說：「我是齒落髮稀時得的道，只好這副樣子。要是陛下看著不順眼，不如把它們盡去了更好。」說罷，將頭上的疏髮拔光，又將幾個殘缺不全的牙齒敲掉，滿嘴流血。玄宗見了大驚道：「先生何故如此？且去歇息。」過了一會，張果搖搖擺擺走了出來，面貌雖是先前的，但「青鬢皓齒，愈於壯年」。玄宗一見大喜，留於內殿賜酒。飲過數杯，張果推辭道：「老臣量淺，我有一個弟子，可飲一斗。」玄宗要見見他，張果唸唸有詞，只見從殿檐飛下一個小道士，賜他酒喝，一口氣喝了一斗，張果奏道：「不可讓他再飲」。可玄宗堅持讓他喝，只見酒從小道士的頭頂上湧出，帽子滾落在地，小道士化爲一只金榼，正是集賢院的，此榼只能盛酒一斗。

又傳說玄宗獵得一隻大鹿，張果識得這是千年仙鹿，並以鹿脖子上已銹蝕的銅牌爲證。玄宗見他像個神人，就想把女兒嫁給他，但張果謝絕了。玄宗身邊有個最親信的道士叫葉法善，此人多奇術。玄宗問他：「張果到底是什麼人？」葉老道說：「臣不敢說，一說馬上就死。若陛下能免冠跣足救臣，臣才能活。」玄宗點頭答應。葉老道說：「他是混沌初分時的白蝙蝠精變化的。」葉老道剛說完，便七竅流血，跌倒在地。玄宗急忙走到了張果面前，摘下帽子光著脚替葉道士求情。張果說：「這小子多嘴多舌，不治治他，會洩露天機。」於是以水噀其面，葉法善馬上復活了。

「伴君如伴虎」，張果老見好就收，懇請還山，玄宗同意了。後來暴卒，弟子葬之，不過是空棺而已，有人說他「屍解」了——遺棄軀殼肉體（屍骸）而仙去。

綜上所述，張果老不過是唐玄宗時的一個老朽的江湖術士，識辨千年仙鶴，使葉道士七竅流血又使其復生之類，大概是他與內侍、道士們串通起來，哄騙「聖上」的把戲，這類事史不絕書，並不稀罕。

傳說唐玄宗要把玉眞公主下嫁張果老時，他敲打著漁鼓筒板唱道：

> 娶婦得公主，平地升公府。
> 人以為可喜，我以為可畏。

以後，張果老雲遊四方，敲打著漁鼓傳唱道情，勸化世人。張果老便成了說唱道情的祖師爺了。今天仍有陝北道情、義烏道情、湖北漁鼓、山西漁鼓和四川竹琴等流傳。

何仙姑

所謂仙姑，一指仙女，二指道姑，這是高級的和比較高級的；另有不太高級的，指搞占卜下神一套的女巫，即俗稱巫婆者或跳大神的。何仙姑可謂是三者兼之。

何仙姑的籍貫有二說，一是廣州增城縣人氏，一爲湖南永州（零陵）人氏。《續通考》說：「何仙姑，廣州增城人，何泰之女也。」增城當地的傳說更爲具體，說她是增城縣小樓區新桂鄉人，原名何秀姑，生於唐武后某年農曆三月初七，中宗時八月初八升仙。父親何泰是做豆腐的，何仙姑是位「豆腐西施」，幫助父親賣過豆腐。今天新桂鄉還有何泰的墳墓，但不知是眞是假。

同所有神仙出生時伴有祥異一樣，何仙姑的出生也不同尋常。《歷代神仙通鑒》稱：「何女生而紫雲繞室，頂有六毫。」

何仙姑的得道經過再簡單也沒有了。《續通考》云：

（何仙姑）年十五，夢神人教食雲母粉，可得輕身，因餌之。誓不嫁，往來山頂，其行如飛。每朝出，暮則持山果歸遺其母。後遂避谷，言語異常。武后遣使召至闕，中路失之。景龍中白日飛升。

《集仙傳》則說她十三歲時入山採藥，遇純陽仙師，賜之一桃，道：「食此盡，他日當飛升。」自是不飢不渴，洞知人事休咎，後屍解。

於是「鄉人神之，爲構樓以居」，「士大夫之好奇者多謁之以問休咎」，這樣一來「何仙姑」的名字就叫開了。

何仙姑爲人占卜休咎，預測禍福，有幾件突出的。宋《樂善錄》載：

何仙姑在世間時，一主簿忽得天書，字不可識。以問仙姑，姑曰：「天書言：主簿受金十兩，折祿五年。」

這是何仙姑做了件好事，假借天命警告受賄的貪官。

何仙姑到底是誰的弟子也有不同說法。《潛確類書》說何仙姑爲呂岩所度，《東遊記》則謂何仙姑爲鐵拐李、藍采和兩個所同度。有趣的是，廣東增城有個何仙姑，而福建、浙江、安徽、湖南、廣西等地也都有各自的「何仙姑」，她們的「仙迹」也有些相似，大多是吃了異道人的仙桃而成仙。看來各地爲了給梓里加些光彩，都硬認了何仙姑這位「鄉親」。但似乎各地「冒牌」的仙姑並未得到合法地位，只有廣東增城的何仙姑才是「正牌」。

除增城縣城內建有何仙姑廟以外，在其家鄉小樓還建有一座何仙姑家廟，此廟至今尚存，大門兩側寫有一副楹聯：

千年履迹遺丹井；
百代衣冠拜古祠。

「履迹遺丹井」是傳說何仙姑父母給她找了個婆家，並擇定了良辰吉日。何仙姑不肯嫁人，便悄悄從家門口的水井裡「問仙」去了。去時只穿一隻鞋，另一隻綉鞋遺留在井台上。

傳說陰曆三月初七是何仙姑誕辰日，屆時鄉里要唱大戲，小則三五晚，多則幾個月。附近數十里的人們從初六下午，就來此請「仙湯」喝。所謂「仙湯」，就是仙姑家前的「問」仙井中的井水，說是喝了可包治百病。廟中的道士感到「仙湯」味道不夠，便別出心裁以井水加紅棗冰糖熬煮，製造出味道甘美的「仙湯」，分發給求湯的人們。自然，「仙湯」不能白請，要獻上可觀的供品和錢糧。初七正日子，要用三牲致祭，還請來道士打醮、誦經，做水陸道場。村裡還要唱大戲，放煙火，熱鬧非凡。

與何仙姑有關的一種廣東特產，很值得一提，那就是增城「掛綠」荔枝。所謂「掛綠」，是說「熟時紅紫相映，一綠線直貫到底」。其味道不同凡響：「爽脆如梨，漿液不見。去殼懷之，三日不變。」由於它「色香味皆殊絕」，而被視爲荔枝中「第一品」。此珍品傳說是何仙姑在大會群仙於增城西園寺時，將一條翠綠色綢帶掛在一棵荔枝樹上，「掛綠荔枝」由此感染「仙氣」而成。由於「掛綠」被附會了這種神秘說法，使其身價百倍。

藍采和

藍采和的原型是個有點才氣的流浪漢。據南唐•沈汾《續仙傳》云：

> 藍采和，不知何許人也。常衣破藍衫，六銙黑木腰，闊三寸餘。一脚著靴，一脚跣行，夏則衫內加絮，冬則臥於雪中，氣出如蒸。每行歌於城市乞索，持大拍板長三尺餘，帶醉踏歌，老少皆隨看之。機捷諧謔，人問應聲答之，笑皆絕倒，似狂非狂，行則振靴。……
>
> 歌辭極多，率皆仙意，人莫之測。但以錢與之，以長繩穿，拖地行，或散失亦不回顧。或見貧人即與之，或與酒家。周遊天下，人有為兒童時至，及斑白見之，顏狀如故。
>
> 後踏歌於濠梁，酒樓乘醉，有雲鶴笙簫聲。忽然輕舉於雲中，擲下靴衫腰帶板拍，冉冉而去。

藍采和的這套行狀，頗類似布袋和尚契此和濟顛僧。不同的是，他還是位流行歌手，歌不離口。

藍采和的姓名有些問題。陸游、龍袞、及元雜劇《藍采和鎖心猿意馬》、明末清初的《藍采和長安鬧劇》等，皆說藍采和原名陳陶。元雜劇《漢鍾離度脫藍采和》（簡名《藍采和》）則說藍采和是藝名，原名許堅。他在勾欄裡唱雜劇，中有「雪擁藍關馬不前」一本，年五十歲做壽，因失誤官身，爲官府扣打四十大棒，後爲鍾離權所引度成仙。許堅實有其人，字介石，廬江人。《全唐詩》收有其詩。金代文學家元好問曾有詩《題藍采和像》云：「自驚白鬢似潘安，人笑藍衫似采和。」則認爲藍采和決非姓藍，是因其常穿藍衫，故名。

《東遊記》說藍采和「乃赤脚大仙之降生」，更屬無稽之談。清人又將其名曲解爲「藍采荷」，進而附會爲一女仙，有些民間小戲中，藍采和是一身小旦打扮，尤爲可笑。

看來，藍采和原本不過是個玩世不恭，行爲怪僻，好唱好謔的行乞道士而已。

呂洞賓

呂洞賓是八仙中影響最大，傳說故事最多的一位。道教全眞道奉其爲北五祖之一，通稱「呂祖」。元代封其爲純陽孚佑帝君。呂洞賓在八仙中雖只排在第六位，但其名氣遠在其他七仙之上，專祠呂洞賓的呂祖廟、呂祖祠，遍佈全國各地，在許多道觀中亦多設呂祖殿或呂祖閣。

呂洞賓的姓名與籍貫有許多說法。有說他姓呂名岩字洞賓，號稱陽子，唐浦州永樂縣人。有說他名呂嵒，河中府（今山西永濟縣）人。有說呂嵒字洞濱，一字希雲，九江人。還有說他是京兆（今陝西西安一帶）人。明代天啓年間，民間流傳《呂仙自敍傳》，對呂洞賓的得名做了如下解釋：

「呂仙本唐宗室，避武后之禍，挾妻而遁，因易呂姓。以山居，名岩，字洞賓。妻又死，號純陽子。」

據《武當山誌》，呂洞賓本唐宗胄，父親姓李，母姓呂，因武后殲唐子孫，乃從母姓。其實，呂洞賓本來就是個被民間神化的一個道士。所謂「呂仙自敍」全爲後人附會，望文生義。

呂洞賓的身世也是衆說紛紜。通常的說法是，他幼年即通曉典墳百家，可考了二十多年，三舉進士不第，直到四十六歲（一說六十四歲），又去赴試，在長安酒肆遇雲房先生鍾離權，被點化而得道。

呂洞賓傳說故事中最有名的有黃粱夢、雲房十試呂洞賓、呂洞賓三戲白牡丹、飛劍斬黃龍等。呂洞賓傳說從宋代開始盛行，至元明出現了大量呂仙戲，專門敷演呂洞賓仙迹的小說也不少，除《上洞八仙傳》外，尙有明《呂仙飛劍記》、淸《呂祖全傳》、《呂祖全傳後卷》、《八仙得道》等。呂洞賓的傳說故事大體如下：

洞賓從小飽讀詩書，一肚子學問，但屢試不第。六十四歲時，已是一老翁，又去赴試。在長安一酒肆中遇一道士，偶書三絕於壁。洞賓驚奇道士狀貌奇古，詩意飄逸，因揖問姓氏。

道士道：「吾鍾離權，雲房其字也。」遂與純陽子同憩肆中。鍾離子執炊煮黃粱，洞賓於店中昏睡。夢以舉子赴京，狀元及第，始自節署，擢台諫、翰苑、秘閣，及指揮使，無不備歷。兩娶富貴家女。生子婚嫁早畢，孫甥雲繞，簪笏滿門，又獨相十年，權勢顯赫，榮耀無比。忽被重罪，抄沒家資，妻孥流於嶺表。孑然一身，立風雪中，方興長嘆，忽然夢覺，炊尚未熟。雲房先生笑吟道：

黃粱猶未熟，一夢到華胥。

「華胥」為古代傳說中的國名，《列子》稱黃帝晝寢，夢遊於華胥氏之國，故後用為夢境的代稱。

鍾離子以黃粱夢破除了呂岩功名利祿之心，呂岩乃拜鍾離為師，求度世之術。鍾離騙他道：「你志行未足，要想成仙，要等幾輩子才成。」鍾離子想考驗他是否眞心學道，於是安排了「十試洞賓」的把戲。所謂「十試」，不外是財色生死，呂岩「考試」及格，鍾離子便讓他出師了，傳其黃白之術（煉丹）和上眞秘訣。

後呂岩遇火龍眞人，得其雌雄二劍，眞人授其遁天劍法。洞賓攜劍遊於江淮，斬蛟殺虎，為民除害，並稱「削平浮世不平事」。呂岩作為民間傳說中的一位大仙，很有自己的個性，其一即「劍仙」形象。

除「劍仙」形象外，呂岩的「酒仙」特徵也很突出。好喝貪杯是他的一大愛好，他宣稱「鶴爲車駕酒爲糧」，他常「指洞庭爲酒，渴時浩飲，君山作枕，醉後高眠」，呂岩還高唱出「無名無利任優遊，遇酒逢歌且唱酬」，「行即高歌醉即吟」的詩句，簡直是一幅「酒中仙人」的自畫像。後來呂洞賓三醉岳陽樓的故事流傳開後，更使純陽子「醉」名遠揚了。

呂洞賓還是位「詩仙」。《全唐詩》載有其詩二百四十九首，詞三十首。雖有些眞僞難辨，但想來成「仙」前的呂道士肯定是個詩人。

呂洞賓的詩作有一些表現其超凡脫俗的情操，如「物外煙霞爲伴侶」，「草衣木食輕王侯」之類。還有不少詩作表現他「削除不平」的志向，充滿了劍俠的豪氣：「眉因拍劍留星電，衣爲眠雲惹碧嵐」，「兩輪日月憑他載，九個山河一擔擔」，「偶因博戲飛神劍，摧却終南第一峰」！

除「劍仙」、「醉仙」和「詩仙」雅號外，呂岩還有個不大光彩的稱號：「色仙」。呂岩雖經「十試」嚴峻考驗，而得師父鍾離子所傳上眞秘訣，及火龍眞人天遁劍法，功成圓滿，已升入仙班成了神仙，但其於「酒」、「色」二事上却從不放過，是個十分「現實」的神仙。這位「花神仙」在諸仙中是很突出的，就連他的師父也批評他：「飲酒戀花，二者並用，鐵拐諸友笑汝爲仙家酒色之徒，非虛語也。」民間傳說王母娘娘過生日時，也對前來祝壽的衆仙說：「這麼多仙，誰來給我做壽都可以，就是不讓呂洞賓來，他貪圖酒、色、財、氣。」《呂純陽祖師全傳》後卷收有呂岩「市廛混迹」諸事，其中袞州妓館、廣陵妓館、東都妓館等，三戲白牡丹」。

都留有純陽子的「仙迹」。看來呂仙愛在妓中廝混，最有名的「桃色事件」，當首推「呂純陽

《東遊記》謂白牡丹乃洛陽第一名妓，長得國色天香，呂岩一見心神蕩漾，心想：此婦飄飄出塵有三分仙氣，取之大有益處。於是化爲風流秀才登門拜訪，二人一拍即合，魚水相投，各呈風流，「自夜達旦，兩相采戰」，呂岩本是純陽，「連宿數晚，雲雨多端，並不走洩」，白牡丹大奇之，以爲遇此異人，當盡力奉承，「不怕彼不降也」。白牡丹使出渾身解數，曲盡春意，但「竟不能得其一洩」。此事被鐵拐李、何仙姑與張果老知曉，三人商量個壞主意，將一絕招暗中告訴白牡丹。次日牡丹與洞賓雲雨，至其恣意之時，「以手指其兩肋，洞賓忽然驚覺，不及提防，一洩其精」。《呂仙飛劍記》則說是黃龍禪師教給牡丹這一絕招兒。純陽子丟了元陽至寶，吃了大虧，惱得他飛劍去斬禪師。不料黃龍禪師法力極大，將其二劍收去，呂岩只得拜服。黃龍禪師將雄劍留下護法，只把雌劍還呂岩，並命他佩在背上，叫做「洞賓背劍」。

呂岩對自己的好色倒直認不諱，並有一套理論根據。在《東遊記》第三十一回中他對鍾離子道：「嗜欲之心，人皆有之，而遇美色，猶爲難禁。弟子雖已脫胎換骨，遇此絕世佳人，不能自持，不免迷戀。」古人云：「食、色，性也。」看來神仙也難過美人關。

呂仙戲牡丹一事很難說得淸楚，但他本是一風流道士大概不會錯。出家人中的風流韻事史不絕書，歷代筆記、明淸小說中屢見不鮮。呂岩身爲「高級」道士，出現些桃色新聞也毫

不奇怪。

呂洞賓集「劍仙」、「酒仙」、「色仙」於一身，成了一位充滿人情味的大仙，受到人們的喜愛。呂岩曾發大誓願：「必須度盡天下衆生，方願上升也。」這完全是一副救苦救難、大慈大悲的男菩薩形象，可與佛門觀世音相媲美。正如《聊齋志異》作者蒲松齡所言：

> 故佛道中惟觀自在，仙道中惟純陽子，神道中惟伏魔帝（關帝），此三聖願力宏大，欲普渡三千世界，拔盡一切苦惱，以是故祥雲寶馬，常雜處人間，與人最近，而關聖者，為人捍患禦災，靈迹尤著。

這也是全國各地遍佈呂祖廟的重要原因。

幾乎所有大城市都有宏偉的呂祖廟，但最著名者要屬山西芮城之永樂宮。此宮在芮城西永樂鎭上，傳爲呂洞賓之誕生地。呂死後，鄉人將其故居改爲「呂公祠」，後擴充爲道宮。據《宋史・陳摶傳》載，呂岩爲「關西逸人，有劍術，年百餘歲。步履輕捷，頃刻數百里，數來摶齋中。」看來，這位大名鼎鼎的純陽祖師的原型，不過是一位會劍術，有點法術，雲遊四方的老道。後人不斷加以附會，爲其編織了豐富多彩的衆多仙話，終而成爲諸仙中之卓著者。

韓湘子

韓湘子，本名韓湘，是唐代大文學家、刑部侍郎韓愈的侄孫。清代學者俞樾在《茶香室叢鈔》說韓湘「固功名之士，世傳爲仙，非其實也」。

據說韓愈倒是有個學道的族侄。這位侄子是位少年，韓愈讓他到學校裡讀書，但他折騰得別人無法念書，韓愈只好把他送入廟中讀書。沒幾天，寺主前來告狀，說他輕狂不好好念書。韓愈十分生氣，斥責他道：「市井小民都要有一技之長來謀生，你如此胡鬧，將來能幹什麼？」其侄道：「我有一藝，恨叔不知。」因指階前牡丹曰：「叔父想要此花開成青、紫、黃、赤，憑您吩咐。」於是他用物遮起牡丹叢，不讓人窺視，七日後，這株紫牡丹開成了白紅綠三色牡丹，最奇的是花朵上有紫色字迹，成一聯詩：

雲橫秦嶺家何在，
雪擁藍關馬不前。

韓愈大爲驚異，其侄辭歸江淮，竟不願仕。

韓愈的這位好道、會點魔術的侄子，自然不是侄孫韓湘，不過這位侄子似乎也並非子虛烏有。韓愈寫過一首《徐州贈族侄》詩：「擊門者誰子？問言乃吾宗。自云有奇術，探妙知天工。」大概就是寫給這位使牡丹變顏色的侄子的。但後人把這位族侄事安在了侄孫韓湘身上，並尊之爲「韓湘子」。

後來韓愈上表諫阻佞佛的唐憲宗迎「佛骨」進京，憲宗大怒，將他貶到荒遠的潮州去做刺史。途中有一人冒雪而來，原來正是韓湘，對韓愈道：「您還記得當年花上的句子嗎？說的就是今日事也。」韓愈一打聽這裡地名，正叫「藍關」，於是嗟嘆再三，方信湘之不誣也。韓愈對韓湘道：「我爲你湊成一首完整詩吧。」遂賦道：

一封朝奏九重天，夕貶潮陽路八千。欲為聖朝除弊事，肯將衰朽惜殘年？雲橫秦嶺家何在？雪擁藍關馬不前。知汝遠來應有意，好收吾骨瘴江邊。

此即著名的《左遷至藍關示侄孫湘》，寫得很不錯。顯然，韓湘子的詩讖和雪擁藍關的故事是根據韓愈的詩而編造出來的。元人據此編寫了《韓湘子引渡升仙會》、《韓退之雪擁藍關記》等雜劇。

明末楊爾曾撰有《韓湘子全傳》，凡三十回，二十萬言。書敘漢丞相安撫之女靈靈有才貌，漢帝欲將其賜婚皇侄，安撫堅辭不允。漢帝大怒，將其罷職發配。靈靈鬱鬱而死，投生爲白鶴。白鶴受鍾離權、呂岩點化，投生爲昌黎城韓會之子，乳名湘子，幼喪父母，由叔父韓愈撫養。湘子長大，又得鍾、呂二仙傳授修行之術。韓愈怒斥之，因遁至終南山修道，得成正果，爲八仙之一。

韓湘子屢次化形，度其叔，但韓愈始終不悟。韓愈官至禮部侍郎，因諫迎佛骨，被貶至潮陽，路經藍關，雪擁不前，湘子出而點化，護送至任。潮陽有鱷魚爲患，韓愈作《祭鱷魚文》驅之，湘子施法相助，鱷魚遁去。唐憲宗聞之，瞭解韓愈之冤，欲召回復職。韓愈僞死不赴，遂入卓韋山學道，後成正果。

韓愈諫迎佛骨，被貶潮陽，雪擁藍關，驅鱷魚文等史實有徵，其餘則爲迷信宣傳。

曹國舅

曹國舅是八仙中出現最晚的一個，他的身世有三種說法。

一說其係宋仁宗曹皇后的長弟，名景休。據《歷代神仙史》云：

(景休)天資純善，不喜富貴，酷慕清虛。……國舅有弟驕縱不法，後罔逃國憲。國舅深以為恥，遂隱迹山岩，精思元理，野服惠巾，經旬不食。一日遇鍾離、純陽二祖，問曰：「聞子修養，所養何物？」對曰：「養道」。曰：「道何在？」曹舉手指天。曰：「天何在？」曹引手指心。二祖笑謂曰：「心即天，天即道。子親見本來面目矣。」遂授以還真秘術，引入仙班，有仙傳、文集傳於世。

《神仙通鑒》說得更具體些。曹景休弟名景植，恃勢妄爲，曾不法殺人，包拯案之，伏罪。景休深以爲恥，遂隱迹山間，矢志修道。

但歷史上並無曹景休其人。《東遊記．國舅學道登仙》所敘，與以上略同，但稱其名爲曹友。

一說曹國舅係宋仁宗朝之大國舅，名諱不詳。據明無名氏所撰《龍圖神斷公案》卷七《獅兒巷》：曹國舅乃宋仁宗之大國舅。時有廣東潮陽縣秀才袁文正，携妻張氏往京城赴試。二國舅貪戀張氏姿色，邀袁生夫婦入府，絞死袁生，逼迫張氏。張氏不從，監幽深房。

袁生魂訴包公，包公准究。時大國舅慮此事被包公嚴罪，乃告知二國舅，務將張氏置於死地，以絕後患。於是二國舅投張氏於井。張氏逃逸，太白金星化作老人引之出。張氏途遇大國舅，誤以爲包公，投呈訴冤。大國舅接呈大驚，罪以衝道，令鐵鞭擊之。疑張死，棄屍僻巷。

張氏醒後，往訴包公。包公問清眞情，詐病，賺大國舅來府問疾。包公令張氏出訴，遂將大國舅長枷監禁。又作假書騙二國舅來府，令張氏面訴冤情，又將二國舅枷入牢中。曹皇后暨仁宗親來勸釋，包公不從，令將二國舅押赴法場處決。仁宗頒詔大赦天下罪犯。包公領詔，令開大國舅長枷。

大國舅獲釋，自謂死中復生，遂入山修行，得遇眞人點化，引入仙班。

這一傳說故事，倒較符合一般皇親國戚的本來面目，二國舅是個道道地地的花花公子、混世魔王，大國舅也是個邪惡之徒。就是這個可惡的傢伙，只要能改過從善，竟也能加入八仙之列，總叫人感情上無法接受。

一說曹國舅即宋朝的曹佾。曹佾爲宋初名將、魯國公曹彬之孫，其姐即宋仁宗趙禎的皇后。曹皇后是歷史上能幹的皇后之一，史稱其性慈儉，重稼穡，常於禁苑中種穀親蠶。還能寫一手好字，善飛白書。一次宮內突發兵變，曹后當機立斷，組織近侍相拒，佈置井井有條，迅速平定叛亂，救了仁宗。可謂智勇雙全，不愧將門之女。神宗即位，成爲太皇太后，竭力反對王安石變法，成爲保守派的後台。

其弟國舅曹佾，字公伯。性情和易，通音律，善於奕射，喜作詩，多才多藝。靠著曹后的權勢，做了同中書門下平章事的高官，後封濟陽郡王。曹佾是個很會明哲保身的人物，在當時政治動盪的時代，他却安然無恙，一帆風順。曹佾的訣竅是一出朝門，從來不談國事。神宗曾對大臣們說：「曹王雖用近親貴，而端拱寡過，眞純臣也！」這位「純臣」靠著自己的一套處世哲學，悠哉悠哉地活了七十二歲，這在當時是個了不起的歲數。曹佾可謂福、祿、壽三全了。但其並無任何成仙之事。正如清代學者趙翼所言：「傳聞之妄也」。

曹國舅是如何進入八仙之列的，確有些莫名其妙。在後來的八仙形象中，曹國舅不是葛巾野服，一身隱士打扮，而是身著紅官袍，頭戴紗帽，臉上塗著豆腐塊，一副小丑縣官模樣。八仙故事普及以後，民間的廟會扮了他們來娛神，貴人們的筵宴上扮了他們來祝壽，八仙的形象服飾也就與戲劇掛上了鈎，戲曲中生旦淨末丑的行當也挪到了八仙身上。這樣扮起來讓人覺得五花八門，熱鬧非凡。高蹺會上，如只有才子佳人、綠林好漢，總會使人感到缺點什麼，於是在其中必得夾上一個花花公子的小丑，跳來蹦去，做出種種滑稽表演，顯得氣氛十分活躍。所以有人指出，或許八仙中的曹國舅就是承擔這種使命而登場的（木也《說「八仙」》，載於《神話仙話佛話》）。

第七部

五花八門行業多　三教九流各立神

行業神之首
——魯班

魯班先師

在世界各民族的神話傳說和創世史詩中，差不多都塑造了匠神和手藝神，我國古代也產生了一批匠神，而家喻戶曉、影響最大的，要首推魯班。歷史上的一個著名工匠，被神化爲名聲最大的匠神，被木、瓦、石等土木建築行業奉爲祖師爺。

魯班在歷史上實有其人，他是我國春秋末期魯國的一位著名工匠。他生於魯定公三年（公元前507年）或魯哀公初年（公元前494年左右），大約活了六七十歲。

魯班又叫公輸般、公輸子，因爲他是魯國人，故被稱爲魯班（或魯般，班、般通用）。魯班的出身也有不同說法。一種認爲他本身就是工匠。《呂氏春秋・愼大覽》：「公輸般，天下之巧工也。」《孟子·離婁》亦稱：「公輸子之巧。」注云：「公輸子，魯班，魯之巧人也。」有人還進一步把他說成是窮工匠：「公輸子能用人主之朽木，以構宮室台榭，而不能自爲專屋狹廬，材不足也。」（東漢·桓寬《鹽鐵論·貧富篇》）就是說魯班有本事給老爺們建造漂亮的宮室和樓台亭閣，可給自己蓋間「小廚房」都辦不到，材料老湊不齊。這完全是一個窮匠師的窘困形象。

還有一種看法，魯班可能出身於工匠世家。據《禮記·檀弓》載：「季康子之母死，公輸若方小，斂，（公輸）般請以機封。」東漢鄭玄對此注道：「斂，下棺於槨。（公輸）班，（公輸）若之族，多技巧者。見若掌斂事，而年尚幼，請代之。而欲嘗其技巧。」看來，公輸班可能出身於世代爲木工的氏族，見同族的公輸若年輕，對棺槨之類的斂事管理起來有困難，他憑藉自己高超的技術，便代替公輸若承擔了起來。

另外還有一種完全不同的說法，漢代趙岐在給《孟子·離婁》作注時，說魯班「或以爲魯昭公之子」。不過，多數古籍都稱魯班爲「巧工」、「巧匠」，即是一技術高超的工匠，這也與後世魯班傳說一致。至於魯班乃貴公子出身的說法，在後世沒有什麼影響。

魯班活動的時代正處於春秋戰國之交，一般看法這正是我國奴隸制、封建制瓦解的社會大變革時代。這一時期由於鐵器的廣泛使用，生產力有了很大提高，同時，手工業也有了進一步發展。以木工爲例，早在西周即已有很細的分工：「分攻木之工七」（《周禮·考工記》）。這七個木工工種分別是「輪、輿、弓、廬、匠、車、梓」。到了戰國時代，木工的用武之地更多了，主要業務是建築房屋、製造戰車和車舟等交通工具以及棺槨等。當時手工業者有一定的活動自由，所以魯班才有可能到楚國去，爲楚國製造了雲梯。《墨子》的《公輸篇》和《魯問篇》記述了魯班（公輸班）爲楚國造雲梯、鈎強（船上作戰的武器）等武器，但更多的記載是，他的發明和製作都是有關民生日用的，如鏟、鑽、曲尺等。

魯班在當時是以「巧」著稱於世的！

公輸子之巧，不以規矩，不能成方圓，（《孟子．離婁》）

公輸子削竹、木以為鵲（鵲），成而飛之，三日不下，公輸子自以為至巧。（《墨子．魯問》）

魯般、墨子，以木為鳶（鷹）而飛之，三日不集。（《淮南子．齊俗訓》）

世傳言曰，魯班巧，亡其母也。言巧工為母作木車馬，木人御者，機關備具，載母其上，一驅不還，遂失其母。（《論衡．儒增》）

魯班做成木鳥飛上天是有可能的，但連續飛上三天不落下，就是今天的現代化飛機也辦不到（中途空中加油不算）。至於說魯班曾做了一輛木車馬，趕車的也是個機器人，可以趕著車走，這也是有可能的，大概是歷史上最早的機器人。但說他母親坐在車上，開動機關後，跑得無影無踪，把自己母親也丟了，這就太離奇了。看來，對魯班的智巧，當時就已增加了不少誇飾成分。漢代學者王充即指出這些傳說「必失其實者矣」。後世有關魯班的傳說更是源源不斷地產生出來。

魯班的傳說在唐代已大量出現並流行全國。魯班由最初的一個巧木匠而成爲一名超級建築工程師，他的活動範圍已由木工行當擴充到整個建築業，並增加了許多誇張和神異的內容。正如唐代段成式《酉陽雜俎・續集》卷四所說：「今人每睹棟宇巧麗，必強謂魯班奇工也。至兩都寺中，亦往往托爲魯班所造，其不稽古如此。」

魯班傳說最有名的，是家喻戶曉的「魯班爺修趙州橋」。這個傳說最早出現在何時已不可知，最初編撰的《湖海新聞夷堅續誌》載：

趙州城南有石橋一座，乃魯般所造，極堅固，意謂古今無第二手矣。忽其州有神姓張騎驢而過橋。張神笑曰：「此橋石堅而柱壯，如我過，能無震乎？」於是登橋，而橋搖動若傾狀。魯般在下，以兩手托定而堅壯如故。至今橋上則有張神所乘驢之頭尾及四足痕，橋下則有魯般兩手痕。此古老相傳，他文未載，故及之。

以後這位姓張的神仙被說成是張果老，並又增加了柴王爺，張果老褡褳裡裝著日、月，柴王爺的車上推著四大名山（或五岳），魯班在橋下托住橋，趙州橋經住了嚴峻考驗。

魯班傳說數不勝數，各地傳說又有情節相似的類型化現象。如魯班鋦塔傳說，北京就有魯班鋦白塔寺的白塔的傳說，而河南邙山、太原雙塔、廬山千佛塔、西安大雁塔等，全有魯班鍋塔的傳說。再如魯班送蟈蟈籠子或其他小東西給工匠暗示設計圖樣，在很多地區都有這類傳說。

唐宋以來行會制度十分普遍，許多手工業如木作、磚瓦作、石作、竹柳作等，都有自己的行會組織，這種行會到明清時轉化爲行幫。每一行都有自己的祖師即行業神，木、石行奉魯班爲祖師。據《魯班經》記載，明初木工已在北京建廟祭祀魯班。其他地區也「立有魯班廟，以爲祈報」。

供奉魯班神像的魯班殿又叫祖師殿，行會議事，訂行規、工價，乃至師傅收徒，都在祖師殿內舉行。祭祀魯班的日期，各地也不盡相同，分別爲農曆五月初七、六月十六、六月二十四、七月七、臘月三十等。香港的「三行」(泥水、木工、搭棚)工人把六月十六日定爲「魯班節」。這日要放假一天，建築工人們白天到西環青蓮台的魯班古廟去敬香參拜，隆重祭祀；入夜則大擺筵席，開懷暢飲，與神同樂。「三行」工人們都認爲喝了先師的誕辰酒，可保全年平安無事。

魯班雖被奉爲神，但他與那些不食人間煙火的神佛完全不同。魯班爺是中國能工巧匠的卓越代表。民間傳說中，他被描繪成一個面貌和善，衣著破舊，四處奔波爲同行排憂解難的忠厚長者形象。他是勞動人民非凡的聰明才智和創造力的化身。

造字之神蒼頡

造字先師倉頡

陝西白水縣史官鄉有座蒼頡廟。廟宇規模宏偉，早在兩千年前的東漢年間，此廟已具有相當規模，其中包括前殿、正殿、後殿、獻殿鐘鼓樓等。

後殿正中供奉蒼頡神像，與衆神不同的是，神像有四隻眼睛。傳說蒼頡是從天上降到凡間的神人，他的品德高過大聖賢，長著四隻眼睛，神光四射。他「生而能書」，發明了文字。

我國早在仰韶人時期，就有了圖畫文字。由圖畫文字逐步演化成了眞正的文字，殷商時代的甲骨文，遺存至今的尚有三千五百多個字，甲骨卜辭記載了當時人們的種種社會活動。文字的形成，標誌著人類進入了文明的門檻，在人類社會發展史上佔有極其重要的地位。人們要感謝和頌揚文字的創造者，於是出現了造字神話和造字之神蒼頡這個傳說人物。蒼頡被神化為天神下凡，他有超過凡人一倍的眼睛，並且金光四射，這樣就使他具有遠遠超過常人的特異功能，能看得更多、更遠、更清，因而創造了文字。

其實，造字是人類社會活動中的一種群體活動，是許許多多人共同努力的結果。當然，其中也有一些聰明智慧之士，集中總結廣大群衆的集體創造，進行了整理、加工和提高，這些人對文字的形成做出了很大貢獻。蒼頡大約是其中最傑出的一位。於是，古人把文字的發明權集中給了蒼頡一人。

蒼頡又作倉頡，是個傳說中的人物。傳說他是黃帝時的史官，所以陝西省白水縣他生活過的地方和最後安葬處就叫史官鄉。他的名字和造字功勞，早在戰國時期就出現在許多古籍中，蒼頡大概是為整理古代文字做出過巨大貢獻的人物。也可以說，他是許許多多文字創造者的化身。

在陝西白水蒼頡廟後殿神像下面，相傳有隧道可以通到殿後的蒼頡墓中。蒼頡墓為圓形土堆，高有一丈，墓頂有一棵奇特古柏，枝幹每年輪流枯榮，俗稱「轉枝柏」。

酒神杜康

酒中八仙圖(部分)

三國時魏武帝曹操寫過一首有名的《短歌行》，其中有兩句是：

慨當以慷，憂思難忘。何以解憂？唯有杜康。

詩中的「杜康」是位酒神，傳說是古代最早造酒者，他的名字也用以指酒。

漢・許愼《說文》第七中稱：

古者少康初作箕帚、秫酒。少康，杜康也。

秫，是黏高粱。在夏朝少康時，已經用高粱釀酒了。少康姓姒，啓的孫子。父親被寒浞所殺，他聯合夏朝大臣攻殺寒浞，恢復了夏朝統治，自己做了國王，史稱「少康中興」。夏代政權是啓建立的，但眞正把這個政權鞏固下來的，是少康。夏代傳世四百餘年，少康起了重大作用。

少康即杜康，他曾做過有虞氏（今河南虞城南）庖正，並在此成家。今天河南汝陽縣還有個杜康村，傳說是杜康造酒處。最近，還在村中發現了一座古代造酒遺址，經專家鑒定，爲三國建安時期的文物。酒灶寬兩米半，深兩米，用磚鋪成，火門完整無缺，爐膛內還殘存不少木炭，並出土了三件酒器和一些陶器殘片。這對我國造酒史研究頗有價值。

其實，杜康並不是傳說中最早的造酒人。還有一位儀狄，要比杜康早得多。

儀狄是傳說中夏禹時的釀酒者。《古史考》稱：「古有醴酪，禹時儀狄作酒。」《戰國策・魏策二》對此有詳載：

昔者帝女令儀狄作酒而美，進之禹，禹飲而甘之。遂疏儀狄，絕旨酒，曰：「後世必有以酒亡其國者」。

夏禹疏遠善釀美酒的儀狄，不愧爲賢明之君，爲後世國君做出了榜樣，可惜，歷代帝王沒有幾個人能做到。

十六國時前秦的秘書侍郎趙整爲此做過很好的注脚：

秘書侍郎（趙）整以（符）堅頗好酒，因為《酒德之歌》，乃歌曰：「地列酒泉，天垂酒池。杜康妙識，儀狄先知。紂喪殷邦，桀傾夏國。由此言之，前危後則。」

那麼，最早釀酒者即爲儀狄嗎？不然。

宋人竇苹在其所撰《酒譜》中，做了論證。竇苹認爲酒的出現源於祭禮，「古者食飲必先祭酒」。此說有理，酒並非是由哪一個人首先發明出來的，而是逐步演化而成的。酒的產生，實際上是在還沒有文字記載的歷史之前即已有了。考古發現，遠在五千多年前的新石器時代龍山文化早期，就有釀酒和飲酒器物出土。最早的酒是用植物的塊根或果實釀製的，如以甘蔗、麻根、都柿等釀酒。農業興起以後，才出現用穀物釀酒。酒的發明，可能是人類在採集活動中把剩下的果實保存起來，經過日曬、醱酵而積水爲酒；或是婦女在哺乳嬰兒時發現的（哺乳時可能發現酒味）。今天還有馬奶酒，即以馬奶醱酵而成。自從酒問世以來，經歷了自然醱酵的果酒、榨製酒（如黃酒）和蒸餾酒（如白酒）這三個發展階段。酒的發明是集體的產物。至於古書所載「儀狄始作酒醪，變五味。少康作秫酒」。（《世本》）不過是說儀狄、少康（杜康）是古代傳說中的釀酒高手罷了。

獄神皋陶

獄神皋陶

中國是個有造神傳統的國度，各種神明品種齊全，應有盡有。即使在監獄裡，也有所謂獄神存在。因年代久遠，古代監獄今天已多不復存在，獄神自然也不易見到了。但有一處獄神至今總算安然無恙，他就在大名鼎鼎的山西洪洞縣蘇三監獄裡。

這座監獄的出名也與京劇《玉堂春》的流傳有很大關係。戲中寫的是明代名妓蘇三（即玉堂春），與吏部尚書的公子王金龍之間的曲折愛情故事。其中有一折《女起解》，是演蘇三被誣殺人，囚於洪洞縣獄中之事。《玉堂春》原本取材於明代小說《玉堂春落難逢夫》，這一故事和戲劇的流傳，使得洪洞縣大獄——人們習慣叫它「蘇三監獄」，名揚四海。

這座監獄建於六百多年前的明朝初期，是我國保存最完整的一座明代監獄，也是中國現存最早的監獄。可惜一九七三年被一夥愚蠢的當權派毀掉，十年後才又重新修復。蘇三監獄是指獄中的死囚牢，當地人俗稱「虎頭牢」。

死囚牢在普通牢房的南盡頭，近面牆上畫有一個齜牙咧嘴的巨大「虎頭」，下面有個十分低矮狹小的門洞，恰似虎口。「虎頭門」僅高三尺，牆壁卻有八尺厚。雙門雙牆，堅固異常。進入此門，不僅要大彎腰，還得屈腿下蹲。牢門頂上的「虎頭」，其實並非老虎，而是一種傳說中的猛獸——狴犴。明代學者楊愼說：「俗傳龍生九子不成龍，各有所好。……四狴犴，形似虎，有威力，故立於獄門。」古人說它「平生好訟」，所以把它的尊容畫在獄門之上。

「虎頭門」對面就有個獄神廟。說是廟，其實不過是在高牆的半腰裡，嵌著一個用砂石雕刻好的神龕，龕裡有磚刻的三尊小小的神像，中間坐著的是位老者，表情還算和善，形態也還端莊。兩旁是兩個小鬼，則凶神惡煞，面目猙獰，鬼模鬼樣。中間的老者，即所謂獄神了。過去監獄裡有一條規矩，允許犯人們每天去參拜獄神。《女起解》中，解差崇公道要押送蘇三去復審，蘇三請求道：「請老伯稍等，待我參拜了獄神再走。」她的唱詞有幾句是：

低頭出了虎頭牢，獄神廟前忙跪倒，
望求爺爺多保佑，我三郎早日得榮耀。

獄中的犯人們叫天天不應，呼地地不靈，求告無門，只有可憐兮兮地把全部希望寄託在獄神身上。

這位獄神到底何許人也？不少談蘇三監獄的文章，都說「不清楚」。這位獄神，應是堯時的大臣皋陶。有史書記載皋陶據說是當時的最高法官，他制定了法典，用刑法斷決案件，史籍載：「皋陶造獄，法律存也」。就是說，他是牢獄的首創者，是遠古聲名最著的刑獄之神。皋陶還是位清正的法官，史稱其「決獄明白，察於人情」。皋陶任大法官時，「天下無虐刑」，實屬難得。

茶神陸羽

陸羽不喜為官

茶是中國人對人類的特殊貢獻之一，它不僅成爲中國人傳統的飲食習俗，並且還傳到國外，受到各國人民的歡迎。唐代著名詩人元稹曾寫過一首咏茶《七字詩》，詩中對茶進行了由衷的讚美。

不過，茶被當作家庭普遍飲用的飲料，要比酒晚得多。最初，茶是被當作藥材，也不叫「茶」。「茶」字是在唐代定下來的。在唐之前的古籍中，只有「茶」、「檟」、「蔎」、「茗」等字，茶是一種苦菜，也當「茶」字用。最初稱茶爲「苦菜」。《詩經》中就有「誰謂茶苦」，「採茶薪樗」之類的詩句。

在長期的醫藥實踐中，人們逐漸認識到茶不但可以治病，而且還能清熱解渴，健腦提神，並富有清香氣味，是一種極好的飲料。於是人們開始大量種植、採製，漸漸養成了一種飲茶習慣。但「荼」在唐前，有當名詞用的（如「謂誰荼苦」），有當動詞用的（如「荼毒生靈」），還有當形容詞用的（如「如火如荼」），隨著飲茶越來越深入人們的生活之中，作爲飲用植物的「荼」越來越廣泛，爲避免與「荼」字的其他涵義相混，唐人便把「荼」字減去一筆，而成了「茶」字，「茶」字便成了這種飲料的專用名詞了。當時，「荼」、「茶」二字讀音是相同的，不像今天二字的讀音相差很大。

茶從藥用過渡到飲料，大約是在西漢。司馬相如的《凡將篇》和王褒的《僮約》中，都有茶的記載。

飲茶的普及和盛行是在唐代，而茶學專家陸羽和《茶經》的出現，更稱得上是飲茶史上的一座里程碑。

陸羽生活在唐玄宗至唐德宗年間，大約活了七十歲。陸羽雖然長壽，但其一生卻極其坎坷。他剛一降生人世，就被父母遺棄在復州竟陵（今湖北天門）的河岸邊。他的哭聲驚動了附近龍蓋寺的一個和尚（一說是智積大師），將其收養。這個小孤兒模樣不佳，卻極聰明。「及長，聰俊多聞，學贍詞博，詼諧談辯，若東方曼倩（即西漢大滑稽家東方朔）之儔。」（《大唐傳載》）

因是孤兒，父母無踪，故無名無姓。他得名陸羽有兩種說法：一是「竟陵龍蓋寺僧姓陸，於堤上得一初生兒，收育之，遂以陸爲姓。」一說，他爲此求助於《易》卦，卜筮得到的卦辭爲：「鴻漸於陸，其羽可用爲儀。」這一卦辭出於《易經・漸卦》：「上九：鴻漸於陸，其羽可用爲儀。吉。」

鴻，水鳥也。漸，這裡作「進」講。儀，此指古文舞的道具，用鳥羽編成。漸卦是說家庭生活的卦。「上九」卦辭的意思是：水鳥到了高平地，牠的羽毛可以編成文舞的道具。這個小和尚看這一吉卦倒與自己的身世相合，很高興，便以陸爲姓，以羽爲名，以鴻漸爲字。

小陸羽在寺中受了不少苦，後不堪忍受，逃離了寺廟。他做過優伶，當過伶師。陸羽多扮演丑角，演了一些滑稽戲，顯示了他詼諧善辯的才能。但生活經歷的不幸又常使他「獨行野中，誦詩擊木，徘徊不得意，或慟哭而歸」。陸羽淡薄名利，他曾作詩曰：

不羨白玉盞，不羨黃金罍，亦不羨朝入省，亦不羨暮入台，千羨萬羨西江水，曾向竟陵城下來。

陸羽通過自學，有很高的文學修養，結交了顏眞卿、張志和等一批名士。史書稱其有文采，好深思，「恥一物不盡其妙，茶術尤著」。陸羽性嗜茶，他爲了研究茶的品種和特性，遊歷天下，遍嚐各地出產之茶，遍嚐各地之水，常要親身攀葛附藤，深入產地，採茶製茶。友人皇甫曾寫詩讚道：「千峰待逋客，春茗復春生。採摘知深處，煙霞羨獨行。」皇甫冉也有詩曰：「採茶非採綠，遠遠上層崖。布葉春風暖，盈筐白日斜。舊知山寺路，時宿野人家。」這些正是陸羽深山採茶、孜孜追茶求術的眞實寫照。

朝廷聽說陸羽很有學問，就拜他爲太子文學，不久又叫他做太常寺太祝。但陸羽對當官毫無興趣，根本不去，一心撲在了研究茶上。陸羽隱居苕溪（在今浙江西北部），專心著述。他累積多年經驗，終於寫出了《茶經》這部中國第一部，也是世界第一部研究茶的專著。《茶經》記述詳備，將茶的性狀、品質、產地、種植、採製加工、烹飲方法及用具等，皆盡論及。此書開茶書先河，以後的百餘種茶書皆源於此。

在江西上饒市廣教寺內，有著名的「陸羽泉」。他曾在此隱居多年，築有山舍。宅外種植茶園數畝，並開鑿一泉，水清味甜，被品爲「天下第十四泉」。傳說《茶經》是在這裡寫出的。陸羽泉至今保存完好。

陸羽對人們的飲食生活做出了很大貢獻，人們要感謝他、紀念他，陸羽死後不久，就被奉爲「茶神」。唐人李肇在《唐國史補》卷下中，就記載了一位刺史視察庫房時發生的一件趣事：

刺史乃往，初見一室，署云「酒庫」，諸醞畢熟，其外畫一神。刺史問：「何也？」答曰：「杜康。」刺史曰：「公有餘也。」又一室，署云「茶庫」，諸茗畢具，復有一神。問曰：「何？」曰：「陸鴻漸也。」刺史益善之。又一室，云「菹庫」，諸菹畢備，亦有一神。問曰：「何？」吏曰：「蔡伯喈。」刺史大笑，曰：「不必置此！」

這位庫官以夏代的杜康爲酒神，來鎭酒庫；以陸羽爲茶神，來鎭茶庫，刺史認爲很應該。至於以蔡伯喈爲菹庫神，就有些不倫不類。菹，就是酸菜，蔡伯喈即蔡邕，是東漢末的大文學家、著名才女蔡文姬的父親，他怎麼與酸菜發生了關係？大概這位自作聰明的庫官取「蔡」與「菜」同音，就找了歷史上一位姓蔡的名人，來當「菜神」了，難怪惹得刺史大笑。

當時的陸羽像多爲陶瓷製品，爲茶商和茶肆老板所供奉。《因話錄》載：「陸羽性嗜茶，始創煎茶法，至今鬻茶之家，陶其像置於錫器之間，云宜茶足利。」《唐國史補》又載：「鞏縣陶者多爲瓷偶人，號陸鴻漸，買數十茶器得一鴻漸，市人沽茗較利，輒灌注之」。《唐書‧陸羽傳》亦稱：「時鬻茶者至陶（陸）羽形，置煬突間，祀爲茶神。」

此俗到了宋代亦然。宋代歐陽修也說：「至今俚俗賣茶肆中，常置一偶人於灶側，云此號陸鴻漸。」

茶走入了文人生活，不僅爲了解渴提神，更能陶冶性情。品茶給文人學士帶來了無限的情趣和歡悅。大詩人白居易在《食後》咏茶詩中，寫道「食罷一覺睡，去來兩甌茶。」顯示了飲茶的樂趣。宋代蘇軾甚至說「從來佳茗似佳人」的話。

我國古代還有以茶作爲姑婚聘禮的習俗。明《天中記》說：「凡種茶樹必下子，移植則不復生。故俗聘婦必以茶爲禮，義固有所取也。」這是由於茶樹的栽培只能下種，不能移植，人們取其含意，把茶作爲女方接受男方的訂婚聘禮，叫「受茶」或「茶禮」。《紅樓夢》第二十五回，王熙鳳對林黛玉說：「妳既然吃了我們家的茶，還不給我們家當媳婦？」就用了「受茶」這個典故。

早在唐朝，茶即傳入日本。十七世紀初，我國茶葉輸入歐洲及其他地區，成爲世界各國人民喜愛的飲料之一。

太上老君與窰神

牛馬王

早在原始社會，人們學會了製作陶器，陶器的發明是人類的一大進步。陶器在新石器時代以後，大量出現了。最初燒製陶器是露天燒陶，以後有了專門燒製陶器的陶窰。據考古發現，我國仰韶文化的陶窰是相當進步的。在燒陶的基礎上，逐漸發展到燒製磚瓦瓷器等，燒製這些器物的專門建築物，被稱爲磚窰、瓦窰、瓷窰等，燒製磚瓦陶瓷也成爲重要的手工藝之一，成爲一種專門的行業。窰工們爲了紀念和感謝陶瓷業的行業神，並希望得其福佑禳災，故無不供起窰神，修建了許許多多的窰神廟。

窰神廟中供奉的窰神並不是一位，竟多至七八位。據清咸豐二年（1852年）陝西耀州窰《重修陳爐鎮西社窰神廟四聖祠並歌舞樓碑記》，明確指出「以舜爲主，配享者老子、雷公」。可知這三位爲窰神廟之主神。

舜是傳說中的五帝之一，炎黃聯盟的首領。他被當作陶神，是因傳說舜「昔者爵耕於歷山，陶於河濒」（《墨子·尚賢》）。這與「神農（即炎帝）耕而陶」（《世本》）的傳說，十分相似。

老子是道家創始人，被道教奉爲祖師爺，號「太上老君」、「道德天尊」。道教講究煉丹煉汞，這就需要掌握火候。燒製陶瓷用品也直接與火打交道，掌握火候很重要，於是便把「八卦爐」的主人李老君視爲爐神——窰神了。老君不只是窰神，還身兼數神，凡是與火爐有關的行當，比如打鐵的、鑄鍋的，還有補鍋的等鑄造行業，也都以老君爲祖師。

另外，燒窰要大量取土，但舊時有個迷信觀念，認爲土是太歲神所管，俗話說：太歲頭上動土——膽大妄爲！因而取土即要觸犯太歲神，免不了受到災禍。但窰工們請來了太上老君，級別高多了，完全可以管住太歲，於是窰工們取土時便沒有任何顧慮了。

雷公是司雷之神，與風雨有密切關係。古代燒窰因條件所限，也往往仰仗自然氣候，雷雨天對煤柴等燃料和窰器的質量有很大影響。窰工供奉雷公是希望得到自然神的恩賜，燒窰時天氣晴好，使得窰器產量多，成色好。有的地方，窰神廟中的雷公實指製瓷高手，如陝西白水縣瓷窰所供雷神是當地製瓷名匠雷祥。

窰神廟中除舜王、老君、和雷公三位主神外，還有四位小神，即山神、土地和牛馬二王。土和山是燒製磚瓦陶瓷的原料的來源，否則就成了無源之水，無本之木。「巧婦難爲無米之炊」，沒有了土石，窰工便斷了生計。所以要感謝和祈求山神和土地。牛馬二王即畜力馬與牛。古代沒有卡車拖拉機，從採料場採得的原料運到窰場，主要靠牛馬和牛車馬車，將牛馬敬奉爲神，是對勞動工具的依賴而產生的崇拜。

窰神廟爲主建築，供奉三位主神，廟側是四聖祠，供奉四位輔神（山、土、馬、牛）。這種安排，似乎受到了佛教三世佛、四大金剛的影響。窰神廟對面常建有歌舞樓，每年農曆二月十五和三月初三祭窰神。祭窰神又叫「鬧窰神」，一連要大鬧三天，唱戲歌舞，大吃大喝。

除了磚瓦陶瓷窰有窰神廟以外，煤窰也建有窰神廟，但煤業的窰神與陶瓷業的窰神有所不同。如北京門頭溝是重要煤礦區，舊時民間藝人曾唱道：「櫃房好比金鑾殿，拔道（煤窰口）如同佛爺龕，龕裡頭供著神三位：山神、土神、窰神在中間。諸位要認識祖師相，頂燈，拄鎬，倒提著一串錢……」

煤礦窰神有多種，有的塑像是文官形象，神態溫文爾雅。有的是狀如武將，面目凶猛，頭戴冠巾，身披袍甲，內著黑袍，十分勇武。兩側侍童分別手持燈盞、酒瓶等物。礦工們還常買來木刻的窰神紙馬，供在家中。

供奉窰神，對窰主來說，是請神保佑多出煤，發大財；對礦工來說，則是請神保佑平安，免遭塌方落頂。

煤礦祭窰神爲臘月（農曆十二月）十七（有的在臘月十八）。屆時在窰口擺上兩張大八仙桌，祭品是整雞、整豬，豬脊上留一小撮鬃毛，並梳成小辮，上插紅色紙花。窰主們燒香叩拜，還要擺上豐盛的酒席，招待礦工。什麼拉駱駝的，趕驢馱煤的，乃至要飯的叫花子都可以入席，大碗喝酒，大塊吃肉。然後爲窰神爺唱大戲，叫做「恭慶窰神，同行演戲」。

舊時窰工下窰與漁民出海一樣，安全保險係數很小，說不定什麼時候會塌方冒頂、瓦斯爆炸，用窰工們的話說，是「吃的陽間飯，幹的陰間活」，因此他們向窰神禮拜最勤，也最不惜血本。

染織業的祖師爺

——梅葛二聖

葛仙

梅葛二聖是染布行業的兩位祖師爺。

梅葛二聖的故事流傳很廣，南至四川，北至幽燕，很多地方都有梅葛二聖紙馬及其傳說。所謂「紙馬」，又叫「甲馬」，舊時祭祀所用，用五色紙或黃紙製成，上面印有神像，祭神時焚之。清代學者趙翼在《陔餘叢考》卷三十稱：「昔時畫神像於紙，皆有馬以爲乘騎之用，故曰紙馬也。」不過紙馬上面所印神像並非皆有乘騎，故清代另一學者虞兆漋認爲：「俗於紙上畫神佛像，塗以紅黃彩色，而祭賽之，畢即焚化，謂之甲馬。以此紙爲神佛之所憑依，似乎馬也。」紙馬供祭祀時焚化用，雖印量很大，但很少保存。

有關梅葛二聖（或梅葛二仙）的來歷，有兩種傳說。一種是，最初人們用棉布和麻布縫製衣服，確比獸皮羽毛舒適多了，但可惜都是灰白色的，不如獸皮羽毛漂亮。有個姓梅的小伙子，一次不小心摔倒在泥地裡，河泥染髒了白布衣服。於是他脫下在河裡洗，怎麼也洗不乾淨，衣服成了黃色，村裡的人一見都說挺好看的。梅小伙子把這個秘密告訴了好朋友——一個姓葛的小伙子。於是河泥可以染黃布的事傳開了。從此，人們穿上了黃色衣服。

梅、葛兩人尋思著染成其他顏色，總不成功。一天，他倆把白布染黃，掛在樹枝上。忽然，布被吹落在草地上。等他倆發覺後，黃布成了「花」布，上邊青一塊，藍一塊。他們覺得奧妙準是在青草上，於是倆人拔了一大堆青草，搗爛了，放在水坑中，再放入白布，嘿，一下變成藍色了！此後，人們又穿上了藍衣服，還把這種染衣服的草叫「蓼藍草」。梅葛二人也成了專門染布的先師。

一天，二位先師正在染藍衣服，一邊幹活一邊喝燒酒，葛先師一仰脖灌下了一瓦罐燒酒，他喝得太猛了，一嗆，把酒吐到了染缸裡。不想，缸裡的布被染成了鮮藍鮮藍的顏色。此後，梅葛二先師就改用酒糟醱醇，使蓼藍沈淀物還原的方法染布，又快又省力，顏色又鮮亮，並且長久不掉色。

染匠們爲了紀念梅、葛二位先師的功績，就把他倆尊爲祖師爺，稱爲「梅葛二仙」。

另一種傳說更爲有趣，「梅葛二聖」並不是什麼先師，而是一鳥一果。傳說：最初，古人們不管是老百姓還是皇帝，穿的衣服都沒色，有個皇帝覺得自己與百姓們穿一樣的沒有色彩的衣袍，顯不出尊貴，就下令讓工匠們爲他製一件跟太陽一樣鮮紅的袍子。工匠做不出，就被殺掉，一連殺了許多人，紅袍子還是沒製出。

一天，忽然來了位老人，他爲了救工匠們，使其不致被斬盡殺絕，就騙皇帝說：「我能造紅袍，但要一些時日。」老人不過是緩兵之計。這天他來到山林裡正在苦想如何使皇帝再寬限些日期，忽然發現一隻葛鳥在吃梅果，牠一面叫，一面吃，梅子的紅汁從鳥嘴裡流了出來。老人一下有了主意，用紅梅汁染成紅袍，或許能應付過去。老人一試，果眞成功了。老人拿紅袍交了差，在暴君的刀口下救活了無數工匠。衆人都把老人視爲「活神仙」，要給他立廟供祀。

老人不答應，說是天帝派了兩個神仙，一個姓葛，一個姓梅，來救大家。於是，人們按照老人的模樣塑造了梅葛二聖像，建廟供奉。

過去，一般有染布店、刷紙作坊、印製年畫的地方，如河南開封朱仙鎭，四川綿竹、夾江等地皆有梅葛廟，沒有廟的地方也有「梅葛仙翁」紙馬神像印刷。在每年四月十四和九月初九這兩天，染匠們都要齊集梅葛祠或梅葛廟裡聚會祭祀，同飲「梅葛酒」，以示行業興旺，後繼有人。

出航保平安的船神

——孟公、孟姥

封姨(風神)又為孟婆

船在古代是重要的交通運輸工具之一。人們爲了安全通暢，也找了兩位保護神，即孟公、孟姥。孟姥又稱孟婆。

唐人段公路在《北戶錄‧雞骨卜》中云：

船神呼為孟公、孟姥，其來尚矣。

梁簡文帝《船神記》云：「船神名馮耳。」《五行書》云：「下船三拜三呼其名，除百忌。」

又呼為孟公、孟姥。

宋人袁文《甕牖閒評》中亦稱：

今小詞中謂：「孟婆且告你，與我佐些方便，風色轉吹個船兒倒轉。」「孟婆」二字不為無所本也。《北戶錄》載段公路云：「南方除夜將發船，皆殺雞，擇骨為卜占吉凶，以肉祀船神，呼為孟翁、孟姥。」

這兩位孟公、孟婆的來歷不大清楚。有人認爲「玄冥爲水官，死爲水神。冥、孟聲相似，或云冥父冥姥，因玄冥也」。有點道理，但也不大圓滿，聊備一說。

過去行船（尤其是帆船）與風力有很大關係，孟婆又被附會爲司風的風神（已沒有孟公事了）。還有一個孟婆，爲陰間之神，則與船神、風神毫無關係了。

船是漁家的命根子，舊時漁船上都供有船神（又叫船菩薩）。船神兩旁總有兩個小木頭人，即千里眼和順風耳，希望神明保佑，眼觀千里遠，耳灌順路風，一能得平安，二可多捕魚。

農曆六月二十三，求供馬神爲哪般？

馬神

一九四九年前，北京城裡的馬神廟、馬王廟、馬祖廟有十來座。馬神廟最著名者，當首推明代御馬監中的馬神祠。

這裡的馬神廟當然要比社會上的威風隆重得多。供馬神建神廟並非北京獨有，各地亦然。探究此信仰來歷，不能不追溯到原始宗教之動物崇拜。

原始民族把動物尊奉爲神加以崇拜，是一種普遍現象，各國皆然。在我國古代衆神中，就有許多動物神和由動物神演化的半人半動物的神靈。在著名古文獻《山海經》中，許多神靈皆與動物有關，而這些動物中，家畜、馬、牛、羊、豬等又佔有很大比重。這些原來野生的動物，經人類馴化後，變爲家畜，與人類生活、生產發生了密切關係，成爲人們賴以生存的重要物質保證。正如費爾巴哈所說：「人之所以爲人，要依靠動物；而人的生命和存在所依靠的東西，對於人來說就是神。」以馬爲例，在《山海經》裡的神靈們常被描繪成或「人面馬身」，或「馬身而人面」，或「馬身而龍首」等。

馬最初是貢獻其血肉，使人充飢。但以後顯示了牠更大更突出的用處：耕作、騎乘、運輸、征戰，成了人們的「左膀右臂」。所以，遠在周代，官方就規定了四時祭祀馬神的制度。周制，「以四時祭馬祖、先牧、馬社、馬步諸神」。春天祭馬祖，所謂馬祖，古人是指天駟星，即房星也。古人認爲房星是馬祖，「馬出明精，祖自天駟」。春天是萬物始生之時，理當祭馬祖。夏天祭先牧神。先牧是「始教人以放牧者也」，是最早把野馬馴化爲「家馬」的神。夏天牧草旺盛，正是放牧之時，理應祭先牧神。秋天祭馬社神。馬社，是「廄中之土示」，「皁廄所在，必有神焉」，馬須「賴乎土神以安其處所」。秋天正是馬入廄之時，理當祭祀馬社神。還有一種說法，馬社神是「始乘馬者」，就是第一個騎馬之人。冬天要祭馬步神。所謂馬步神，是「爲災害馬者」，人還有個頭疼腦熱，馬當然也會生病乃至暴死。冬天，「馬方在廄，必存其神，使不爲災」，冬天祭馬步神，就是請神靈在廄中保佑。馬的用處，遠遠大於豬羊，但其養育與繁殖，却遠比豬羊困難得多，所以要祈禱諸神以爲之助。一年四季各有所祭之神，爲了使馬繁衍旺盛。

隋、唐、宋、遼，歷代都有官方祭祀馬神的制度。明朝太祖朱元璋命祭馬祖諸神，在南京特命太僕寺主持。明成祖朱棣遷都北京後，馬上命令在蓮花池建馬神祠，由官方禮祭。由於統治集團的提倡，民間也很流行馬神信仰，馬神廟遍佈各地。特別要提到的，是明代的馬政。明代徭役中，有一項是「編民養馬」。明初養馬本是官牧，國家設有太侍寺、行太侍寺、苑馬寺和群牧監等機構，專門管理馬政，由軍隊養牧。但後來，內地撤銷了牧監，改爲「令民間孳牧」，開始是論戶養馬，後改成論丁（人）養馬，再改成計地養馬。爲公家養馬的人家叫馬戶，養的馬瘦了，死了，甚至到期限沒懷上駒，都得罰錢、賠錢，再加上公差胥吏敲榨勒索，馬戶們苦不堪言。因此，馬戶們祭拜馬神，祈求馬神保佑自家養的馬又高又壯，以期順利交差。

到了清代祭馬神、馬王的風俗，興盛不衰，而且還規定了祭日：農曆六月二十三日。當時，「凡營伍及武職，有馬差者，蓄養車馬者，均於二十三日，以羊祭之」（《北平風俗類徵・歲時》）。這一天，馬車夫向乘客們漫天要價，要高出平日幾倍，車夫們美其名曰：「乞福錢」。

蠶神馬頭娘的傳說

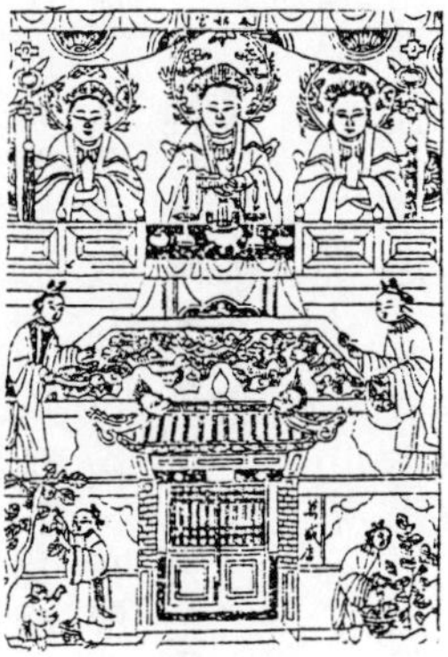

蠶　神

公元前的希臘著作中，把中國稱作「塞勒斯」(Seres)，意思是「蠶絲之國」。中國是世界上最早養蠶和織絲綢的國家，並且在一個相當長的時期內，保持著這種地位。

大約在新石器晚期即五千年前，我國先民可能已經知道利用蠶絲了。到了商代，蠶絲業已很發達，甲骨文中不但有「桑」、「蠶」、「絲」、「帛」等字，而且從桑、從蠶、從絲的字多達一百餘個，可見蠶絲影響之廣。

「男耕女織」是古代中國小農經濟的重要特點，種桑養蠶在這種經濟結構中佔有重要地位。古人既然早早學會了養蠶，自然渴望多多產絲和防止蠶桑病害，但在當時條件下，這些是人力所無法控制的，於是人們必要幻想出一個蠶神來，作爲精神寄託和行業保護神。

蠶神的來歷有幾種不同說法。

蠶神嫘祖。嫘祖本爲西陵之女，後來成爲黃帝的太太。劉恕《通鑒外紀》說：「西陵氏之女嫘祖，爲黃帝元妃，治絲繭以供衣服，後世祀爲先蠶。」所謂「先蠶」，是指最先教民育蠶治絲之神，故嫘祖又叫先蠶，亦稱蠶母。古代蠶農之家必祭祀嫘祖，嫘祖成爲農村婦孺皆知的大神。

蠶神是蠶叢、青衣神。周時，蜀地有個侯爺叫「蠶叢」，他的一雙眼睛很特殊，與一般人不同，是豎著長著。蠶叢後來當了蜀王，他到處視察，教百姓種桑養蠶，鄉人感其德，便爲他立祠祀之。他的祠廟遍於西土，十分靈驗。蠶叢巡行郊野時，常愛穿一身青衣，百姓便俗呼之爲「青衣神」，把他出生的家鄉叫做「青神縣」。青衣神蠶叢屬於四川一地的蠶神。

蠶神馬頭娘。這是影響最大，流傳最廣的蠶神。相傳，黃帝打敗九黎以後，在慶功會上蠶神前來獻絲。這位蠶神像個仙女，披著馬皮飄然而降，手裡捧著兩束蠶絲，一束金色，一束黃色，獻給了黃帝。從此，細軟的絲絹代替了粗硬的麻布。

這位身披馬皮的仙女，就是蠶女馬頭娘。馬頭娘的傳說十分有趣，在《山海經》、《搜神記》、《太平廣記》等書中都有記載。是說一個姑娘的父親被強人擄走，女兒在家思念父親，不吃不喝。母親見了很心疼，就對鄰里們立下誓約說：「有那位能把我老伴救回來，我就把女兒嫁給他。」衆人無法辦到，家中一匹駿馬聽到此言，迅速跑出家門。幾天後，駿馬馱著老父回來，母女高興無比，此後駿馬悲鳴不已，不肯飲食。父驚問其故，母以誓衆之言相告。父大怒，說：「哪有讓女兒嫁畜類的道理！」便將馬射死，把馬皮曬在院中。姑娘經過時，馬皮忽然蹶然而起，捲起她飛走，無影無踪。

過了幾天，姑娘和馬皮盡化爲蠶，在樹上吐絲吶。鄉親們便把此樹叫做「桑」，桑者，喪也，是說姑娘是在桑樹下獻身的。

父母知道了，十分傷心。一天，忽見蠶女乘流雲駕此馬，身旁侍衛數十人，自天而降，對父母說：「天帝因我孝能致身，心不忘義，封我爲女仙，位在九宮仙嬪之列，在天界過得很自在，請二老不用再思念女兒。」說罷，升天而去。於是各地紛紛蓋起蠶神廟，塑一女子之像，身披馬皮，俗稱「馬頭娘」，祈禱蠶桑。

蠶神馬頭娘的傳說雖很離奇，但把蠶與馬扯在一塊，也有些內在原因。蠶的頭有些像馬，牠常常將頭高高昂起，姿態似馬，而蠶吃桑葉的動作也極像馬吃草料。古人由事物形態的相似引起聯想，很容易將蠶與馬扯在一起。另外，蠶的生長過程中的神奇之處，也會引起古人大發奇想。一個蟻蠶發育到成蠶，一個多月裡體重增加了一萬倍。一個蠶繭不過幾公分長，抽出一根絲來，竟有一千四百公尺長！牠由蟻成蠶作繭自縛後，蛹化爲蛾，破繭而出，獲得新生，簡直變化無窮。先民們普遍具有的「變形」信仰，自然會幻想出馬皮披在少女身上而化爲蠶的神話。再者，養蠶採桑主要是婦女們的工作，所以把蠶神描繪爲女性，也是再恰當不過了。

蠶鄉中蠶神廟或印製的神禡像，一般都是一個女子騎在馬背上；也有是一個女子端坐，身邊則站著一匹馬；也有三個女子共騎一匹馬的。稱呼也有多樣，除馬頭娘外，尚有馬鳴王菩薩、蠶花娘娘、蠶姑、蠶皇老太等。

少數地區也有信奉男性蠶神的，叫做「蠶花五聖」。他盤膝端坐，長有三目（額中有一縱目），六隻手，其中兩隻手捧著一盤蠶繭，另外四隻手拿著其他一些東西。但也有把蠶花五聖當成馬頭娘的。

年方七歲便當孔夫子老師的小兒神項橐

孔　子

中國民間神祇一般可分爲天神、地祇、人鬼。人鬼系統多是歷史上作出過卓越貢獻或在某方面有一定影響的帝王將相、英雄人物、賢達智者，乃至能工巧匠。涉及面廣，包羅萬象。當然，其中也不乏傳說人物。這也反映了中國民間信仰的龐雜性。人們還特意爲孩子們立起一位「小兒神」，這就是傳說中孔子的「老師」、古代著名的神童項橐。

項橐，又作項托。傳說他年僅七歲即爲孔子師，這種說法最早見於《戰國策・秦策五》。但並未詳述項托何以爲孔子師，僅「生七歲而爲孔子師」一句而已。

此後漢代著作中，也有不少記載了這一說法。如《史記》和《淮南子》。

魏晉時期流傳著孔子與兩小兒辯日之遠近的故事，這一故事載於《列子•湯問》，十分有名，是以兩個小兒的智慧嘲笑了孔子的無知。大概受這一故事的影響和啓發，隋唐時期的《孔子項托相問書》，應運而生。

《孔子項托相問書》是吸收了不少與孔子有關的其他人的故事（如子羽與孔子辯論），經過一千年的豐富、充實和發展而定型的，具有重要意義。

《相問書》並非是一部書，而是一篇二千字的文章。前半部爲近於賦體的敍事，後半部是近於唱詞的七言「詩曰」，以前一部分爲主體。

作品寫孔子東遊，路遇三個小兒，其中二小兒正打著玩，另一小兒沒有「參戰」，此即項托。孔子怪而問之，於是引起了一場「智鬥」。孔子一氣向項托提出了四十來個問題，涉及了天文地理、自然現象，乃至治遊博戲、人生家庭、倫理道德，極其廣泛，項托却對答如流，滴水不漏。孔老夫子佩服得頻頻讚嘆，連說了六個「善哉」！

接著，項托又問了孔子三個問題，孔子却回答不出，最後只好說了句「後生實可畏也」，給自己找了個台階下。

二人詰難辯說頗爲有趣，很像今天的「知識智力競賽」，茲引幾節與讀者共賞。

項托有相，隨擁土作城，在內而座夫子語小。夫子曰：「何不避車？」小兒答曰：「昔聞聖人有言：上知天文，下知地理，中知人情，從昔至今，只聞車避城，豈聞城避車？」夫子當時無言而對，遂乃車避城下道。

夫子問小兒曰：「汝知何山無石？何水無魚？何門無關？何車無輪？何牛無犢？何馬無駒？何刀無環？何火無煙？何人無婦？何女無夫？何日不足？何日有餘？何雄無雌？何樹無枝？何城無使？何人無字？」

小兒答曰：「土山無石。井水無魚。空門無關。輿車無輪。泥牛無犢。木馬無駒。斫刀無環。螢火無煙。仙人無婦。玉女無夫。冬日不足。夏日有餘。孤雄無雌。枯樹無枝。空城無使。小兒無字。」

夫子曰：「吾車中有雙陸局，共汝博戲如何？」小兒答曰：「吾不博戲也。天子好博，風雨無期；諸侯好博，國事不治；吏人好博，文案稽遲；農人好博，耕種失時；學生好博，忘讀書詩；小兒好博，笞撻及之。此是無用之事，何用學之！」

小小項托以七歲之齡，能言善辯，機智靈變，對答如流，並富有哲理，不愧是位神童。上文所引第二節，形式又極像民間流行的「猜悶兒」（事物謎語），這也可看出作品中民間文學的影子。

《孔子項托相問書》問世後，即以其有趣的內容、通俗的語言、活潑的形式，贏得了群衆的喜愛，在民間廣泛流傳。僅在敦煌遺書中就發現了漢文抄卷十三個，爲唐末五代時寫本。而且這一作品還被傳播到西域和吐蕃（藏族）地區，被譯成藏文，在敦煌遺書中即發現了三個藏文抄本。《孔子項托相問書》在敦煌所有俗文中，傳本最多，流傳亦最廣，不但流傳最廣，亦最長。這一作品流傳了一千多年，直至一九四九年前尚有十分流行的《新編小兒難孔子》，可見其生命力之強。

除了文字傳本以外，這一傳說故事還長期在民間口頭流傳。如河北、江蘇等地流傳的「拜師」故事，就與文字傳本基本一樣，但完全變成了口語，更爲生動活潑。

項托的故事是古代許多神童的集中體現，小小項托以自己的聰明才智難倒了中國第一號大聖人孔老夫子，足以使千千萬萬的小兒引以驕傲和自豪。

梨園行祖師原是唐明皇

梨園神唐明皇

舊時，走進戲班子的後台，常會見到戲班所供的一個神龕，龕上寫著「翼宿星君」幾個大字，有的寫著「九天翼宿星君」。龕中有的無神像，有的有神像，「高僅尺許，作白皙小兒狀貌，黃袍被體」（《夢華瑣簿》）。這就是戲曲界所祀之梨園神。梨園神到底是誰，衆說紛紜，有以下幾位。

明代大戲劇家湯顯祖曾說：「予聞清源，西川灌口神也。爲人美好，以遊戲而得道，流此教於人間。訖無祠者。」說這位戲神是西川灌口神，又稱作清源祖師。

清代著名戲劇家李漁在他的《比目魚》傳奇中，有一段台詞特別提到了戲曲的祖師爺：

「凡有一教，就有一教的宗主，二郎神是我做戲的祖宗，就像儒教的孔夫子，佛教的如來佛，道教的李老君。」

李漁認爲戲神是二郎神。李漁與湯顯祖是明淸兩代戲劇大家，寫有不少優秀劇本，他們認識不少優伶，對戲曲行業當然十分熟悉，所以肯定有一些戲班奉灌口二郎爲戲神。

二郎神民間極爲熟悉，《西遊記》中的二郎神楊戩，打敗了神通廣大的孫大聖，使其知名度大大提高，差不多是家喻戶曉了。但二郎神的名目却很複雜，除了楊戩以外，尙有李冰、李冰之子李二郎、張仙、趙昱、鄧遐等。藝人們不可能將這幾位二郎神一塊供奉，到底哪一位才是戲神？

湯顯祖和李漁對此都未做具體說明，想來藝人們對自己的祖師爺，也是模糊的。

《西遊記》與《封神演義》中的二郎神楊戩，雖傳說住在灌江口，又是玉帝的外甥，但其封號是「顯聖二郎眞君」，從未有「淸源妙道眞君」，況且他的形象是長有三隻眼，手使三尖兩刃刀，還有一隻神犬，這與戲神白面郎君的尊容，根本挨不上。楊戩似應排除。

再說二郎神鄧遐，歷史上實有其人，《晉書》有傳。據《浙江通誌》，鄧遐「勇力絕人，氣蓋當時」，他是桓溫手下的名將。鄧遐曾在襄陽城北水中斬蛟，爲民除害出了名，「鄉人德之，爲立祠祀之。」但其所以稱二郎神，在當地二郎神廟中享受香火，主要因爲「其嘗爲二郎將，故尊爲二郎神」。鄧遐享用的二郎神廟在杭州城淸忠里，斬蛟地點是在湖北襄陽的沔水，所謂「斬蛟」之類的傳說，大概與李冰斬蛟的傳說一樣，是因爲他爲百姓做了好事，治理過河流（鄧遐當過襄陽太守）。但鄧遐事迹影響不大，鮮爲人知。鄧遐不享祀於灌口，非灌口二郎，又未被道教尊奉爲什麼「眞人」、「清源眞君」。鄧遐爲戲神的可能，也應該排除。

下面再說一下二郎神李冰父子。李冰是歷史一位治水英雄，是戰國時期水利專家，他是都江堰工程的最初設計者和督造者。據《史記・河渠書》載：「蜀守（李）冰鑿離堆，闢沫水之害，穿二江成都之中。此渠皆可行舟，有餘則用溉浸，百姓饗其利。」

後世爲紀念李冰，爲其修祠，並將其神化。都江堰在灌縣境內，灌口神即由此得名。李冰被稱爲「灌口二郎」，以後二郎廟也不限於灌縣一地，全國許多地方都建有二郎廟祭祀李冰父子。但把李冰稱爲二郎，有些不倫不類，於是有人又說李冰有個二兒子叫二郎，還有把他們父子合稱爲二郎的。

這位有功於民的灌口二郎，後被巫覡所利用，尊他爲「川主」，即河川之神，並逐漸走上了戲曲舞台。我國自古以來就有娛神的做法，李冰所處的時代，正是巫覡十分活躍的時代，故其「香火千年，蜀人尊爲川主，思其德而歌舞之宜也。」

後來道教利用了灌口二郎，奉其爲「清源妙道眞君」，並將李冰換爲趙昱，以依附於人間帝王，於是趙昱又成爲戲劇之神。趙昱是被崇道的宋眞宗封爲「清源妙道眞君」的，此後的小說戲曲中之灌口二郎多指趙昱。元明雜劇《二郎神醉射鎖魔鏡》、《二郎神鎖齊天大聖》、《灌口二郎斬健蛟》等，所演皆趙昱。

至於說張仙（孟昶）爲灌口二郎，那是花蕊夫人懷念故主而哄騙宋太宗的說法，不足爲據。

與二郎神是兩碼事。

灌口二郎神爲戲曲界祖師爺，總有些模糊，有些牽強，不如後來的梨園教主唐明皇名正言順，影響廣泛。

戲曲行當過去常稱作「梨園行」，戲曲演員也常稱作「梨園子弟」或「梨園弟子」。這裡面有個典故。

白居易的不朽詩作《長恨歌》中，有這樣兩句：「梨園弟子白髮新，椒房阿監青娥老。」詩中提到的梨園，是唐代宮廷訓練和管理樂舞雜戲的專門機構。梨園的設置要歸功於風流皇帝唐明皇李隆基。《新唐書·禮樂誌》載：「玄宗既知音律，又酷愛法曲，選坐部子弟三百人，教於梨園。聲有誤者，帝必覺而正之，號皇帝梨園弟子。」

梨園是唐明皇所設，地點在當時京城長安光化門（一說芳林門）外的禁苑中，園內有「梨園亭」，是供演奏樂曲用的，還有「會昌殿」，是唐玄宗親自按樂的地方。

梨園的主要職責是訓練器樂演奏人員，與專司禮樂的太常寺和充任串演歌舞散樂的內外教坊，爲鼎足而三的中央一級音樂機關。唐玄宗登基的第二年，即設立梨園，他從坐部伎中選出最優秀的男樂工三百人，又從宮女中挑選幾百名精通歌舞者，組成了一個龐大的皇家樂團。

唐玄宗李隆基是個極出色的文藝天才。梨園專習的《法曲》，是李隆基酷愛的音樂，曲子是由漢族清商樂與西域樂音結合而成，演奏時樂器種類很多，曲調優美動聽，並伴有如醉如痴的歌舞。玄宗親自為樂工舞女們作曲，曲子節奏適宜，合於節拍。玄宗還善於打羯鼓，時常親自為樂隊擊鼓。開元十一年間（公元723年），一次宮中排練大型歌舞《聖壽樂》，宮女們穿著漂亮衣服，載歌載舞。李隆基見了十分高興，於是自己也穿上了舞衣，親自參加表演，並且親自參加指揮調度。在他的參與下，歌舞排練的很成功。李隆基簡直是個文藝全才，兼演員、作曲、指揮、導演於一身。

當時凡為人所愛好的樂工，多出身於梨園。宮廷梨園由中官（太監）直接領導，是當時藝術水平最高的樂團。許多名噪一時的樂工，如琵琶聖手雷海青、箜篌妙音張野狐、神笛李謨、全能音樂家李龜年都聚集在這裡，可謂人才濟濟。梨園的樂工多是來自民間的藝人，經過嚴格選拔進入宮廷後，得以專心磨練演奏技能，又能互相學習，技藝得到精進，對唐代歌樂的發展起了促進作用。唐玄宗（明皇）對此是有貢獻的。所以後世常將戲曲界稱為「梨園界」或「梨園行」，戲曲演員則稱為「梨園子弟」或「梨園弟子」，而唐明皇李隆基理所當然的被梨園行奉為戲神——梨園神了。

梨園神又俗稱「老郎神」。清・錢思元《吳門補乘》云：

（老郎）廟在鎮撫司前，梨園子弟祀之。其神白面少年，相傳為唐明皇，因明皇與梨園故也。……老郎疑即老童，為音聲之祖，郎與童俱年少稱也。

可見，所謂「老郎」即「小郎」。在各地方言中，有時「老」爲「小」之昵稱，「小兒子」常稱「老兒子」、「老疙瘩」。玄宗是睿宗的第三個兒子，也就是「少子」、「小兒子」，符合「老郎」的稱呼。玄宗自己也常自稱「三郎」，即使當了皇帝以後也如是。他給樂工舞女排練時，常對那些練得不太熟練的人說：「你們要好好練，莫給三郎丟臉。」他的一些親隨也敢當面叫他「三郎」。安史之亂後，玄宗自蜀還，以駝馬載珍玩，自隨。他聽到駝馬所帶鈴聲，忽有所感，對親信伶人黃幡綽曰：「鈴聲頗似人言語。」黃幡綽對曰：「似言『三郎郎當！三郎郎當！』」玄宗笑且愧之。這是優伶在嘲諷這位開元天子是個吊兒郎當的皇帝。梨園行所祀白面少年郎君，一般即指這位「郎當三郎」。

至於老郎神俗謂翼宿星君，顯然是受到道教影響。星君、眞君、靈官之類，是道教對神仙的稱謂，唐明皇也是位十分崇道的皇帝，把他說成是天上的星宿，藉以抬高其在人們心目中的地位，這也是行會的慣用手法。其實翼宿是二十八宿中南方朱雀七宿之第六宿，與戲曲行根本挨不上。

由於地區和劇種的不同，所祀戲神也有所不同，但以老郎神唐明皇最爲流行，這也反映了梨園行在舊時代爲了求生存，不得不請出一位風流皇帝來裝潢門面，抬高本行低賤的地位，並作爲本行保護神。

在中國最早開妓院的管仲被奉爲娼妓神

管仲

過去妓女供奉的神明除通用神外，還有自己的專用神。

一爲白眉神。明人沈德符在《萬曆野獲編》中說：是名白眉神，長髯偉貌，騎馬持刀，與關像（關公）略肖，但眉白而眼赤。京師相詈，指其人曰「白眉赤眼者」，必大恨，其猥賤可知。

娼妓對白眉神十分恭敬，「初荐枕於人，必與艾猳（老公豬，指嫖客）同拜此神，然後定情，南北兩京皆然也。」

這位白眉神的來路也不大清楚，徐珂的《清稗類鈔》說他又叫袄神：娼家魔術，在在有之，北方妓家，必供白眉神，又名祆神，朝夕禱之。祆神爲祆教所祀神，祆教又叫「拜火教」，本是流行於古代波斯、中亞等地的宗教，南北朝時傳入我國，祆神即外國火神。

最早的娼妓神，據稱是春秋的大政治家管仲。淸代紀昀說：「娼族祀管仲，以女閭三百也。」「女閭三百」事，《國策・東周策》有載：「齊桓公宮中七市，女閭七百，國人非之。」本謂宮中設市，使女子居之，以便行商，爲了招徠顧客，取悅於人，這些女子就得出賣色相，這才使得「國人非之」。明人謝肇淛的《五雜俎》對此說得很明確：「管子之治齊，爲女閭七百，徵其夜合之資，以佐軍國」。管仲不但是娼妓行當的始作俑者，而且大概是世界上官妓的鼻祖。在時間上比古希臘、近東等地出現的官妓都要早。於是，管仲也就當上了娼妓的行業神。

此外，舊時妓女還崇拜五大仙，所謂「五大仙」，是五種被尊爲「仙家」的動物。五大仙即刺蝟、老鱉、黃鼠狼、老鼠、蛇，合稱爲五大仙，敬於老闆專設之密室。妓女和老闆們認爲這五種動物都極有靈性，家道生業的興衰，個人的平安與凶逆等，都取決於五大仙家的意志。

天下有奇聞，伙計拜「窮神」

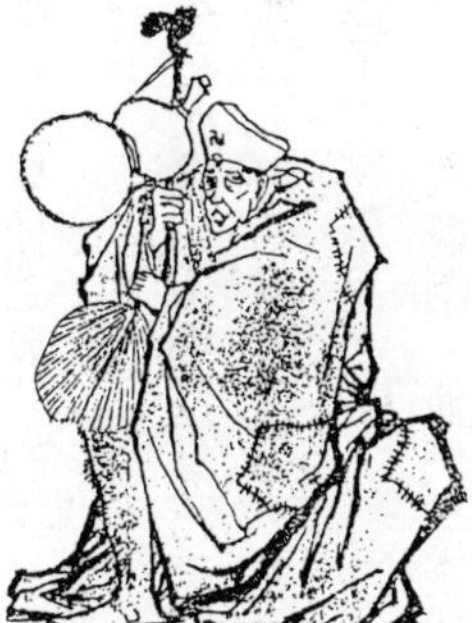

濟公活佛

舊時，北京阜成門和西便門兩門之間護城河外，大道之西半里遠，有一座小廟，高不過兩米稍餘，進深只有一米。這座寒酸小廟名不見經傳，地方史誌不載，所以知道的人很少。這就是「窮神廟」。

窮神，是舊北京杠房伙計們供奉的神。所謂杠房，就是喪事儀仗店，即出租殯葬用具和代爲安排儀仗鼓樂之類的鋪子。杠房伙計即杠夫，則是出殯時抬扛棺木的苦力。

杠夫主要有五種，分爲作活杠夫、出堂杠夫、下葬杠夫、打尺杠夫和抬靈杠夫。另外還有手執松獅、松亭、鶴鹿同春、黃鶯細狗、金爪斧鉞等物的執事杠夫。過去出殯時，較窮的人家也要八人抬，這是頂少的杠夫。闊家主兒要用杠夫六十四或七十二人，甚至上百人，再加上打雜的，執事儀仗竟至數百人。

喪葬是古人認爲靈魂不死的產物，認爲人死後還會到另一個鬼神世界生活，所以我國古代講究「事死如生」，主張對死去的父母長輩，要像生前一樣對待他們。要照顧父母在陰間的衣食住行，就得隨葬大量生活用品，所謂「厚資多藏，器用如生人」。與其他各國相比，中國喪葬的一個重要特徵就是普遍厚葬、隆祭久祀。所以，舊時人們對出殯的排場極其重視，杠房這一行當便也久盛不衰了。

杠夫這一活計也並非一般「苦力」所能勝任，要經過嚴格的專門訓練。訓練時很有意思，抬杠的六十四人或上百人，抬著一大木亭練習。抬時要在杠杆上放上十餘個盛滿水的盂盆，抬時忽快忽慢，還要遇上溝溝坎坎，曲曲折折，途中又要換班，杠杆上放著的盂盆不但不能掉下來，就是盂中之水也要涓滴不溢！眞可謂絕活兒特技。

杠夫這行「行頭」也很特殊：他們的「工作服」是一身花衣裳，不過這身花衣裳，既不是織花，也不是印花，而是拿顏料抹上的花，底色大多是綠的。帽子也挺有趣，黑氈帽上有個鳥翎，翎毛並不向下耷拉著，而是衝上，與淸代當官的翎子正好相反。

過去抬杠的杠夫屬於下九流，最讓人看不起，收入很少，非常窮困。他們經常成群搭伙地住到天橋、關廂一帶的雞毛小店裡，幾十人一溜睡長炕，每宿三個銅子，沒錢也可先賒帳。這些窮哥兒們，便也學著其他行業的樣兒，給自己塑了一尊保護神——窮神。窮哥兒們也有神！

窮神廟中的神像，頭戴破氈帽，身穿破衣裳，手拿酒壺，醉眼乜斜，有點濟公活佛的味道，其實更像是杠夫們的自畫像。

扒手們的祖師爺

——賊神菩薩

《水滸傳》中時遷盜甲

浙江紹興有座千年古刹長慶寺，清朝末年，寺裡的住持龍祖和尚還曾做過幼年魯迅的師父，後來魯迅特意寫了一篇《我的第一個師父》，回憶了這位「花和尚」的破戒故事。

在長慶寺北向斜對面，是三座並排的祠廟，即財神堂、穆神廟和土地祠。財神廟和土地廟是流行廟宇，各處可見。只是這穆神廟却有些陌生，頗爲稀奇。其實，一提它的俗稱，聞者便會恍然大悟，啞然失笑。原來這穆神廟的俗稱爲：「賊神廟」、「遷神廟」。廟裡供奉的是一位「賊神菩薩」，《水滸傳》裡的「鼓上蚤」時遷！這位「菩薩」是小偷小摸們頂禮膜拜的神明。

說起偷摸，也稱得上歷史悠久，源遠流長。洪荒時代不好講，但大約有了人類社會以後，「原始扒手」就出現了，因爲人群中總有些好逸惡勞，遊手好閒之輩存在。到了春秋戰國時期，這一「行當」還挺走紅，一些神偷被許多大貴族所收用，甚至在政治鬥爭中發揮了很大作用。

戰國時期，齊國的孟嘗君養士三千，其中不乏此類人物。有一次，秦昭王把孟嘗君軟禁在秦國，他想買通秦王寵愛的小老婆燕姬，正一籌莫展時，一位善偷的門客，自告奮勇裝狗從狗洞爬進宮中，學狗叫哄過警衛，把已獻給秦王的狐白裘偷出，轉獻給燕姬。燕姬馬上替孟嘗君說好話，又一門客來了個「半夜雞叫」，鬧得群雞齊鳴，守關者以爲天要亮，於是大開關門，孟嘗君一伙才得以逃脫。這兩位爲孟嘗君立了大功，不過這類人的名聲並未改變，還留下個話把兒，叫做「鷄鳴狗盜」。這一行還有個雅稱：「樑上君子」。這是後漢名人陳寔贈送的雅號。一天晚上，一個小偷溜進他屋，趴在房樑上，陳寔假裝不知，馬上把兒孫們喊到屋裡集合訓話。陳寔說：「人不可不自勉，不善之人，未必本惡，習以成性，遂至於此，樑上君子者是矣。」這位「樑上君子」聽了，大爲感動，馬上從樑上跳到地下，磕頭請罪。

歷代神偷不絕於書，明代著名市井小說集《二刻拍案驚奇》中，就專有一篇《神偷寄興一枝梅　俠盜慣行三昧戲》，敘述了宋元時的幾位神偷傳奇故事，其中雖有不少誇張潤飾成分，但都有一些生活依據。民國時，京城神偷燕子李三的傳奇，更是膾炙人口。不過，歷代神偷中名氣最大的，莫過於《水滸傳》的時遷了。

書中說，時遷專幹那些飛檐走壁、跳籬騙馬的勾當，人稱「鼓上蚤」。只看他這個綽號，就可見其輕巧便捷的程度了。這位生得其貌不揚：

骨軟身軀健，眉濃眼目鮮。
行步如怪族，行步似飛仙。

他的拿手好戲則是：

夜靜穿牆過，更深繞屋懸。
偷營高手客，鼓上蚤時遷。

時遷在梁山好漢中本是個不起眼的小頭領，是負責「走報機密」的，排座次排在了八十多位，地位很低。但由於他的猥瑣滑稽和神偷絕技，在世俗中却留下了深刻印象，知名度遠比一些大中頭領高得多。他最露臉的事迹還被編成了戲劇《時遷偷雞》和《時遷盜甲》，各劇種都來搬演。這樣一來，使得虛構人物時遷名聲大振，家喻戶曉，難怪世俗中的小偷小摸要把他奉爲神明了。

舊時紹興還有個有趣的習俗。家裡「著賊」即失竊以後，就用稻草紮個人，算是「賊」，

「賊」身上再繫根繩子，由人牽著，另一個人拿了竹棍在後面一邊打草人，一邊大罵。罵的當然都是些詛咒和警告威嚇一類的話。這一齣喜劇叫做「牽賊神」。

可笑的是，人們一面如此恨賊，惡狠狠咒罵，一面却又尊爲神明，誠惶誠恐地爲其塑像立廟。當然來賊神廟頂禮膜拜，祈求保佑行竊時不被捉住或將竊物拿來酬神的，都是些樑上君子和雞鳴狗盜之徒，淸白人家是不會來的。

大概「賊神廟」的名字太刺耳，所以有些地方的賊神廟便雅稱「穆神廟」、「時遷廟」或「遷神廟」。

附錄一

主要神祇立身的部分寺廟

觀音菩薩

浙江舟山群島普陀山

福建廈門南普陀寺

哈爾濱市極樂寺

河南汝南縣小南海大士寺

雲南白族自治州羅刹閣

台灣台北市龍山寺

后土娘娘

山西介休縣后土廟

九天玄女

北京朝陽區長營鄉九天玄女娘娘廟

八山

北京白雲観

西安八仙宮

呂洞賓

山西芮城永樂宮

天津紅橋區呂祖堂

台灣台北市指南宮

河南洛陽邙山呂祖庵

太原市純陽宮

何仙姑

廣東增城縣掛綠園

張果老

江蘇宜興禹峰山張公洞

雷神

甘肅武威市雷台雷祖廟

蘭州市金天觀（今工人文化宮）

湖北武當山天乙眞慶宮

周公桃花女（金童玉女）

湖北武當山紫霄宮、太和宮、金殿

鍾馗

四川酆都名山鍾馗殿

土地

各地土地廟、福德正神廟供奉此神

月下老人

杭州西湖白雲庵月下老人祠

和合二仙

江蘇蘇州寒山寺

碧霞元君

山東泰山極頂碧霞元君祠

北京海淀碧霞元君廟（西頂）

北京金頂妙峰山娘娘廟

張仙

天津天后宮張仙閣

文昌帝君

四川梓潼縣文昌宮

北京頤和園文昌閣

江蘇揚州市文昌閣

貴陽市文昌閣

湖南祈陽縣文昌塔

魁星

昆明龍門達天閣石殿

福建永春縣奎峰山魁星岩

麻姑

江西南城縣麻姑山

四川酆都名山麻姑洞

關公

山西運城解州關帝廟
山西運城解州常平村關帝祖祠
台灣新竹縣青草湖後山普天宮
台灣台南開基武廟
台灣台南祀典武廟
山西定襄縣北關關王廟
湖南湘潭市關聖寺
福建東山縣城岣嶁山武廟
河南周口市關帝廟
湖北當陽縣關陵
河南洛陽市南關林

天后（媽祖）

福建莆田湄州嶼媽祖廟
天津天后宮
福建泉州市天后宮（天妃宮）
台灣雲林縣北港媽祖廟（朝天宮）

台灣台南市大天后宮
台灣台北市北投關渡宮

魯班
天津薊縣魯班廟
香港魯班古廟

蒼頡
陝西白水縣史官鄉蒼頡廟、蒼頡墓

杜康
陝西白水縣杜康廟
河南汝陽縣杜康村杜康造酒處
河南伊川縣杜康廟

陸羽
江西上饒市廣教寺陸羽泉
湖北天門市陸羽亭

保生大帝
福建龍海縣白礁慈濟宮祖庭
台灣台北保安宮

台灣台南學甲慈濟宮

藥王

河北安國藥王廟

北京崇文區藥王廟

陝西耀縣藥王山

西藏拉薩市藥王廟（藥王山）

三霄娘娘

湖北武當山金頂、南岩宮、紫霄宮

獄神

山西洪洞縣蘇三監獄

附錄二

與諸神相關的民俗節日

（以農曆日期排列）

正月

初一　接神。放爆竹，以避山臊惡鬼

初二　祭財神

初五　接財神（迎五路財神、關帝）

初八　祭拜順星（本命星辰）

十三　祭劉猛將軍（蟲王爺）

十四　迎紫姑（廁神）（也有在正月十三或十五）

二月

初二　祭土地公

十九　觀音會

三月

廿三　天后宮（媽祖廟）「皇會」

四月

廿五　白族觀音會

五月

初五　端陽節。掛鍾馗像、天師像，以驅鬼祟

六月

十六　魯班節

十九　觀音會（觀音菩薩成道日）

七月

初七　乞巧節。祭牛郎織女二星

拜魁星

八月

初三　灶君會（灶王爺生日）

十五　中秋節。拜月神娘娘（太陰星主）

十二月

初一　跳灶王

廿三　祭灶（也有在廿四日）

廿四　送灶神

三十　換門神

迎灶王下界（接灶）

國家圖書館出版品預行編目資料

中國民間俗神／燕仁著--初版．—臺北縣
新店市：漢欣文化，民 82
面：　公分．--（中國民俗叢書：4）

ISBN 957-686-250-7(平裝)
957-686-052-0(精裝)
1.祠祀 2.民間信仰-中國

272　　86013959

平裝定價 240 元
精裝定價 300 元

中國民俗叢書 4

中國民間俗神

作　　者／燕仁
發 行 人／楊炳南
出 版 者／漢欣文化事業有限公司
地　　址／台北縣新店市中正路 540 號 5 樓
電　　話／(02)2218-1212
傳　　真／(02)2218-0101
郵撥帳號／ 0583759-9 漢欣文化事業有限公司
營業時間／早上 8:30 至下午 5:00
登 記 號／局版台業字第 2855 號
印 刷 所／傑泰印刷有限公司
頁　　數／ 352 頁（ 80 磅）
初　　版／ 1993(民 82)年 2 月
二　　刷／ 1998(民 87)年 1 月